Auch als Hörbuch erhältlich!

Bestellungen bitte direkt bei der Autorin: rita-harlos@web.de
oder dem Produzenten Jörg Lemmerz vom Rock-Store-Studio,
Tonstudio Ebernhahn - Email Adresse: lemmerz@aol.com
Internet: rock-store-studio.de

Für Hans-Adolf

Danke für mein Neues Leben

Rita Harlos

Mein Himmel ist Lila
„Gib niemals auf"

**Von Frau - für Frau
und auch Mann
darf ran…**

Bibliografische Information der Deutschen Nationalbibliothek:
Die Deutsche Nationalbibliothek verzeichnet diese Publikation in der Deutschen Nationalbibliografie; detaillierte bibliografische Daten sind im Internet über http://dnb.dnb.de abrufbar.

Umschlagsgestaltung: Rita Harlos
Illustrationen: Rita Harlos

Ich bitte übersehene Rechtschreibfehler und Sprünge in der Zeit zu entschuldigen – ich hatte keinen Lektor und Korrekturverantwortlichen - ferner ist die Qualität der Fotos nicht optimal im Buchdruck, die zum Teil alten Fotos konnte ich nicht besser digitalisieren.
Es soll nur etwas mehr Farbe ist meine Geschichte bringen.....
Vielen Dank für Ihr Verständnis!

Ideengeber:
Bernhard Heller, Fluglehrer der Flugschule Portaflug in Föhren bei Trier - www.portaflug.de – und das gesamte Team!!!

Herstellung und Verlag: BoD – Books on Demand, Norderstedt

Books on Demand GmbH
In de Tarpen 42
22848 Norderstedt

ISBN 9783735722553

MIX
Papier aus verantwortungsvollen Quellen
Paper from responsible sources
FSC® C105338
FSC
www.fsc.org

Inhaltsverzeichnis

VORWORT

Mein Himmel ist Lila - Gib niemals auf!

Auch wenn Sie es mir zurzeit noch nicht glauben wollen, es ist
tatsächlich so. Mein Himmel ist Lila! Mehr noch, ich fühle mich wie
ein lebendiger Stern am Firmament.
Als wäre Ich „ein Stück" vom Universum – könnte die Weltgeschichte
beeinflussen, könnte Dinge sehen und fühlen und bewegen, von
denen ich niemals dachte, dass es mir möglich sei - es ist möglich!
Doch, unter anderem, hat sich mein Traum vom Fliegen realisiert – ich
darf mich Sportpilotin nennen – möchte allen, die dieses Vergnügen
erst noch entdecken wollen aber auch denen, die schon Spaß am
Fliegen haben – eine hinreißende, aber auch amüsante - „Meine" -
Geschichte dazu erzählen.
Möchte Ihnen allen Mut machen und Sie animieren, sich Ziele zu
setzten – der Weg dorthin findet sich...
Wussten Sie eigentlich, dass „Lila" oder auch Violett genannt, beruhigt
(der Edelstein Amethyst oder die Pflanze Lavendel ...) und für einen
heilsamen Schlaf sorgt?
Das sich im Violett die rote Kraft des Lebensfeuers mit dem blauen
Licht der Stille, Weite und Empfänglichkeit verbindet?
Das uns der Amethyst eine lebendige Ruhe schenkt, in der sich Ängste
und Disharmonien auflösen können und das Vertrauen und die
Hingabe an die Kräfte des Universums vermittelt?
Ich wusste es bis vor ein paar Monaten auch nicht – doch dann habe
ich „Mein Himmel ist Lila" geträumt, ein wunderbarer Traum und eine
Stimme sagte zu mir: „Träume nicht weiter dein Leben lang, sondern
Lebe deine Träume"!
Ob es die Halskette mit einem wunderschön geschliffenen Amethyst
war, die „Er" mir damals schenkte (ohne mich zu kennen) - einfach so?
Oder weil der Fremde mir dabei in die Augen sah, in seine Ledertasche
griff und mir diesen Stein um den Hals hing, der dann in mir ein
schaudern und kribbeln auslöste?
Äußerst Unheimlich sage ich Ihnen!

Gibt es ein Schicksal? Ein Universum? Übernatürliches?

Konnte es wirklich an diesem charismatischen Mann liegen, dessen Aura so lila und strahlend erschien – und dies zu einer Zeit in meinem Leben als mein Herz brannte, so furchtbar schmerzte und brannte –

Es kam auf jeden Fall alles ganz anders………

Gib niemals auf – Sich selbst entfalten – Mut schöpfen
Neue Wege wagen – Umwege in Kauf nehmen!
Ziele setzten und nicht aus den Augen verlieren…

All dies wünsche Ich auch Ihnen!

Viel Vergnügen beim Lesen und Träumen,
ihre Sportpilotin

Rita

Kapitel 1   Es geht los

Mein Himmel ist Lila -Gib niemals auf!

Es ist kaum zu glauben – ich habe es geschafft!!!
Dieses Gefühl, dieses unbeschreibliche Gefühl in mir….
Wäre es mir nur möglich es in Worte zu fassen - ich glaube ich kann es
nicht, noch nicht.
Es ist ein herrlich sonniger, aber auch windiger Sommertag und der
von uns Flugschülern so gefürchtete Flugprüfer Herr Kurt H. gratuliert
mir nun endlich, nach dem ich die Maschine vorschriftsmäßig geparkt
und seiner wilden Energien beraubt und gesichert habe,
zur bestandenen Flugprüfung.

Es ist vollbracht – ich darf mich nun endlich Sportpilotin nennen.
Juhu, juhu!!!
Ich schließe die Augen – kann es kaum fassen, Tränen der Freude
rinnen über meine Wangen, schnalle meinen Sicherheitsgurt ab, öffne
die Flugzeugtüre „meiner C 42" und renne meinen Freunden und Flug-
schülerkollegen mit ausgestreckten Armen entgegen.
Wir drücken und herzen uns, ich hüpfe und springe im Hangar umher,
als hätte ich gerade die Nachricht bekommen, als einzige im Lotto den
Jackpot geknackt zu haben – und was soll ich sagen – es fühlt sich sogar noch besser an!
Ich habe meinen Traum das Fliegen zu erlernen tatsächlich in die Realität umgesetzt – habe nicht weiter nur davon geträumt, nein, ich habe
es geschafft.
Mein Fluglehrer Bernhard kommt zu mir, nimmt mich in die Arme,
hebt mich einfach hoch, dreht sich mit mir im Kreise und seine
Gratulation und Wünsche kommen aus tiefstem Herzen – wir beide
strahlen um die Wette – schöner und leuchtender als es die Sonne an
diesem Tag konnte.
Ich bin ihm so dankbar, er hat mir den Mut gegeben meinen Traum

realisieren zu können, hat nicht aufgegeben an mich zu glauben, hat mich ermutigt auch wenn ich dachte „das lerne ich niemals", seine ruhige und besonnene Art - mit welcher Hingabe er den Unterricht gestaltet hat, nicht Aufgeben, auch wenn es für mich manchmal hoffnungslos erschien und ich oft sagte: „das werde ich nie kapieren"… er ließ sich davon niemals irritieren und ganz im Gegenteil, er ermutig-te mich immer wieder das ich das schaffen werde – und nun hält er mich in seinen Armen, streckt mich der Hangardecke entgegen, dreht sich immer noch im Kreise mit mir und dieses gigantische Glücks-gefühl, dass „Ziel" ist tatsächlich erreicht - breitet sich mächtig und unbeschreiblich in mir aus.

Vorsichtig setzt er mich wieder auf dem Boden ab, ich schwanke noch und bin ganz außer mir vor Freude - doch nun wenden wir uns beide dem nächsten Prüfling zu, ich drücke Marco ganz feste und weiß, dass er genau wie ich - vor knapp zwei Stunde noch –von der inneren Aufregung aufgefressen zu werden scheint, Adrenalin in seiner ergreifendsten Form…

Meinst du ich schaffe das, flüstert er mir noch zu – ich schaue ihm tief in die Augen und es sind keine Worte mehr nötig – meine immer noch so strahlende Energie ergreift ihn, sein Gesicht beginnt weich und warm zu werden, er wird ruhiger und nickt mir stimmig zu.
Er ist bereit.
Der Prüfer folgt ihm und es dauerte nicht lange, da startet die „Süße C 42" – wie ich Sie gerne nenne - zum zweiten von drei Prüfungsflügen.
Wir setzen uns alle ums Funkgerät herum, ich öffne eine Flasche alkoholfreien Sekt und gemeinsam verfolgen wir gespannt seinen Prüfungsflug.

Mit geschlossenen Augen, den prickelnden Sekt in der Hand, lehne ich mich zurück in einen der bequemen Sessel die wir um einen Tisch im Hangar aufgestellt hatten, und lasse meinen Gedanken freien Lauf…..

Kapitel 2   Saugende Kumulus Wolken

Woran erkennen Sie eine saugende Kumulus-Wolke?
Es ist meine Lieblingsprüfungsfrage!!! Wenn ich nur an diese Frage
denke, muss ich immer herzhaft lachen – wer denkt sich nur so etwas
aus?
Ich habe ja schon viele Prüfungen in meinem Leben meistern müssen,
meist ja im pharmazeutisch und medizinischen Bereich – dass sind die
Jobs denen ich so verfallen bin - und nun quält mich Bernhard in der
heutigen Unterrichtseinheit mit Meteorologie – der Wetterkunde -
und ich denke er veräppelt mich gerade.
Saugende Kumulus, dass kann es doch gar nicht geben.
Aber ich bin ja gelehrig und lerne fleißig und es gibt diese Wolken-
gattung tatsächlich.
Ein weiteres sehr wichtiges Fach, wie mein Fluglehrer mir versichert,
all die anderen natürlich auch (gibt es auch mal was Unwichtiges, frage
ich – leider nein). Ich habe es geahnt. Was tue ich hier eigentlich?
GAFOR – GAFOR – GARFOR - das wird geübt bis zum umfallen – das
„General Aviation Forecast" – die Wettervorhersage über die
Befliegbarkeit bestimmter Gebiete nach Sichtflugregeln.
Die Bereiche Nord, Mitte und Süd mit ihren 64 wettertypischen
Gebieten schauen wir uns noch ganz genau an.
Du musst wissen, ohne GAFOR geht in der Fliegerei nach „Sichtflug-
regeln" nichts. Wir üben dies in jeder Stunde und arbeiten mit dem
PC_MET. Verstanden!
Ich nicke brav, denn im Moment verstehe ich all die Zahlen und Buch-
stabenkürzel noch nicht so richtig.
Gafor und PC_MET – ist gut, merke ich mir.
Dann machen wir weiter mit Luftrecht (Gesetzte, Gesetzte, Gesetzte)
und Flugfunk (hier spricht Delta-Mike-Alpha-Juliet-Zulu).
Technik und Verhalten in besonderen Fällen.
Die Navigation und all ihre Aufgabenstellungen wie „Planen und be-
rechnen Sie einen Streckenflug" sowie der Pyrotechnik, denn unsere
Flieger enthalten tatsächlich ein mit Raketenantrieb versehenes

Rettungssystem – einen Fallschirm, der den Flieger sicher zur Erde bringen kann!

Da muss man in der Prüfung sicher wissen „dürfen pyrotechnische Gegenstände im Schlafzimmer unter dem Bett gelagert werden?" - man weiß ja nie was „Mann" oder „Frau" so unter seinem Bett lagert.... Es sollte auf jeden Fall nicht explosiv sein – schon gar nicht unter dem Bett und auf keinem Fall im Schlafzimmer (da muss ich gerade an das Buch „Feuchtgebiete" denken – man stelle sich nur vor was diese Dame damit machen würde....).

Also ein klares „Nein" bei dieser Prüfungsfrage.

Aber wie komme ich denn nun darauf – ach ja, es war die saugende Kumulus! Die Kumuluswolken sind diese putzigen „Schäfchenwolken" auch Quell- oder Haufenwolken genannt, die oft im Sommer durch kräftige Sonneneinstrahlung und bei entsprechender Feuchtigkeit entstehen. Und wenn diese eigentlich wunderschönen Kumuluswolken scharf abgegrenzte Ränder bekommen, beginnen sie zu saugen – das bedeutet, der Flieger wird zur Wolke hin gesogen und das kann echt gefährlich werden.

Turbulenzen mag ja keiner und einen Ritt wie auf der Achterbahn ist auch nicht wirklich gewünscht, daher haltet euch fern von Wolken mit scharf abgegrenzten Rändern!

Es gibt aber auch das genaue Gegenteil davon!
Wenn aus der schönen Kumuluswolke eine Kumulonimbuswolke wird – das sind die fiesen Regen- und Gewitterwolken.

Hier ist die Gefahr sehr groß, das beim Unterfliegen starke Turbulenzen auftreten können und noch schlimmer - es kann durch starke Abwinde dazu kommen, dass das Luftfahrzeug (also einfacher gesagt der Flieger) bis zum Boden gedrückt wird. Das wäre echt übel!

Kapitel 3   Flugangst

Doch nun sitze ich selber im Flieger. Ein super sonniger Novembersonntag. Ideal für eine „Schnupperstunde", sagt der noch fremde Fluglehrer neben mir. Flieger „Duzen" sich, sagt er freundlich –
ich bin der Bernhard. Ich stelle mich ebenfalls vor und wir reichen uns die Hände. Die Luft ist ruhig. Keine Turbulenzen zu erwarten.
Du sitzt heute auf dem Pilotensitz!

Ich - Ich, wo ich vor 22Jahren noch laut geschrien habe, dass ich niemals, absolut niemals in meinem Leben ein Flugzeug betreten würde. Mein Vater sagt dies heute noch – seine Worte waren für mich damals wie ein Gesetz – er wollte nicht, dann wollte ich auch nicht. Allerdings machte mir meine liebe Mutter einen Strich durch meine „ich will nicht" Pläne. Es stand einer ihrer runden Geburtstage an und Sie wünschte sich nichts sehnlicher, als einmal in ihrem Leben zu fliegen. Meine vier Geschwister waren sich einig, unser „Nesthäkchen" muss mit Mutter los. Gesagt getan, es wurde ein bzw. zwei Flugtickets gekauft – es sollte von Frankfurt nach München gehen.

Ich war gerade mal einundzwanzig und wollte noch nicht sterben doch ich war mir sicher dieses Ereignis nicht zu überleben!

Mein Vater fuhr uns die hundert Kilometer mit dem Auto nach Frankfurt. Ich musste alle zehn Kilometer Pipi machen.
Mein Herz raste, die Angst nahm mir Luft, ich hatte das Gefühl zu ersticken. Dann die Parkplatzsuche an Deutschlands größtem Flug-

hafen. Meinem Vater liefen ebenfalls die Schweißperlen von der Stirn, nur meine Mutter strahlte und grinste wie ein Honigkuchenpferd und konnte gar nicht aufhören von ihrer Vorfreude zu berichten.
Fröhlich pfeifend schleifte sie uns - mit unserem winzigen Handgepäck - in den Flughafen und ordnete an herauszufinden von wo wir wann genau starten würden, zack zack.

Zum Glück gab es nur einen „Hinflug" nach München – mein ältester Bruder wohnte dort in der Nähe und wurde beauftragt uns abzuholen.
Zurück sollte es mit seinem Auto gehen - das war mein Strohhalm, meine Rettung, sofern ich den Hinflug überhaupt überleben sollte!

Ich suchte unser Abflug-Gate. Wir meldeten uns am zugeteilten Schalter an und bekamen unsere Bordkarten.

„Die Eintrittskarte zur Hölle" – mein „innerer Weltuntergang".
Mit Tränen in den Augen verabschiedete ich mich von meinem Vater – wir lagen uns in den Armen – er litt mit mir – du bist sehr mutig, sagte er mir damals – ich traue es mich einfach nicht. Guten Flug.
Meine Mutter war Seelig und strahlte mit der Sonne um die Wette.
Nach einer innigen Verabschiedung mussten wir den Gang zum Flugzeug bestreiten. Ich litt und meine Füße wollten keinen Schritt vorwärts tun. Wie Blei oder in Zement gegossen. Alles in mir sträubte sich. Meine Mutter sah mich an und machte mir Mut – bedankte sich von Herzen, dass ich ihr diesen Wunsch erfüllen würde und mit ihr in das Flugzeug stiege. Ein Traum, den Sie schon so lange geträumt habe – endlich in Erfüllung ging.
Wir sahen uns an, nahmen uns bei der Hand und meine innere Blockade war plötzlich gewichen.
Ich hatte noch immer Todesangst, doch das Strahlen und Funkeln in den Augen meiner Mutter zu sehen, ließ mich tapfer nach vorne und in das Flugzeug hinein schreiten.
Der Flug sollte nicht ganz eine Stunde dauern - ich wurde ruhig und wusste nun, ich werde es überleben. Meine Mutter saß am Fenster und ich in der Mitte neben ihr. Meine Hände waren klatschnass und

ich krallte mich an der Sitzlehne fest. Die tolle Aussicht konnte und wollte ich ihr nicht streitig machen. Sie genoss jede Sekunde und hielt mich auf dem Laufenden. Da unten sei ein kleines Auto, dass das Flugzeug weg drücke vom Gate. Dann rollten wir. Dann sah Sie die Startbahn. Dann….

Es wurde laut, sehr laut, das Flugzeug rappelte und beschleunigte und plötzlich ging es steil nach oben. Die Räder hatten den Kontakt zum Boden verloren, wir flogen.
Meine Mutter war außer sich vor Freude, berichtet mir was sie alles aus dem Fenster sehen konnte und ich kniff die Augen zusammen und hielt mich noch immer krampfhaft an der Lehne fest.
Es ging irgendwie so schnell, gerade abgehoben, da kamen schon die fleißigen Damen in tollen Kleidchen auf hohen Schuhen daher gestöckelt und fragten nach was man essen oder trinken wollte und ehe man die servierten Speisen und Getränke leer hatte, wurde abgeräumt und es kam die Durchsage das die Landung nun eingeleitet würde.
Kaum oben - schon waren wir wieder unten.

Was war das denn jetzt, fragte ich mich selber?
Davor hatte ich nun solche Panik? Vor dem bisschen hoch und runter hatte ich mich so gefürchtet, dass ich glaubte sterben zu müssen.
Ich fing an zu lachen und meine Mutter stimmte mit ein.
Wir saßen auf unseren Sitzen und lachten, lachten das wir uns die Bäuche halten mussten. Lachten immer noch als mein Bruder uns in München empfing. Er war der Meinung man habe uns wohl „Lachgas" verabreicht, aber stimmte fröhlich mit ein und konnte gar nicht glauben, dass ich so plötzlich diese Fliegerei als vollkommen harmlos empfand. Dass es in keinster Weise nötig war, eine solche Todesangst zu entwickeln, wie ich sie mir selber eingeredet hatte.
Es fühlte sich toll an – es fühlte sich mächtig an.
Davon wollte ich mehr haben. Über den Wollen sein zu können, diesen Blick auf die Erde hinab. Einzigartig.

Da es seinerzeit noch keine Handymassenproduktionen gab, versuchten wir stundenlang meinen Vater zu Hause zu erreichen. Erst viele Stunden später ging er ans Telefon und berichtete, dass er annähernd zwei Stunden gebraucht habe um das Auto in diesem riesigen Parkhaus zu finden. Er hatte sich die Parkplatznummer nicht gemerkt. Fatal! Wir lachten und hatten unseren Spaß, konnten nicht oft genug erzählen wie unspektakulär der Flug in diesem riesigen Flugzeug war, das alle Ängste und Nöte vollkommen unbegründet waren und wir einen riesenspaß hatten zigmal schneller in München gewesen zu sein, während mein Vater immer noch - sein Auto suchend - in Frankfurt stand.

In der folgenden Woche stand ich, mit meiner damaligen besten Freundin, im Reisebüro und wir buchten eine Flugreise in die Karibik. Wintersonne auf Kuba genießen – ich freute mich unglaublich, auch wenn es über zehn Stunden dauern sollte – die Angst war weg, einfach weg.

*

Und nun – nun saß ich selber am „Steuerknüppel".
Der Fluglehrer versuchte mir die „mindestens" eine Millionen verschiedenen Knöpfchen und Schalter zu erklären (ok – es war ein Bruchteil davon – ich übertreibe maßlos).
Die Füße ruhten auf zwei Pedalen – die beiden seien für die Seitenruder zuständig und würden auch das Bugrad steuern.
Dies sei das kleine, vordere Rad, das die Richtung des Fliegers am Boden koordiniere. Der Steuerknüppel in meiner rechten Hand führe das Höhen- und Querruder und mit der linken sollte ich den Gashebel halten. Also im wahrsten Sinne alle Hände voll – und auch die Füße.
Während ich noch mit offenem Mund und weit geöffneten Augen auf die Anzeigen und Hebel schaute, startete er den Motor des Fliegers – wies mich an die im Flugzeug befindlichen Kopfhörer anzuziehen und arbeitete eine sogenannte „Check-Liste" ab. Ich konnte ihn nun gut über das Funkgerät, welches am Kopfhörer angebracht war, verstehen.

Er sprach wirres Zeug in das Gerät, Delta-Mike-Alpha-Bravo-Tango-bla-bla-bla und es kam auch prompt eine Antwort zurück – wieder dieses Delta-Mike-Alpha-Bravo-Tango-bla-bla-bla und dann rollte die „Rote Baroness" – so heißt das Flugzeug nun - an den Start.

Also nicht einfach so, klar, er gab mit dem einen Hebel, den ich in der linken Hand festhielt Gas –das spürte ich – und mit den Füßen trat er auf die Pedale - auch dies merkte ich natürlich, denn auch meine Füße verweilten ja auf diesen Tretbootfußpaddeln – sorry, Seitenruderpedalen!

Es gibt genaue Funkregeln, erklärte mir mein heutiger Fluglehrer.

Eine genau festgelegte „Phraseologie" – zum Glück hatte ich dieses Wort schon mal irgendwo gehört - sonst hätte ich sicher gedacht es wäre eine schlimme Erkrankung. Du musst dich am Tower melden und eine Rollerlaubnis erfragen, erklärte er mir. Wenn diese eingeholt ist und eine Freigabe ausgesprochen, dürfen wir zur Startbahn rollen.

Dort wird ein weiterer Sicherheits-Check durchgeführt und dann erst wird die Erlaubnis zum Abflug vom Tower erteilt.

Gesagt getan, wir rollten in gemütlichem Tempo Richtung Startbahn.

Diese wird vorgegeben, je nach dem aus welcher Richtung der Wind weht. Auch dies bestimmen die Leute auf dem Tower, lehrte er mich.

Warum heißt der Tower eigentlich Tower, fragte ich ihn.

Er lachte – ganz einfach – weil es auf Deutsch einfach unmöglich klingt. Das Team vom „Turm" oder „sprich mal den Turm an" oder „du musst noch die Ladegebühr auf dem Turm bezahlen"….

Du hast recht, sagte ich – das klingt wirklich witzig und wir lachten laut. Also eins von diesen super nützlichen neuen „denglischen Worten", sagte ich – so etwas wie „Coffe to Go" anstelle von „Kaffee zu mitnehmen" – richtig!

Beim Fliegen benötigen wir so einiges aus der englischen Sprache, aber ich kann dich beruhigen, bei den Sportpiloten und hier in Deutschland ist nur ein Bruchteil davon erforderlich – klärte er mich auf.

Und fast unbemerkt kamen wir am sogenannten „Rollhalt" an.

Bernhard konzentrierte sich im Cockpit auf den Innenmaschienen-Check und überprüfte die Freigängigkeit der Ruder und die Anzeigen der Cockpitgeräte und sprach wieder dieses seltsame Delta-Mike-Zeugs in das Funkgerät, bekam vom „Tower" eine Delta-Mike-Zeugs-Antwort und dann gab er Gas.

Meine Hand umklammert den Gashebel und machte alle Bewegungen, die er von seiner Seite aus durchführte, mit.

Es dauerte nur ein paar wenige Sekunden, die Geschwindigkeit nahm stetig zu und dann hob die Rote Baroness sanft und gefühlvoll vom Boden ab. Wir flogen.

Höher und höher – der Sonne entgegen.

Mir wurde wohlig warm. Die Sonnenstrahlen trafen mich an diesem herrlichen wolkenfreien Sonntag sogar mitten ins Herz!

Meine rechte Hand hielt den Steuerknüppel, die linke das Gas, meine Füße ruhten auf den Seitenruderpedalen und mein Geist, meine Seele und mein Herz begannen zu vibrieren.

Ich sah Menschen die kleiner und kleiner wurden, Autos, Häuser, Wiesen und durch die tiefstehende Herbstsonne strahlende und glitzernde Wasserflächen.

Ich kam mir vor als hätte man mir Flügel verliehen.

Diese Energie – diese gigantische Kraft – ich kam mir wie entfesselt vor – frei – grenzenlos!

Die warme Luft auf meiner Haut – als würde ich gestreichelt werden - der Fahrtwind und das Gefühl von Freiheit, gepaart mit diesem tiefen Blau des Himmels verursachte eine Gänsehaut in mir, wie ich sie zuvor nur in völliger Ektase erlebt hatte.

Mir wurde heiß und kalt und wieder heiß – atemberaubend.
Da erschien „Er" plötzlich. Das Gesicht des unbekannten Fremden
visualisierte sich vor meinem inneren Auge und der Stein an meiner
Halskette schien zu leuchten - um mich herum flackerte alles in „Lila" –
„Mein Himmel" wurde Lila!

Mein Körper - von einer Leichtigkeit erfasst, als wäre ich in weiche
Watte gepackt worden – vibrierte.
Völlig losgelöst glitt ich auf den Sonnenstrahlen dahin.
Ich konnte durch die Wolken hindurch fliegen, konnte diese umfliegen
– konnte mit sanften Steueränderungen den Kurs korrigieren – mal ein
langgezogener Bogen rechts herum oder ein kleiner links herum.
Ich flog nach oben in die unendliche Weite oder aber nach unten und
erblickte die winzigen geographischen Gegebenheiten unter mir.
Bäume, ein Fluss – spielende Kinder.
Vor mir tauchte ein Schwarm Vögel auf.
Ich spürte diese Anziehungskraft – wie von einem Magnet angesogen –
befand ich mich alsbald inmitten dieses Vogelschwarms.
Als wäre ich einer von „Ihnen"! Ich fühlte mich so sicher, so beschützt.
Ich konnte mich treiben lassen. Elegant und respektvoll flogen wir in
Formation. Es war so harmonisch – jeder vertraute Blind den Fähigkei-
ten des anderen. Unsere Instinkte waren zu einer Einheit ver-
schmolzen. Ich gehörte dazu. War einer von Ihnen. Sie passten sich
meiner Geschwindigkeit an, folgten meinen Bewegungen.
Ich gab das Tempo an.
Das magische violette Licht umgab uns alle, es schien dunkler zu wer-
den, vereinzelt nahm ich Sternschnuppen wahr.
Ich genoss diese Magie und erst recht den Zauber dieser „Szenerie".

Immer mehr Sterne tauchten vor mir auf. Die leuchtenden Strahlen der langsam untergehenden Sonne sorgten für eine besondere Reflektion des Lichtes. Ich fühlte die klare, frische Luft. Alles um mich herum tauchte in dieses rot-blaue Farbspektakel.
Als hätte jemand kleine Feuerkugeln in den Himmel geworfen.
Ich genoss die Musik in meinen Ohren, den gelösten Geist –
die befreiende Wirkung auf meinen Körper.
Meine Gedanken waren auf Reisen – es brannte in mir vor Glückseligkeit!

Kapitel 4   Kuba ich komme

Feuer! Feuer! Feuer! Es brennt – das Flugzeug brennt!!!!!!

Meine Freundin rüttelte und schüttelte an mir rum – wach auf!
Wach endlich auf! Das Flugzeug brennt!
Ich schlug die Augen auf und sah den Qualm um mich herum. Konnte gerade noch so ihre Umrisse erkennen. Schaute mich um und hörte das ängstliche Geschrei der anderen Passagiere, Kinder weinen.
Das darf doch nun wirklich nicht wahr sein.
Mein erster Flug in die Karibik. Ein paar erholsame Tage am Strand der kubanischen Küste – Palmen, Meer und leckere Cocktails und nun dieses Desaster.

Der Flug von Frankfurt nach Kuba verlief ohne Bauchweh und Angst, obwohl es ja mein erster Langstreckenflug war und trotzdem wir beide eine Schlaftablette genommen hatten um die zehn Stunden Flugzeit zu verschlafen, passierte nichts dergleichen, wir konnten einfach nicht schlafen. Wir machten kein Äugelein zu, ganz im Gegenteil, als hätten wir ein Aufputschmittel geschluckt. So saß ich am Fenster der Boeing und genoss meine Vorfreude auf den ersten Karibikurlaub und das Erlebnis über den Wolken sein zu können. Es war wie im Traum.
Aus dem „Traum" schien allerdings ein „Alptraum" zu werden....

Endlich auf Kuba angekommen, wurde uns mitgeteilt, dass in dem gebuchten Hotel keine Zimmer mehr frei seien.

Nach unzähligen und stundenlangen Verhandlungen, Beschimpfungen und Getöse hieß es, wir würden in einem anderen Hotel untergebracht.

Der Bus mit knapp 20 Gästen machte sich auf den Weg.

Wir kamen vollkommen übermüdet und verdreht in einem der neuen und feinen Hotels unter, welches von einer englischen Familie geleitet wurde.

Super Zimmer, perfekter Service und jeder von uns Mädels hatte seinen eigenen „Boy" – das war herrlich. Wir mussten nur mit den Fingern schnippen und schon bekamen wir zu trinken oder essen gebracht – es war alles im Reisepreis inklusive – endlich „Schlaraffenlandfeeling" – wunderbar.

„So Geht Urlaub Heute" – könnte ein Werbeslogan sein.

Von einigen Gästen – mit denen man sich ja durch das erlebte Leid angefreundet hatte – kam der Vorschlag, man könne doch mal eine Tour vom östlichsten Zipfel Kuba´s (dort residierten wir), zur Hauptstadt nach Havanna machen – natürlich eine Bildungsreise mit dem Titel „auf den Spuren von Ernest Hemingway" - böse Zungen behaupteten allerdings, wir wollten nur dort hin wegen seinem berühmten Cocktail, dem „Mojito" – der wirklich richtig lecker schmeckte – damals zumindest.

Gesagt getan. Es wurde ein Flug gebucht, ein Inlandsflug nach Havanna. Wir standen am Flughafen und betrachteten alle äußerst skeptisch das Fluggerät mit welchem man uns nach Havanna bringen wollte. Bei uns habe ich solch eine Maschine bisher nur in einem Museum gesehen, bemerkte ich.

Ein unbehagliches Gefühl machte sich in mir breit.

Ähnliche Angst wie vor ein paar Monaten bei meinem ersten Flug.

Schweißperlen auf der Stirn. Blei in den Füßen.

Zwei nette Damen kamen auf uns zu und winkten uns zum Einsteigen. Allerdings gab es keine Tür! Am hinteren Ende dieser Maschine war - an „Strickseilen" befestigt - eine kleine Treppe, vier oder fünf schmale Stufen – über die wir in das „Ding" klettern sollten.
Meine Flugangst war wieder da.
Die anderen lachten nur und meinten ich solle mich nicht so anstellen und endlich einsteigen, aber irgendwie konnte und wollte ich nicht.
Alles wehren und sträuben half aber nicht – ich musste da rein.
Meine „Bekannten" hatten kein Mitleid mit mir.
Auf jeder Seite gab es acht Sitzreihen mit je zwei Plätzen, also maximal 32 Passagiere. Klein und übersichtlich aber gefühlte 2000 Jahre alt! Wir schnallten uns an und eine der beiden Damen spazierte mit einem Tablett an uns vorbei. Hey rief einer – sogar mit Service an Bord – Was gibt es denn, hörte man aus einer anderen Sitzreihe rufen.
Neugierig reckten wir alle die Köpfe. Dann lautes Gelächter.
Auf dem Silbertablett lagen linsengroße, bunte Bonbons – „gegen Druck – gegen Druck", sagte die nette Dame grinsend und hielt jedem das Tablett vors Gesicht, „nur eins, nur eins" – stammelte Sie noch, da alle kräftig zulangten.
Der Pilot ließ die beiden großen Propeller an.
Ohrenbetäubender Lärm machte eine Unterhaltung unmöglich.
Doch aus dem Museum, dachte ich mir, sah meine Freundin an – nickte ihr zitternd zu und schloss die Augen. Meine Finger krallten sich mal wieder an den Sitzlehnen fest.
Ob dieser dritte Flug nun mein Ende war?

*

Nun müssen wir aber landen, sagte der Fluglehrer freundlich und du darfst auch gerne den Mund schließen, nicht, dass noch eine Fliege hinein fliegt, fügte er schmunzelnd hinzu. Deine Gänsehaut war auch nicht zu übersehen - war wohl erlebnisreich – oder?

Ich schloss meinen Mund und sah ihn verschmitzt lächelnd mit meinen großen, rehbraunen Augen an. Es war grandios.

Ich bin noch ohne Worte und spüre noch ein wenig nach - wenn ich darf - hörte ich mich sagen.

Nach der kleinen Genussphase begann er allerdings das Gespräch mit weiteren „für die Fliegerei" wichtigen Details.

Weißt Du noch wie die drei Achsen des Luftfahrzeuges bezeichnet werden, fragte er mich dann und als wir eben über den Fluss flogen, habe ich dir ja das „Nicken und Rollen" gezeigt – hattest du dies verstanden oder ist da eine Frage bei dir offen geblieben?

Also die drei Achsen, das sind die Längs-, Quer- und Hochachse – daran konnte ich mich noch gut erinnern – die Hebel dafür bzw. die Pedale lagen in meiner Hand und unter meinen Füßen, aber Nicken und Rollen? Oh je, ich grübelte und grübelte - da muss ich gerade mit dem Vogelschwarm unterwegs gewesen sein…

Der Fluglehrer schaute mich verdutzt an, nein, nein – Vögel waren da keine!

Also zur Auffrischung nochmal: Nicken – und los geht´s – er drehte den Flieger um die Querachse. Juhu, also das Drehen um die Querachse fühlt sich klasse an – und beim Rollen – achtung jetzt – drehen wir uns um die Längsachse. Wow, besser als jede Achterbahn die ich kenne. Schon genial was dieser Flieger so kann.

Also drehen um die Querachse nennt man Nicken und die Drehung um die Längsachse dann Rollen. Gar nicht so schwer, stellte ich fest, vor allem mit dem dazugehörigen Bauchgefühl.

Vergiss auch nie die Trimmung. Sehr wichtig, um dauernde Steuerdrücke zu vermeiden. Immer wenn du merkst, dass dein Steuer schwer in der Hand liegt und ein stärker werdender Druck erforderlich wird, stelle bitte die Trimmung korrekt ein – schau, so geht es.

Er justierte den kleinen Hebel ein wenig und schon wurde das Steuer in meiner rechten Hand wieder weich und drucklos.

Dann machen wir uns nun mal für den Landeanflug fertig.

Weißt Du eigentlich in welcher Richtung sich die Erde um ihre Achse dreht? Das hatte ich mal gelernt, ich glaube es ist von Westen nach Osten – sozusagen „WO" – oder?

Prima - und ist es richtig das die Form der Erde eine Kugel ist?
Ha, ha – Fangfrage! Nee, sagte ich ihm grinsend.
Das denken zwar alle, aber die Erde ist keine Kugel sondern hat eine
Form mit dem Namen „Geoid" und sie dreht sich in einem Jahr um die
Sonne – so, ätsch!
Hey, hey, lächelte mich Bernhard an. Gut aufgepasst, aber weißt du
dann auch wodurch die Jahreszeiten entstehen?
Da war doch was mit der Entfernung zur Sonne, nicht wahr?
Fast – viele sind der Meinung nur dies wäre die Lösung, allerdings
kommt es durch die Schrägstellung der Erdachse zur Erdumlaufbahn
und dadurch, dass sich die Erde ellipsenförmig um die Sonne bewegt.

Nun zeige ich dir mal den Ablauf der Landekonfiguration, pass gut auf
und wir lassen unseren Flieger auf der Landebahn aufsetzten.
Touch and Go, wie es so schön heißt, bedeutet – wir berühren und
rollen auf der Landebahn, starten aber wieder durch und heben zu
einer weiteren Runde in den Himmel ab.
Geschwindigkeit immer 110 km/h – super wichtig und nie aus den
Augen verlieren – immer 110 km/h!!! Kaum spürbar setzte Bernhard
die „Süße C 42" auf der Landebahn auf und ließ sie mittig auf der Bahn
fahren – und nun „Du"!
Durchstarten - Gas geben und Höhenruder ziehen.
Lass unseren „Vogel" wieder in den Himmel steigen – zeig, wer die
„Herrin" ist...
Mein Herz pochte ganz wild, ich folgte seinen Anweisungen und tat-
sächlich, der Flieger gehorchte meinen Bewegungen an den Steuer-
ungsinstrumenten und wir hoben vom Boden ab.
Was für ein Gefühl.
Soviel Lebendigkeit – Freude – Sprachlosigkeit...

*

Sprachlos saß ich auch in dem alten Klapperflieger der uns nach
Havanna bringen sollte.

Wieder rehbraune „riesengroße" Augen – offener Mund – ich wollte schreien aber meine Stimme versagte.
Kein Ton, nicht mal der Ansatz eines Tones kam aus mir heraus.
Wie eine Bronzefigur saß ich auf meinem Sitz, meine Fingernägel in den Stoff des Sitzes gekrallt. Klatschnass am ganzen Körper.
Um mich herum alles voller Qualm, ich sah meine Freundin nur noch schemenhaft neben mir. Wir griffen nach unseren Händen, hielten uns fest. Keiner von uns beiden war in der Lage nur ein Wort zu sprechen.

Unsere Blicke trafen sich und es waren keine Worte mehr nötig – innerlich verabschiedeten wir uns voneinander.
Mein noch so junges Leben lief wie ein Film vor mir ab. Es gab doch noch so viel zu erleben.
Wollte nun endlich – da ich meine Flugangst überwunden hatte - weitere Reisen unternehmen. Fremde Kulturen kennenlernen und die Welt entdecken. Hatte vor mit meinem Motorrad – einer richtig wilden Kawasaki „Ninja" - und der Truppe vom Biker-Treff schöne Touren zu machen.
Stellte mir vor in die Tiefen des Ozeans abzutauchen und der Sonne entgegen zu fliegen. In mir drin reiften noch unendlich viele Träume und Wünsche – doch die Realität sah in diesem Moment ganz ganz anders aus. Der Tod schien näher und näher zu kommen.

*

Ich hielt den Steuerknüppel fest umschlossen, zog daran und die „Rote Baroness" flog erneut der Sonne entgegen – höher und höher.
Nun üben wir mal eine sogenannte „Platzrunde", sagte Bernhard.
Jeder Flugplatz hat eine genau festgelegte Route, in der man sich um den Platz herum bewegen darf, das hatte ich dir ja schon gesagt, und hier hast du das Anflugblatt, da steht alles im Detail erklärt.
Wege und Höhe und Orte und Hindernisse und was noch alles für uns wichtig ist. Die Höhe wird festgelegt, siehst du hier?
So auch der Steuerkurs. Dieser sagt einem wo man heraus fliegen darf

oder wenn das Flugzeug sich dem Flugplatz nähert, wo genau eingeflogen werden muss. Dabei werden zum Beispiel darunterliegende
Ortschaften – aus Lärmschutzgründen – beachtet, natürlich auch
wegen der Sicherheit – ich schaue mir dieses „Anflugblatt" des Flughafens an - und tatsächlich, viele Daten und Linien und Orte, Straßen,
Wälder und Flüsse waren darauf erkennbar – genaueres dazu erkläre
ich dir aber auch noch einmal im theoretischen Unterricht, bekam ich
gesagt. Versuche doch nun einmal, diese eingezeichnete Flugstraße
einzuhalten und Kurs zu nehmen. Nach dem Abheben mit einem
„Kurs über Grund" von 090° den Platz verlassen und Richtung Autobahn fliegen, dabei zügig die Höhe 2000 ft. (Fuss) erreichen – von dort
an den Hochspannungsleitungen entlang bis zur Waldgrenze.
Alle 5 Sekunden den Blick über die Anzeigen im Cockpit streifen lassen
– vor allem Geschwindigkeit und Höhe kontrollieren – dann Luftraumbeobachtung, schau ob alles frei ist – wir fliegen VFR!
Was fliegen wir? VFR, dies ist die englische Abkürzung für „Visual
Flight Rules" und bedeutet Fliegen nach „Sichtflugregeln".
Wir müssen also ständig Ausschau halten und den Luftraum – in dem
wir uns bewegen – beobachten.
Beim Einleiten der Linkskurve muss die linke Tragfläche angehoben
werden – also Querruder nach rechts - damit du „links" alles einsehen
kannst. Erst wenn keine Gefahr erkennbar ist, z.B. ein anderes Flug-
zeug, leitest du die Kurve ein. Das gleiche gilt selbstredend auch für die
Rechtskurve, allerdings hier Querruder nach links.
Luftraum kontrollieren, erst dann die Kurve.
Wir müssten, laut unserem Anflugplan, nun einen Golfplatz unter uns
haben und die nächste Linkskurve ist nach den drei kleinen Seen
einzuleiten. Kannst du dies erkennen, fragt er mich. Alles verstanden?
Ich merke wie mein Kopf von links nach rechts wackelt.
Mund steht offen.
Hände voll beschäftigt - Füße ebenso, nun noch die ganzen Anzeigen,
Hebel und Knöpfe mit den Augen fixieren und so „nebenbei" draußen
den Luftraum im Blick haben - auf dem Knie dieses Klemmbrett mit
Sammlungen von Check-Listen, Flugfunkinstruktionen, Anflugplänen,
Blätter für Notizen und ein Stift – wie soll ich da was notieren, denke

ich? Bin ich ein Alien und habe drei Hände oder wächst mir beim Fliegen vielleicht noch was?

Oh man – also die Träumerei vorhin hat mir bedeutend besser gefallen als diese Masse an seltsam klingenden Information.

Ich gebe auf, höre ich mich sagen.

Können wir runter, ich muss dringend für kleine überforderte Möchtegernpilotinnen. Bernhard lacht, meldet per Funk wieder dieses Delta-Mike-Zeugs zum Tower, bekommt irgendwelche Zahlen und Daten geantwortet und ein paar Minuten später setzt er den Flieger wie eine Feder auf der Landebahn auf, kaum spürbar.

Wahnsinn. Wir rollen zurück zum Hangar und als die Maschine sicher steht, alle nötigen Sicherheitsvorkehrungen getroffen und der Motor ausgeschaltet, erlaubt er mir das Aussteigen – ich sause mit prall gefüllter Blase der Erleichterung entgegen.

Als ich zurückkehre steht mein Fluglehrer schon mit grinsendem Gesicht am Flugzeug. Ich hoffe dass dir nicht schlecht geworden ist?

Nein, nein - es lag wohl an zu viel Getränk vor dem Abflug, dies wollte raus, gab ich grinsend zur Antwort.

Ich hoffe dein erster Flug hat dir gefallen, bei einem solch wunderbaren Sonnenschein doch ein Genuss, nicht wahr?

Na klar, es war unglaublich schön, doch das alles zu lernen, das schaffe ich nicht. Da komme ich doch lieber ab und zu mal her und setze mich neben Dich – genieße mit allen Sinnen und hab keinen Stress.

Was denn für einen Stress, fragt er mich schmunzelnd.

Wenn du dies alles fleißig übst und die Technik verstehst, dann klappt das fix von ganz alleine, glaube es mir. Reine Übungssache – wie damals, als du den Führerschein für´s Auto gemacht hast.

Das konntest du doch auch nicht sofort, oder? Natürlich nicht, aber das hier ist ja schon was ganz anderes.

Im Auto kann ich sofort stoppen und einfach mal eben rechts ran fahren wenn was ist – im Himmel nicht – da sah ich keinen Standstreifen oder einen Parkplatz! Da hast du recht, aber dafür gibt es auch keine rote Ampeln oder Stop-Schilder. Keine lästige Parkplatzsuche oder Staus - ganz zu schweigen von der Einmaligkeit dem Himmel und dem Universum so nahe zu sein, dem Spiel der Wolken und der grenzenlosen Freiheit.

Moment, kontere ich – wie war das gerade mit grenzenloser Freiheit – achte auf den Flugverkehr, halte dich an den Anflugplan und die vorgegebenen Flugstraßen, beachte die Höhenvorgaben und pass hier auf und pass dort erst recht auf und pass auf alle Flugzeuginstrumente auf und die Pumpen und Hebel und die Trimmung und wie das alles noch gleich hieß… Er lachte laut.

Warte ab, nach ein paar Flugstunden kannst du das auch alles!

Außerdem, sagte ich, habe ich nur zwei Hände – obwohl ich mindestens drei benötige – habe nur zwei Augen und Ohren um alles zu sehen bzw. zu hören – aber gefühlt brauche ich da oben mindestens das zigfache davon. Wie soll ich das hinbekommen?
Das ist ganz einfach, glaube mir.
Ich grinse, o.K., du bist ja auch ein Mann – höre ich mich sagen.
Böse Zungen behaupten Männer hätten „drei" Hände und daher ist die Fliegerei sicher auch immer noch eine Männerdomäne.
Obwohl – eigentlich sind wir Frauen ja diejenigen die Multitaskingfähiger sind, warum sollte das Fliegen dann eigentlich nur was für Männer sein – beim männlichen Geschlecht kommt doch immer eins nach dem anderen – oder wie war das??? Ich lache laut!
Ganz schön frech, meint mein Fluglehrer!
Tut mir leid, es muss Ausnahmen wie Dich geben, sage ich fröhlich.

Das war eben ziemlich beeindruckend, also ich glaube nicht das ich das jemals erlernen kann – versuche ich diese heikle Situation zu entkräften. Mitfliegen ja, aber solch ein Flugzeug jemals selber und auch noch „alleine" fliegen – sicher niemals. Ich werde dir helfen und dir alles beibringen, baut mich Bernhard auf – ich fliege schon über dreißig

Jahre, fügt er hinzu – da mache ich mir über viele Kleinigkeiten, die für Dich noch neu und sehr wichtig sind, keine Gedanken mehr.
Das ist bei mir schon in „Fleisch und Blut" übergegangen. Du wirst sehen, wenn du fertig bist und alles erlernt hast, war es nur halb so schlimm und so spannend wie damals in der ersten Schulklasse, als du das ABC lesen und schreiben lernen solltest.

Apropos ABC – kennst du denn schon das Flieger-ABC?
A wie Alpha – B wie Bravo – C wie Charly - D wie Delta – E wie Echo (gesprochen Ecko) – F wie Foxtrott – G wie Golf – H wie Hotel – stopp stopp, zu viel Info für Heute!!!

Mein Gehirn qualmt schon - sieh mal - rufe ich.
Er fühlt meine Stirn und lacht, ganz schön heiß, da hast du recht – also Schluss für heute. Wann kommst du zur ersten theoretischen Unterrichtsstunde?
Ich – niemals - das hat mir heut schon gereicht!!!

Ich gebe dir einfach mal das Lehrbuch mit und dann kannst du zuhause rein sehen und mit dem Lernen beginnen.
Das Flieger-ABC ist gar nicht so schlimm und schaue dir auf Seite 34 die Beschreibung von Höhen- Quer- und Seitenruder mit Funktionen und Auswirkungen auf das Fluggerät an. Wiederhole Nicken und Rollen.

Wir sehen uns am Montag pünktlich um 10.00 Uhr zur ersten Stunde und ich rufe einen Fliegerarzt an, du benötigst zuerst eine fliegerärztliche Untersuchung – ich freue mich auf Dich – sprach dies und ging davon!

Da stand ich nun, hatte ein „Flugzeug-Fliegen-Leicht-Gemacht-Lehrbuch" in der Hand (mindestens so dick wie alle Bücher von Harry Potter zusammen), Check-Listen und Flugfunk-Phraseologien, ein Flieger-ABC, diverse weitere Informationsbroschüren und tausend Formulare zur Anmeldung für die Ausbildung als Sportpilotin, denn das Führen eines Luftfahrzeuges ist in Deutschland nur mit einer gültigen Lizenz erlaubt, die vom Luftfahrtbundesamt (LBA), genauer von dem Beauftragten des Bundesministeriums für Verkehr, Bau und Stadtentwicklung – kurz „BMVBS" - nach bestandenen Prüfungen (sieben schriftliche und je eine mündlich/praktische) - ausgestellt wird.

Nun war mir auch endlich klar warum Harry Potter so lange nach Hogwarts gehen musste und diese irrsinnig dicken Lehrbücher umherflogen – es kann nicht nur an der Zauberei gelegen haben – es muss auch etwas mit dem Fluggerät, dem Nimbus „2000" oder wie das Ding hieß - zu tun gehabt haben.

Tja, und nun – nun halte ich selber eines dieser mächtigen „Lehrbücher" in den Händen, fühle mich wie Hermine Granger – ok, nicht ganz so schlau und souverän – aber immerhin, ich halte ein Buch in der Hand – wenn ich dessen Inhalt erlernt und verstanden habe, dann bin ich die Herrin der Lüfte!!! Dann darf ich sogar mehr als nur den Nimbus unter meinem Po spüren, dann habe ich das Steuer in der Hand und kann die Magie, den Zauber und all seine Herrlichkeit erleben – kann zu Sonne oder Mond empor steigen – nach den Sternen greifen! Das fühlt sich grandios an. Das ist es! Das ist mein Ziel!!!

Bis Montag um 10.00 Uhr – rufe ich Bernhard nach – er dreht sich um, ein breites grinsen im Gesicht – winkt - und ruft: „ im Schulungsraum am Tower".

(Ein Buch ist von Winfried Kassera – Motorflug kompakt: Das Grundwissen zur Privatpilotenlizenz – vielen Dank für die Nutzungs-Freigabe)

*

Kapitel 5   Die Zäsur in meinem Leben

Ich kann kaum glauben dass ich dies gerade gerufen habe.

Noch vor drei Monaten stand ich auf einer Autobahnbrücke und versuchte mir meine „neue" Zukunft vorzustellen.
Mein Herz brannte furchtbar – es brannte so furchtbar und doch
schlug es weiter, es schlug einfach weiter.

Es war der 20te August – der Tag, an dem mein Mann „von einer
angeblichen Geschäftsreise" – nach Hause kam und an unserer
Haustür klingelte, anstelle seinen Schlüssel zu verwenden.

Er kam herein, stellte sich vor mich und sagte frei heraus „Er habe sich
in eine andere Frau verliebt und würde mich verlassen", möchte nur
noch seine Sachen abholen und ginge dann zu Ihr.
Dann ging Er.

Was hatten wir Träume und Zukunftspläne.
Doch dann geschah diese Zäsur in meinem Leben – ein gewaltiger und
brutaler Einschnitt – wie heißt es so schön in einem meiner Lieblings-
filme: „Sie haben einen miesen Charakter".
Dieses Zitat - bekam für mich eine ganz neue Bedeutung.
Eine Trennung ohne Anstand und Ehre.
Ich hoffe und wünsche jeder anderen Frau, dass Ihr solch ein charak-
terloses Erlebnis erspart bleibt.

Mein Haus.
Nur noch ein Klotz am Bein. Diese Heimat die keine mehr war.
Ich habe so viel geschuftet um die laufenden Kosten jeden Monat zu
erarbeiten. Nun erschien es mir wie ein Fluch.
Ständig kamen neue Gedanken in mir auf wie unmöglich mein Leben
verlaufen ist. Wie viele Kämpfe ich schon gekämpft hatte.

Wie viele Hürden ich schon zu überwinden hatte – wie viele Lebens-
prüfungen mir schon auferlegt wurden.
Wie kann ein Mensch alleine so viel tragen und ertragen.
Ich muss da raus, ich kann nicht mehr und ich will nicht mehr.

Alles um mich herum so fremd und unwahr.
Ich fand keinen Schlaf – der Bruch nagte sehr an mir.

Das Leben aber musste weiter gehen - egal wie – egal wie schwer,
egal mit welchen Hindernissen. Ich hatte für drei Kinder zu sorgen.

Meine Eltern, mein großer Bruder Manfred, meine beste Freundin
Beate und ein enger Kreis guter Freunde standen mir bei.

In mir breitete sich eine mächtige Enttäuschung aus.

Zu all dem unfassbaren gesellte sich noch ein weiteres unbeschreibli-
ches Drama. Meine einzige Schwester hackte so auf mir herum und
beschimpfte mich so maßlos - was für mich in meiner Situation so
unerträglich wie unverständlich war – das Sie als Konsequenz mit ihrer
gesamten Familie den Kontakt zu mir und meinen Kindern abbrach.
Sie alle wollten nichts mehr mit uns zu tun haben.

Ich habe nichts verstanden. Gar nichts. Ich war schuld.
Schuld an was? Verlassen zu werden?
Diesem Zustand ausgesetzt zu werden? Nicht zu kämpfen?
Ich habe schon so viel gekämpft. Ich kann einfach nicht mehr kämpfen.
Ich kann es nicht. Ich bin des Kämpfens müde.
Mehr konnte ich nicht mehr sagen.
Ich begann zu funktionieren.
Innerlich ausgebrannt und vollkommen leer.

Doch es kommt immer alles ganz anders - mein Herz schlug immer
noch – jede Sekunde und Minute. Schmerzte. Brannte.
Jede Stunde und jeden Tag. Woche um Woche.

Nun war es schon September.

Ich zählte noch immer die Tage nach dem 20.ten – aber ich schöpfte tatsächlich Mut, es könne ein Leben ohne weitere Kämpfe geben.
Ich bot das Haus im Internet zum Verkauf an. Einfach so.
Kein schlechtes Gewissen. Es gehörte mir, ich hatte es erarbeitet.

Jeder Raum, jeder Gegenstand – alles behaftet mit Erinnerungen.
Mein Schlafzimmer verschenkte ich sogar ganz spontan.
Es ging so fix, kaum dass ich es einem Bekannten anbot, kam er mit Lieferwagen und Helfern vorbei – baute es komplett ab und verschwand. Da stand ich nun in dem leeren Raum, es passte zu meiner inneren Leere und ich musste das erste mal seit langer Zeit schmunzeln. Meine Eltern hatten es mir zur ersten Hochzeit geschenkt. Brautelterngeschenk hieß es damals.

Nachdem ich den Raum gründlich gesäubert und erfrischt – sozusagen „Entmannt" hatte – kam eine Matratze auf den Boden, ein Nachtlicht und mein Wecker. Fertig.

Und nun? Alles muss weg. Einfach alles.
Wenn schon ein Neuanfang, dann richtig.

Mein Telefon stand nicht mehr still. Dass es so viele Interessenten für das Gebäude gab hätte ich niemals für möglich gehalten.
Ich schleuste über zehn Paare am ersten Wochenende nach der Veröffentlichung durch das Haus.
Hatte ein Ehepaar das die Hecke des Nachbarn unmöglich fand, ein weiteres wollte es nur wenn ich noch einen Zaun für den Hund anbringen ließe, dann zwei Paare die erst mit der Bank verhandeln mussten und tatsächlich drei Zusagen. Das fand ich genial und ich strahlte bei dem Gedanken daran diesen Klotz der Erinnerungen tatsächlich bald los zu sein. Wirklich neu anfangen zu können.

Es war keine zuhause mehr. Nicht mehr meine Heimat.
Nicht mehr der Ort an dem ich mich aufhalten wollte.

Anfang Oktober unterschrieben wir die Verträge beim Notar.
Verkauft!
Von nun an hatte ich sechs Monate Zeit für den Auszug.
Wohin? Ich sah mir einige Wohnungen an.
Drei kamen in die engere Auswahl. Gute Lage. Preis in Ordnung.
Kurz bevor ich einen Vertrag unterzeichnen wollte kam ein Angebot
meiner Eltern. Sie boten mir mein altes „Kinderzimmer" und die darum
befindlichen Räume an. Sie hätten gerne ihre drei Enkel und Mich in
ihrer Nähe. Das war super lieb von Ihnen.
Sie hatten das Bedürfnis mir zu helfen und ungeachtet aller unschönen
Worte und Taten die sie dafür ernteten, waren Sie bereit zu geben was
ihnen möglich war. Nichts finanzielles, bei so einer winzigen Rente
auch nicht möglich, aber mit den Räumen und der Fürsorge und der
Nähe zu Uns. Ich nahm ihr Angebot dankbar an.

Natürlich hatte ich Zweifel ob dies gut gehen würde und wir unter
einem gemeinsamen Dach miteinander klar kämen, aber ihre Argu-
mente sprachen dafür.
Für meine Kinder war es auf jeden Fall die Beste Lösung.
Eine Lösung um ihre bereits mehrfach verletzten kleinen Seelen mit
der uneingeschränkten Liebe von Oma und Opa zu besänftigen.

Als der Zeitpunkt kam das Haus komplett zu leeren, bestellte ich einen
riesigen Müll-Container. Mein in Bayern lebender Bruder Manfred
hatte sich sogar extra Urlaub genommen und kam zum Ausräumen
zu mir.
Ich kann gar nicht beschreiben was für ein Gefühl dieses Entleeren
war. So befreiend.

Angesammelte Emotionen, Hass, Liebe, Kampf und Niederlage.
Ich warf alles in den Container.
Bei jedem Stück fühlte ich mich freier, vor allem bei dem Sofa aus dem

Wohnzimmer – das hatte solch schlimme Erinnerungen und Begeben-heiten – schon aus der ersten Ehe - in sich verschlossen, ich genoss es, es in den Container zu werfen.
Es zerbrach und ich schrie und ließ meinen ganzen Frust und Kummer hinaus.

Was nicht in den Container kam, trugen wir in unser neues zuhause.
Wir schleppten uns wunde Finger. Jeder Muskel schmerzte.
Ich war mittlerweile schon so ausgezehrt und müde, funktionierte aber – ich musste funktionieren. Irgendwie.

An den Abenden lagen meine Kinder und ich auf den noch übrig gebliebenen Matratzen. Bis zur Schlüsselübergabe mit den neuen Besitzern wollte ich dort ausharren.
Abschied feiern.
Den Prozess fühlen, das Ende dieser Ära zelebrieren.

Es waren keine Möbel mehr da, außer der Küche – die überließ ich den neuen Eigentümern - so konnte ich noch kochen und wir aßen auf dem Boden. Hatten Spaß dabei und nach jedem weiteren Tag freuten wir uns mehr und mehr auf das neue Heim, denn es wurde langsam richtig unheimlich.
Jeder Schritt klang leer und drohend. Jedes Gespräch hallte durch das ganze Haus. Selbst die Toilettenspülung klang wie ein tosendes Gewitter. Es wurde Zeit zu gehen.
Es fiel mir leicht. Bedeutend leichter als gedacht.
Am letzten Abend flossen dann aber doch dicke Tränen.
Ich saß auf der Arbeitsplatte in der Küche, schaute mir den Raum nochmal an, viele Erinnerungen kamen empor.
Mein Leben und die Geschichte zu diesem Haus lies ich noch einmal Revue passieren. Durchlebte dreizehn Jahre im Schnelldurchlauf und heulte mir dabei erneut die Augen aus dem Leib.
Als die Tränen endlich versiegten ging ich zu meiner Matratze.

Die Schlüsselübergabe war im Vergleich zu allem was ich in den letzten Wochen und Monaten erleben musste ein reines Kinderspiel.
Mit einem Übernahmeprotokoll durchschritten wir nochmal jeden Winkel des Gebäudes, drinnen wie draußen und unterzeichneten am Ende das Formular.
Ich übergab die Schlüssel, drückte die neuen Eigentümer und ging.

Es floss keine Träne mehr. Ich konnte einfach gehen.
Ich war frei. Bereit für den Neuanfang.

*

Kapitel 6 Bereit für einen neuen Anfang

Bereit für einen „neuen" Anfang. Bereit für ein „neues" Ziel!

Es ist Montagmorgen 10.00 Uhr – ich begrüße Euch alle zur heutigen Unterrichtsstunde.
Wir beginnen mit dem Prüfungsfach Navigation – Zeitzonen.
MEZ, UTC, ZULU-Zeit, OEZ sowie den Besonderheiten Sommer- und Winterzeit hier bei uns in Deutschland.
Die Zeit ist in der Fliegerei ein wichtiger Parameter meine Herren - und ab heute zu uns gestoßen, die zurzeit „einzige" Dame im Team – ich begrüße Dich recht herzlich und freue mich wirklich sehr, dass du den Weg zu uns gefunden hast!
Darf ich Euch allen unsere neue und mutige „Pilotin" vorstellen – begann Bernhard, unser Fluglehrer, mit der Begrüßung.

Wir schüttelten uns alle die Hände, stellten einander mit Vornamen vor und die Kerle hießen mich wirklich nett und sympathisch „recht herzlich willkommen".
Das tat gut. Keine Überheblichkeiten, nicht eine Sekunde das Gefühl „was will die denn hier" – nichts dergleichen.
Ganz im Gegenteil.
Wir lachten bei der Vorstellungsrunde und ich fühlte mich in mitten der Meute gut aufgehoben.
Ich kann es mir nur so erklären – wir haben alle das gleiche Ziel!
Die Faszination ein Flugzeug selber fliegen zu können hat uns alle in seinen Bann gezogen und macht uns zu verbündeten.
Nun, nach dem wir so fröhlich begonnen haben, starten wir heute mit dem Ausfüllen der „gefühlten - tausend" Anmeldeformulare, bitte überall eure Namen und Adressen eintragen.
Auch die Belege für das Führungszeugnis und das Punkteregister in Flensburg, aber diese mit nach Hause nehmen und die Anforderungen absenden. Wer hat, kopiert die Belege der fliegerärztlichen Untersuchung und die Unterlagen vom Augenarzt.
Deine Arzttermine beginnen morgen um 14.00 Uhr, wurde mir mitgeteilt - und nun legen wir mit ein wenig Theorie los.

Ich begrüßte Euch mit den Worten es ist 10.00 Uhr, ist dies MEZ

oder UTC beziehungsweise Zulu-Zeit oder OEZ?
Dies schlüsseln wir auf.
Wir beschäftigen uns ferner damit in wie viele Zeitzonen die Erde
eingeteilt ist und wodurch diese gekennzeichnet sind.
Bei welchem Meridian die Datumslinie liegt sowie der Errechnung,
welchen Zeitraum die Sonne benötigt um zum Beispiel zwischen den
Meridianen 5 Grad E und 10 Grad W durchzulaufen.

Wie viele Längengrade eine Zeitzone umfasst und was all die anderen
Abkürzungen bedeuten.
Schauen uns die Luftfahrkarte ICAO 1 : 500 000 an – erlernen die
Faustformeln für die Umrechnung von Kilometern in Nautische Meilen,
Meter in Fuß sowie Kilometer pro Stunde in Knoten und umgekehrt.

Was Flug-, Sink- und Windgeschwindigkeiten sind und natürlich alle
Fragen die Euch so am Herzen liegen.
Des weiteren die heutige Navigationsaufgabe „Plant und berechnet
einen Streckenflug an einem Donnerstag", drei Zwischenlandungen,
Wetterdaten aus dem GAFOR-Bericht ermitteln, Wind lautet 230° / 12
kts, Reiseflug TAS 95km/h, Kraftstoffverbrauch 9 l/h, keine Deviation
und die Variation 7° West - Flughöhe wechselnd unter Beachtung der
VFR und Luftraumstruktur.
Eure ausfliegbare Kraftstoffmenge beträgt heute 40 l – Start und Ziel
an EDVI mit den Zwischenlandungen an EDVY, EDXG und EDLI – eure
Hilfsmittel wie immer die ICAO-Karte 1 : 500 000, das Navigationsbesteck, Taschenrechner, die Anlagen aus AIP VFR, euer Fliegertaschenkalender und die GAFOR-Berichte.

Gibt es Fragen? Anregungen? Wünsche?
Ich meldete mich brav – wie früher in der Schule – „ich möchte nach
Hause", dass hier ist echt nix für mich.
Es müsste ein Wunder geschehen damit ich all dies verstehe – denn
ehrlich „Jungs" – ich habe absolut überhaupt nichts verstanden.
Aber auch gar nichts.

Ich kann Euch was über Hyper- und Hypotonie berichten, über Synkopen und Alzheimer, die Apoplexie oder Desoxyribonukleinsäure – kenne unsere Muskeln, Sehnen und Faszien so gut, dass ich Euch einen Hexenschuss oder Bewegungseinschränkungen mit der Therapie nach Liebscher & Bracht in kurzer Zeit mindern kann – aber das eben war nicht meine Welt.
Ich glaube dass Sonne, Mond und Sterne doch zu weit weg sind für mich...

Aus der Traum – das Ziel ist in unerreichbare Ferne gerückt!
Ich stand auf und ging Richtung Ausgang.

Toni stellte sich fix vor die Tür und lächelte freundlich – nichts da, sagte Marco, du bleibst schön hier.
Wir arbeiten alle zusammen, lernen zusammen und vor allem – wir helfen uns und schaffen dies gemeinsam!
Verstanden du Möchtegernfliegerin!
So, und nun geht's los...
Wie? Was geht los, stammelte ich.
Bernhard begann Kaffee zu kochen, Ludwig kramte frische Brötchen und Wurst aus seiner Tasche. Herbert spendierte Käse und Marco hatte süße Sachen dabei, Thomas stellte Tomaten und frische Ananas auf den Tisch und in Windeseile war unser Schulungstisch mit feinen Leckereien bedeckt. Das Geschirr wurde aufgetragen und der charakteristische Kaffeeduft durchzog den Raum.

Hinsetzen und Essen, sagte Daniel und drückte mich sanft auf meinen Stuhl zurück. Es war genial, einfach nur genial.
Wir steckten die Köpfe zusammen, redeten und redeten, erklärten und erklärten. Dies ist so und das ganz anders.
Hier bei diesem Lerninhalt muss „das" besonders beachtet werden und „so" kann man sich das mit den Abkürzungen super merken.
Der Kaffee war heiß und lecker, die Speisen gaben Kraft und Energie.
Die gute Laune und das Gekicher war Balsam für meine geschundene Seele. Ich hatte schon so lange nicht mehr solchen Spaß und als wir am

späten Nachmittag den Unterricht beendeten, konnte ich alle Fragen souverän beantworten.

Ich saß überglücklich in meinem Auto und trat die Heimfahrt an. Musik wollte ich keine hören, nein – in mir war so viel „Wunder" – so viel Freude und Glück, dass ich während der Fahrt auf der Autobahn nochmal das gelernte abrief und vor meinem inneren Auge wiederholte.

MEZ ist die Mitteleuropäische Zeitzone – UTC die Universal time Coordinate, also die koordinierte Weltzeit – die OEZ entspricht der Ost-europäische Zeitzone, die der Sommerzeit in Deutschland entspricht und die ZULU-Zeit ist die Einheitszeit der zivilen Luftfahrt und ist die gleiche wie die UTC.
Unsere Erde hat 24 Zeitzonen und jede Zeitzone hat 15 Längengrade.
Die Datumslinie liegt etwa beim Meridian 180 Grad und die Sonne be-nötigt 1 Stunde um vom Meridian 5 Grad Ost zum Meridian 10 Grad West zu kommen.

Plötzlich hatte ich wieder dieses seltsame Gefühl in mir, es schien, als würde der Amethyst an meiner Halskette erneut zu leuchten be-ginnen.
Ein kräftiger Seufzer entglitt mir, Freudentränen kullerten über meine Wangen. Ich fühlte mich wie elektrisiert, von den Fingerspitzen bis zum kleinen Zeh – wie Wellen im Ozean durchflossen sie meinen Leib.
Ein ganz besonderer Duft schien sich in meinem Auto auszubreiten.
Etwas besonderes, würzig aber doch blumig.
Ein holzige Note in der Tiefe, etwas frisches und lebendiges auf Herzhöhe. Eine Mischung aus feuchtem Waldboden, nach einem kurzen Regenschauer, und einer riesigen - mit bunten Blumen gefüll-ten Sommerwiese. Ich kannte Duft.
Wo hatte ich diesen denn erlebt?
Wo schon einmal erschnuppert? Mir fällt es sicher noch ein.
Doch nun erschien mir in Gedanken ein Bach der munter vor sich her plätscherte, der sich seinen Weg durch verschiedenartigste Hindernis-

se suchte. Kleine und große Steine – helle und dunkle – manche durch die Macht des Stromes in der Form abstrakt verändert.

Einige davon schienen farbig in der Sonne zu glitzern, andere wie reine Diamanten mit einer besonders starken Leuchtkraft – wie unsere Sterne am Firmament.

Es war so ruhig, so ruhig das ich die Flügelschläge der kleinen Bienen hören konnte die von Blume zu Blume flogen um den Nektar zu sammeln. Sah im Himmel einen majestätischen Adler kreisen – imposant und mit ausgebreiteten Flügeln glitt er geräuschlos durch die Luft.

Er schien mich zu beobachten, wahrte aber eine sichere Distanz.

Bald komme ich zu dir und begleite dich, werde an deiner Seite ebenso kraft- wie würdevoll meine Kreise ziehen. Werde hinab sehen können und stolz und mutig den Gefahren trotzen.

Werde mich wie eine Königin der Lüfte fühlen dürfen – werde die Herrin über den Weg und die Geschichte sein.

Der Adler schien zu nicken und verabschiedete sich mit seinem einzigartigen Geschrei. Ich sah im lange nach. Ein solch faszinierendes Geschöpf...

*

Kapitel 7   Das Abenteuer Kuba geht weiter

Krampfhaft halte ich noch immer die Stuhllehne meines Sitzes fest. Würde der Pilot noch etwas sagen bevor wir abstürzen und auf kubanischem Boden zerschellen?

Was würde er zum Trost sagen?

Es war nett Sie an Bord bedient und versorgt zu haben?

Oder: es war uns ein Vergnügen Sie als unsere Gäste begrüßt zu haben? Vielleicht auch: wir hoffen der Flug mit Havanna-Airline hat Ihnen gefallen – leider erreichen wir unser Ziel nicht wie vorgesehen, aber es war toll dass sie alle dabei waren?

Ich fange an zu lachen.

In meiner Angst und Not beginne ich tatsächlich über meine Gedanken und den bevorstehenden Tod zu lachen.

Meine Freundin schaut mich mit entsetztem Blick an – beginnt auf mich einzuschlagen und ruft hör auf, hör auf. Doch ich kann nicht aufhören, es gelingt mir nicht. Ich lache weiter.

Plötzlich war es still im Flugzeug.

Wenn die lauten Propeller nicht gewesen wären, hätte man sicher eine Stecknadel fallen hören können. Das Geschrei war verstummt, nur mein lachen hallt noch durch den Flieger. Unheimlich.

Freundlich lächeln kommen die beiden Flugbegleiterinnen erneut mit dem Silbertablett daher. Erst bei deren Anblick verstumme ich schlagartig. Alles gut – alles gut.

Ist nur Aircondition, rufen Sie. Nur Nebel für Luft.

Nix schlimm – alles gut. Gegen Druck – gegen Druck.

Ist immer so. Immer so.

Während nun alle anderen nach und nach zu lachen beginnen, sitze ich kreidebleich in meinem Sitz und kann kaum fassen was die beiden Schönheiten da gerade von sich gegeben haben.

Wir sterben nicht?

Es war nur Nebel aus der Klimaanlage?

Was für ein elender scheiss – solch ein Psychoterror – dem Tod ins Auge sehen, zumindest gefühlt – und dann machen die sich lustig und witzeln etwas von „Nebel der Klimaanlage".

Meine Freundin und Ich fallen uns um den Hals.

Drücken uns und können noch immer nicht realisieren was wir da gerade erleben. Kann man solch ein Gefühl in Worte fassen – sicher niemals. Als wir endlich wieder festen Boden unter den Füßen haben und dieses Museumsding verlassen konnten, lagen wir uns alle in den Armen – ob man sich nun kannte oder nicht – es spielte keine Rolle. Dieses Erlebnis würde uns für die Ewigkeit miteinander verbinden.

Ok - Ewigkeit könnte übertrieben sein – wir mussten ja gegen Abend mit diesem Vehikel wieder zurück.

Allerdings wussten wir nun auch, dass das Feuer und der Rauch eine Fehlinterpretation war und wir auf dem Rückflug wieder mit „Nebel der Klimaanlage" rechnen mussten. Das beruhigte ein wenig.

Die Sonne Havannas, die karibische Musik in den Straßen, die wunderschönen alten Autos und das gesamte Flair dieser Stadt – natürlich auch die leckeren Mojitos von „Ernest Hemingway" - entschädigten für den psychologisch bedeutsamen Gehirnschaden.

Wir tranken alle viel zu viel. Das erste Mal in meinem Leben genoss ich mehr an alkoholischen Getränken als mir gut tat. Mein immer noch geschocktes Kopfinnere rebellierte und beschwerte sich massiv.

Es fuhr Karussell, schneller und schneller. Als sich noch mein Magen hinzugesellte, war schluss mit lustig.

Ich ergab mich - und übergab mich.

*

Ich sitze im Auto, wiederhole das ICAO-Alphabet... Osska, Papah, Kibeck, Rohmio, Sierra, Tango, Juniform, Wiktor, Wisski, X-ray, Jänki, Sulu. Eine Nautische Meile sind 1,85 km und umgekehrt ist ein km gleich 0,54 NM. Tausend Fuß entsprechen etwa 300m und somit sind tausend Meter ca. 3300 Fuß.

MEZ ist die Mitteleuropäische Zeit(-zone), MESZ dagegen die Mitteleuropäische Sommerzeit - während MET - die Abkürzung für die Wetterkunde – „Meterological" ist.

Hier kann der „örtliche" Routinewetterbericht abgerufen werden – die „nationale" Wettervorhersage gibt es beim NMC, dem National Meterological Forecast Center.

Beim GAFOR, dem General Aviation Forecast, gibt es die Wettervor-
hersage für die Allgemeine Luftfahrt – die wichtigste für die Fliegerei!
Sehr wichtig! Ergänzend dazu die GAMET – die Gebietsvorhersage für
Flüge in niedrigen Höhen, also Area forcast for low level flights.
Die NOTAM's sind die Nachrichten für Luftfahrer, unterschiedlicher
Priorität.
Als PAPI wird die Präzision-Gleitwegbefeuerung bezeichnet, also die
vier Lichter neben der Landebahn, um den idealen Gleitwinkel beim
Landeanflug anzuzeigen dies wird Precision Approach Path Indicater
ausgesprochen und PPR heißt, vorherige Genehmigung erforderlich –
also Prior permisson required – dies ist oft an kleineren Flugplätzen
der Fall. Dort darf nur nach PPR gelandet werden.
So, das sitzt schon mal – Hausaufgaben gemacht.
Mal sehen womit wir heute „gequält" werden, denke ich.

*

Apropos gequält, auch unser Rückflug von Kubas wunderbarer Hauptstadt Havanna in den Osten der Insel verlief „alles andere als Planmä-
ßig!!!". Das wir „von Hinten" in den Flieger klettern mussten – das
hatten wir schon - das die Klimaanlage wieder Rauch und Nebel spuck-
te ließ uns nun alle zusammen lachen, anstelle in Panik zu geraten -
aber das einer der Passagiere mit seinem „Kopf" in der kleinen
Fliegertoilette fest steckte" – das war zum Schreien lustig – einfach
grandios!
Dem armen Kerl war es mächtig übel geworden – so wie vielen von
uns – doch als er sich zum Entleeren in das Becken reckte, betätigte er
dabei versehentlich die Spülungstaste. Bei diesem netten Museums-
flugzeug entstand solch ein Sog, das es ihm das Gesicht und den
ganzen Kopf fest hinein zog. Das muffige Toilettenwasser kühlte seinen
Kopf und wir sahen was er zu Mittag gegessen hatte.
Alle riefen nach Brechtüten - doch leider gab es keine!
Wir zerrten an dem Mann herum, wollten ja nicht das er „in" seinem

Mittagessen oder „dem" Toilettenwasser ertrank – viele Passagiere
liefen wild durcheinander – jeder wollte mal ziehen, drücken, das
Desaster mit ansehen.

Hätte es damals schon Handy´s und Youtube gegeben – der Typ wäre
mit diesem Video zum Millionär geworden.
Doch leider gab es das alles noch nicht und er war froh und dankbar,
dass wir ihn mit vereinten Kräften aus seiner misslichen - und fast
erneut lebensbedrohlichen Lage befreit hatten.
Nun saß er da auf dem Boden, ein Häuflein Elend.
Die Essensreste klebten an seinen Anziehsachen - an den Beinen,
irgendwie überall – die übelriechende Flüssigkeit, gepaart mit feinsten
Bröckchen, lief ihm vom Kopf bis zu den Füßen.
Die Toilette glich einem Schlachtfeld – aber nicht nur die!
Der Rauch im Flieger – alles gut, alles gut, nur Nebel von Klimaanlage –
verteilte den "Duft" großzügig in diesem geschlossenen Raum. Wer bis
dahin noch nicht an seine Grenzen gebracht wurde – nun gab es kein
Halten mehr – ich weiß nicht mehr was schlimmer war, der Hinflug
oder nun dieses Abenteuer...

Der Pilot musste tatsächlich eine Notlandung einleiten.
Die Feuerwehr – oder so etwas ähnliches, so wie ein paar Kranken-
wagen – empfingen uns als „Festkomitee" - irgendwo auf Kuba.
Noch weit weg von unserem Hotel, unserem Hab- und Gut und von
einem friedlichen und erholsamen Schlaf.

Es war dunkel, fast Nacht. Das Flugzeug „glich" nicht mehr nur einem
Schlachtfeld – es war ein Schlachtfeld!
Reif für das „Museum" – ob es jemals nochmal in die Lüfte konnte
oder durfte – wir haben es nie erfahren!
Wir waren uns aber sicher, dass es verschrottet werden
würde. Diese Sauerei konnte man unmöglich entfernen und schon gar
nicht diese Brech- und fäkaliengerüche.
Die Sitze – Fenster – Boden, die Wände - ja sogar auf den kleinen
Gepäcknetzen über den Köpfen und an der Decke – überall, wirklich

überall waren die Magen- Darm- und Blaseninhalte der Passagiere verteilt. Einfach Überall!

Ein Bild des Grauens für jeden der nicht mit an Bord gewesen war – selbstverständlich aber auch für alle die, die dabei waren!
Die Feuerwehrmänner kamen angerannt, mit ihren kurzen Hosen und freien Oberkörpern und den besonderen „Atemschutzmasken" – ich hätte es „ein vor den Mund gebundenes Tuch" genannt – wollte aber nicht Besserwisserisch erscheinen – und so verhielt ich mich still und leidend, wie die anderen auch.
Die winzige Schadenfreude, die unsere Gesichter trugen als die ersten Männer wieder „grün im Gesicht angelaufen" aus dem Flieger sprangen – wurde zum Glück auf Grund der Dunkelheit nicht bemerkt...
Jeder der noch irgendwie selbstständig gehen konnte, wurde zu einer Außendusche neben dem Flugplatz geführt.
Eine wahre Wohltat und Erlösung. Unsere unschöne Kleidung wurde in Fässern gesammelt und wir bekamen frische aus der Bevölkerung. Die Menschen aus der Umgebung kamen und versammelten sich um uns herum. Es wurde ein Lagerfeuer entzündet. Karibische Musik wurde mit allerlei seltsamen Musikinstrumenten, Töpfen und Schalen erzeugt. Rum floss in Strömen – wobei ich keinen Tropfen mehr anrühren konnte.

Es war die schönste und aufregendste Spontanparty die ich bis dato je erlebt hatte, wenn auch der Anlass eher eine Katastrophe war, der Abschluss dieses Erlebnisses so beeindruckend – es brannte sich wie das Lagerfeuer – mitten ins Herz hinein.

Kapitel 8   Flugunterricht und Kubaabschluss

Heute beschäftigen wir uns mit der Klassifizierung des Luftraumes in Deutschland und den Sichtflugregeln VFR – besprechen den Unter-

schied zu IFR - lernen etwas über die Flugflächen und Halbkreisflughöhen und werden sicher im Umgang mit GAFOR.

Das muss sitzen – im Schlaf beherrscht werden!

Lernen den Unterschied zwischen NOTAM Klasse 1 und NOTAM Klasse
2. Erarbeiten uns die Bedeutungen der farblich abgegrenzten Linien
in der ICAO-Karte 1 : 500 000, schauen uns Besonderheiten wie
militärische Tieffluggebiete, Sperrgebiete und Gebiete mit Flugbe-
schränkungen an, klären was TRA ist, die Temporary Reserved Airspace
– die zeitweilig reservierten Lufträumen sowie HX - und unter welchen
Voraussetzungen in die Flug- und Kontrollzonen eingeflogen werden
darf. Werden uns mit der Navigation auseinandersetzten – wie man
zum Beispiel den 0-Meridian nennt und ob es Größenunterschiede der
einzelnen Meridiane gibt.

Der Äquator, Äquatorebene und Großkreise werden ein Thema sein
und natürlich wieder eine kleine Aufgabe – Plant und berechnet einen
Streckenflug mit folgenden Informationen:

Start- und Zielflugplatz EDRT – drei Zwischenlandungen an folgenden
Plätzen: EDRK, EDRW, EDFV – Wetter und Sichten entnehmt ihr bitte
dem GAFOR-Bericht; Wind 220° / 10 kts – Flughöhe wechselnd unter
Berücksichtigung der VFR und der Luftraumstruktur. TAS 110 km/h,
Kraftstoffverbrauch 10l/h – Ausfliegbare Kraftstoffmenge 38 l –
Deviation keine, Variation 8° West; Hilfsmittel: Fliegertaschenkalender,
Auszüge aus AIP VFR, Navigationsbesteck, Taschenrechner, ICAO-Karte
1 : 500 00 und GAFOR-Bericht.

Gibt es Fragen – Wünsche – Anregungen???

Ich verrolle die Augen, stöhne laut auf – Toni stellt sich schon freiwillig
an die Türe und grinst – Bernhard beginnt den Kaffee zu kochen, ich
decke den Tisch und packe Brötchen und Käse aus. In null Komma
nichts steht alles voll mit leckeren Speisen und Getränken.

Allein schon dieses gemeinsame Mahl und der Spaß dabei sind ein
Grund nicht aufzugeben – als Jürgen die bunten Fußfesseln auspackt
um mich am Stuhl zu fesseln, bricht schallendes Gelächter im
Schulungsraum aus – ist ja nur zu deinem Besten – brüllt er vor
Begeisterung.

Mit mir kann man es ja machen, kreische ich „heulend vor lachen"
zurück. Was für ein Start in diesen Tag – was für eine Freude – was für
ein befreiendes Gefühl im Herzen – hier bin ich richtig – hier passiert
mein Wunder!

*

Wir hofften ebenfalls auf ein Wunder. Es war schon Mittag und wir
saßen noch immer – bei brühtender Hitze - irgendwo im „gefühlten
Niemandsland" von Kuba fest.
Das verseuchte Fluggerät war mit rot-weißen Bändern abgesperrt,
aber es kam auch kein neuer Flieger um uns abzuholen, bisher zumindest nicht. Glaubt ihr, wir müssen das Ding selber sauber machen und
dann damit zurück beziehungsweise weiter fliegen, sagte eine der
Frauen. Also ich steige da nicht mehr ein, lieber gehe ich zu Fuß, hörte
man eine andere sagen. Außerdem waren wir todmüde, hatten zwei
schockierende Erlebnisse hinter uns, eine schlaflose Nacht unter kubanischem Sternenhimmel – na ja, auch viel Musik und Tanz und Spaß
und Rum – aber dies konnte im Moment nicht wirklich die Stimmung
heben. Wir wollten einfach nur fort. Wollten in unser Hotel, duschen
und duschen und nochmals duschen und schlafen, ruhig und entspannt schlafen - die Boys per Fingerschnippen zu uns bemühen und
uns von Ihnen verwöhnen lassen. In der einen Hand einen leckeren
Cocktail, in der anderen ein fruchtiges Stück Ananas während uns die
braungebrannten Schönlinge unsere geschundenen Füßchen massier-
ten, mmmhhh. Das hätte was!
Als wären unsere Wünsche und Worte im Universum angekommen,
fuhr ein Bus auf uns zu. Hielt an und bat uns einzusteigen.
Eine Rückfahrt mit diesem Gefährt, prima – besser als laufen oder endlos warten – wir freuten uns sehr. Die Freude hielt leider nicht lange
an. Es war nämlich ein   kubanischer Bus – kein deutscher Bus - damit
wir uns verstehen!
Auch keine Boy's da – keine Fußmassage.

Nach einer knappen Stunde begannen die ersten zu jammern.
Blaue Flecke am Po, erneut Übelkeit und das Verlangen zu Erbrechen.
Es gab keine Klimaanlage – Rauch und Nebel blieben uns also erspart –
dafür Moskitos und Hitze. Wir hatten weder Essen noch Trinken dabei
und seit der Nacht auch nichts mehr bekommen.
Zum Glück verstand der Busfahrer recht gut Deutsch.
Er sei lange – bevor die Mauer gefallen sei – im Osten Deutschlands
gewesen. Dorthin durften die Kubaner reisen, wenn sie das nötige
Geld hatten, berichtete er uns.
Da es ja auch kommunistisch Regiert war, gab es Austauschprogram-
me. Nun verstanden wir auch warum so viele Kubaner recht gutes
Deutsch sprachen. Im nächsten Ort hielt er an, zeigte uns einen
Supermarkt und Obststände mit frischen Früchten, leckerer Kokosnuss
und allerlei anderen exotischen Sachen.

Wir stärkten uns, kauften große Wasserbehälter und jagten nach Materialien, die man sich unter den Po legen konnte um die Holzbänke im
Bus noch für weitere zwei Stunden zu ertragen.
Als Frau vom Fach ging ich in eine Apotheke um unseren Leidensgenossen etwas zum Einnehmen zu besorgen. Da Übelkeit und Erbrechen fast überall auf der Welt ein bekanntes Problem ist, wurde ich
schnell fündig und verteile die Medizin an die Betroffenen, anschließend ging die Fahrt weiter.

Gegen Abend, es war nicht mehr viel von der Sonne zu sehen, erreichten wir „unser" Hotel. Es war in Dunkelheit gehüllt – komplett verschlossen.

Alles rufen und an die Türen klopfen half nichts – es war niemand dort. Meine Freundin entdeckte unsere Koffer.

Etwas abseits des Haupteinganges stand unser Gepäck – und nicht nur unseres – auch das unserer neuen Freunde. Mittendrin - unter einem dicken Stein - lag ein großer Zettel.

*

VFR sind die Visual Flight Rules und IFR die Instrument Flight Rules, also einmal die Sichtflugregeln – es wird nach Sicht geflogen – die anderen haben zusätzlich spezielle Fluginstrumente und Radar – ich könnte also dem Pilot die Augen zu binden und mit den bunten Fußfesseln am Sitz festzurren - und der Flieger würde trotzdem am Ziel ankommen. Ich schmunzele. Kapiert.

Die Flugflächen sind zum Zwecke der Höhenstaffelung vorgesehen Flächen in der Atmosphäre, die durch festgelegte Anzeigenwerte eines auf 1013,2 Hektopascal (hPa) eingestellten Höhenmessers bestimmt sind!

Was bedeutet dies nun? – alle Flieger, ob VFR oder IFR haben die gleiche Anzeige auf dem Höhenmesser.

Gar nicht so schwer und daher gibt es auch die Halbkreisflughöhen, denn dies sind festgelegte Reiseflughöhen, die nach der jeweiligen Hälfte der Kompassgradeinstellung – in der der missweisende Kurs über Grund liegt, bestimmt wird, also von 000° bis 179° nach Osten und von 180° bis 359° nach Westen. Dazu dann die entsprechenden Reisehöhen.

Wenn Du also nach Osten fliegst darfst du als VFR Flieger auf Flugfläche (FL) 55, 75 oder FL 95 fliegen – wenn Du nach Westen fliegst

ist es dann Flugfläche (FL) 45, 65 oder FL 85!
Die Flugzeuge die nach IFR fliegen haben andere Höhen –
nach Osten Flugfläche (FL) 50 - FL 70 oder Flugfläche 90 und nach
Westen dann Flugfläche (FL) 60 - FL 80 oder Flugfläche 100 und so
weiter. Nicht vergessen, einfach immer „zwo" Nullen anfügen – dann
hast du die Angabe in Fuß!
Flugfläche 55 sind demnach 5500 Fuß, deine Flugfläche 90 entspricht
9000 Fuß! So kommen sich die Flieger nicht in die Quere und das
Reisen im Himmel ist sicher, gut koordiniert und durchstrukturiert.

Dazu gesellt sich in Deutschland die Aufteilung des Luftraumes in sieben Luftraumklassen, eigentlich sogar nur in fünf - die mit den Buchstaben von A bis G abgekürzt werden.

Die wesentlichen Merkmale sind, das der Luftraum von A bis E kontrol-
lierter Luftraum ist und der Luftraum von F und G unkontrolliert!
Der Luftraum Alpha ist nur den IFR Fliegern vorbehalten – diesen Luft-
raum A gibt es aber in Deutschland nicht!
Ferner der Luftraum Bravo – auch diesen gibt es in Deutschland nicht,
allerdings dürfen dort – wo es Lufträume mit der Kennung „B" gibt,
IFR und VFR Flieger gemeinsam fliegen! Das heißt, bei uns hier in der
BRD haben wir die Lufträume mit den Kennungen C – D – E – F und G.
Bitte wiederhole diese Buchstabenkennung im ICAO Alphabet!
Lufträume hier in Deutschland werden mit den Kennungen Charly,
Delta, Ecko, Foxtrott und Golf benannt, richtig?
Richtig!
Was du dir unbedingt merken musst, es sind für einige Gebiete „Frei-
gaben" erforderlich! Dies gilt für IFR Flüge im Luftraum Alpha bis Ecko
und für VFR Flüge in Bravo, Charly und Delta. Eine weitere Besonder-
heit sind noch VFR Nachtflüge!
Hier werden Freigaben in Ecko, Foxtrott und auch in Golf erforderlich!
Wofür benötige ich denn dies alles?
Die Freigaben für VFR-Flüge im Luftraum Delta sind dazu bestimmt, die
Verkehrsdichte in diesem Luftraum zu regulieren!
Sicherheit geht immer vor!

Damit du diese Lufträume auf der ICAO-Karte 1 : 500 000 sofort erkennen kannst, wurden Charly, Delta und Ecko in blauer Farbe dargestellt.

Für uns VFR Flieger ist allerdings der Luftraum „Golf" der wichtigste. Seine Daten und Fakten musst du beherrschen - sowie ich dich antippe musst du ihn mir erklären können!

Also für VFR Flüge in Golf sind keine Freigaben erforderlich, es muss eine dauernde Erdsicht bestehen, die Flugsicht muss 1,5 km betragen und er muss frei von Wolken sein, diese dürfen auch nicht berührt werden.

Es ist der Luftraum unterhalb 2500 Fuß AGL und in Golf dürfen keine IFR Flieger rum düsen, aus Sicherheitsgründen, wegen einer möglichen Kollisionsgefahr.

Das hört sich richtig gut an!

Wo haben wir den Luftraum Foxtrott und was ist AGL?
Der Luftraum Foxtrott befindet sich in der Umgebung von „unkontrollierten" Flugplätzen mit IFR Flugbetrieb und „AGL" heißt Above Ground Level, also die Höhe über Grund im Vergleich zu MSL – Mean See Level - also der Höhe über dem Meeresspiegel (Seekartennull).

Was gibt es in Foxtrott zu beachten? *Hier muss die Flugsicht mindestens 5 km - der Abstand zu Wolken in der Horizontalen mindestens 1,5 km und in der Vertikalen 1000 Fuß – betragen. Es ist für VFR Flüge keine Freigabe erforderlich!*

Schauen wir uns noch die HX – Regelungen an, dann machen wir Pause und anschließend geht es ab zur nächsten praktischen Flugstunde.

Die „Rote Baroness" wartet schon auf Dich...

Das „H" kommt aus dem englischen für Hour – also eine Zeitangabe. So bedeutet die Kombination aus dem H und einem X - „HX" – dieser Luftraum ist nur Zeitweise aktiv - und die Bezeichnung „H 24" sagt uns, dass dieser Luftraum 24 Stunden, also ständig, aktiv ist.

Ein Luftraum „F" (HX) befindet sich demnach in der Umgebung eines unkontrollierten Flugplatzes, der nur dann aktiviert wird, wenn IFR An- oder Abflüge stattfinden.

In einem deaktivierten Luftraum Foxtrott (HX) gelten die Regeln des Luftraumes „Golf".
Woher weiß ich denn ob dieser aktiviert ist oder nicht?
Diesen Status kannst du beim Flugplatzinformationsdienst (kurz: INFO) oder beim FIS, dem Fluginformationsdienst, erfragen.
Also „INFO" ist der Flugplatz und „FIS" generell der Fluginformationsdienst, wiederhole ich.

*

Lies vor – lies vor, was steht denn auf dem Zettel, riefen alle durcheinander. Ich nahm dieses Stück Papier und laß laut vor:

Liebe Gässe!

Ihre uhrsprunglich gebuchte Hotel ist ab Heute fur Sie frei zum Umzug. Nehmen Sie Koffer und Bus bringt Sie zu ihre neue Unterkunnvt.
Wir ware froh Sie bei Uns – es war eine schone Zeit und komme Sie bald Uns wieder beurlauben.

Team von Hotel „Schlaffenland – danke fur diese Name - wunscht alles Gut!
Deborah and Vincent

Lange Gesichter – mächtig lange Gesichter.
Als hätten wir nicht schon genug erlebt, nun das noch.
Also ich bin mir sicher, dass war der erste und letzte Aufenthalt auf Kuba. Hier bringen mich keine zehn Pferde mehr hin – oder sollte ich Flugzeuge sagen?
Der Busfahrer half uns das Gepäck zu verstauen und entnahm die neue Adresse von einer beigefügten kleinen Infokarte.

Da wir ja bei unserer Ankunft einen Blick auf das Hotel werfen konnten, gab es keine Begeisterungs- und Jubelstimmung.
Das Gebäude sah vor 10 Tagen schon sehr heruntergekommen und baufällig aus. Nur gut das wir einfach zu müde und fertig waren um zu meckern oder zu protestieren.
Wir nahmen an diesem Abend alles hin.

Das Zimmer war winzig klein mit zwei schmalen Betten.
Ein alter Kleiderschrank stand darin und ein „Tischlein" mit zwei Campingklappstühlen. Mehr gab es nicht. Wir duschten so lange es warmes Wasser gab und fielen todmüde auf die Matratzen.

Gegen Morgen begann einer dieser berühmten karibischen Monsun-regen. Es war zwar heiß, aber eben auch sehr feucht.
Leider nicht nur draußen.

Dieses „wunderbare" Gebäude hatte diverse Schwachstellen, unter anderem die dünnen Wände und Holzfenster. Der Regen suchte sich seinen Weg und es dauerte nicht wirklich lange da entstand ein großer See in unserem Zimmer. Da es bis zum Mittag ohne Pause regnete, glich unser Zimmer einem Swimmingpool.

Es war zum Weglaufen, so auch unsere Stimmung.
Doch die Crew vom Hotel war klasse. Da wir ja nicht das einzige Zimmer mit „eigenem Pool" waren, auch alle links und rechts neben uns - eigentlich fast alle Zimmer auf dieser Etage - organisierten die Animateure eine Party auf dem Flur. Karibisches Flair, rhythmische Musik - mit Power und Lebensfreude – die Jungs und Mädels konnten einen schnell begeistern und in ihren Bann ziehen!
Es gab frisch zubereitete Cocktails - in Hülle und Fülle - und die schmeckten bei dieser Poolparty einfach unglaublich lecker!
Es wurde getanzt, gelacht – mit Besen und Tüchern das Wasser aus den Zimmern gekehrt – ein jeder packte mit an.
Wir lagen mit zig Leuten auf den Betten, prosteten uns zu.
Tranken und erzählten Geschichten – vor allem von unserem Trip

„Nach" Havana und „Zurück".

Die anderen Hotelgäste grölten und lachten sich kaputt.

Und je mehr Rum floss, je mehr Cocktails getrunken wurden, desto verrückter wurde die Meute... Das Hotel spendierte doch tatsächlich – für die „Unannehmlichkeiten des letzten Tages" am nächsten Mittag ein Spanferkel!

Am Strand wurde ein großes Feuer entzündet. Das Ferkel aufgespießt und jeder durfte mal drehen und Fotos machen, es war so schön, es entschädigte für alle Strapazen und das Erlebte der letzten Tage.

Wir saßen alle um das Lagerfeuer herum, hatten unsere Füße „auf" dem Sand - oder „in" ihm vergraben. Ich fühlte und spürte dessen Wärme, wie die Sandkörnchen zwischen meinen Zehen kitzelten.

Er war fast weiß und sooo schön weich.

Dieser Ort war wie verzaubert und wenn ich so in beide Richtungen sah, erschien er einfach endlos lang. Ein paar wenige Fußspuren waren zu erkennen. Die sanften Wellen und der wärmende Wind sorgten für eine harmonische Stimmung.

In der Ferne waren Schiffe am Horizont zu erkennen. Der Himmel über dem Meer und unseren Köpfen war makellos blau. Das türkisblaue Wasser lockte zur Erfrischung. Was für eine paradiesische Landschaft. Wir sprangen ins erfrischende Nass. Spritzten und planschte.

Ich spürte diese Leichtigkeit und Freiheit. Genoss die belebenden Düfte. Sah wie die imposanten Palmen im Wind wogen und das satte Grün der Palmblätter hervorstach.

Es war eine besondere Schönheit – diese grünen und bunten Farbkleckse in diesem herrlichen Himmelblau.

Ich hatte es mir nach dem Bad, in einem Liegestuhl, so richtig bequem gemacht und genoss den Ausblick auf das Meer. Mir wurde ein Teller mit heiß dampfenden Spanferkelfleisch und gerilltem Gemüse gereicht. Es war köstlich. Dazu diese wohlschmeckenden karibischen Getränke - ich genoss diesen Moment in vollen Zügen. Speicherte die positiven Gefühle in meinem Herzen ab. Das war die Karibik.

Das Traumwetter, die Menschen, die gute Laune – die Lebensfreude die dort ausgestrahlt wurde – rund herum eine absolute Bereicherung. Diese Kreativität und Spontanität.

Es gefiel uns allen unsagbar gut und wir verlebten nochmal zehn fantastische Tage, bevor die Koffer gepackt werden mussten und es zurück ins kalte Deutschland ging.

Wir tauschten die Adressen mit unseren neu gewonnen Freunden aus und wollten auf jeden Fall den Kontakt in Deutschland weiterhin aufrecht erhalten. Meine Freundin und Ich versprachen einander, im kommenden Jahr, wieder eine gemeinsame Reise zu unternehmen.

Entspannt und vollkommen zufrieden traten wir den Heimflug an. Keine Flugangst. Keine Schwitz-Attacken. Keine feuchten Hände, kein festgekralle an den Sitzlehen.

Ich bestand auf einen Fensterplatz und starrte – stillschweigend - stundenlang hinaus.

*

„Junge Frau" – der Pilotensitz gehört Ihnen!

Nach dem mir beigebracht wurde, mit welcher Präzision ich die Außen Check-Liste des Flugzeuges abzuarbeiten hatte – worauf ich unbedingt achten solle (logisch – auf alles... Radstellungen, Muttern, Schrauben, Sicherungsbolzen, Streben, Pitotrohr und Beleuchtungen, Klappen und

Ruder, Inhaltskontrolle des Tankes, Sicherung des Rettungsfallschirmes, Freigängigkeit des Propellers und der Steuerstange, Bremsen, Ölstand, Klappe der Vergaservorwärmung, Höhen- Seiten- und Querruder, Verschluss der Cowling und noch so einiges mehr), durfte ich endlich „In" dem Flieger Platz nehmen.
Soll ich dich „hoch und rein" heben, witzelte Herbert.

Möchtest Du ein paar Sitzkissen, kam es von Konrad und beim nächsten mal bringe ich dir ein kleines Höckerchen mit, damit du alleine ins „Pitotrohr" sehen kannst, rief Toni lachend und die ganze Meute kicherte und grinste und trat verlegen von einem Bein auf das andere...
Na wartet, rief ich schmunzelnd zurück – das zahle ich euch schon irgendwie heim. „Nur zu – nur zu", bekam ich als Antwort.
Mein Fluglehrer begann damit, mir die Anzeigen und Geräte erneut zu erklären. Welchen Zweck sie erfüllten und zu vertiefen was wir im Unterricht bisher gelernt hatten. Was ich zu beachten hatte und Warum! Am spannendsten fand ich an diesem Tage allerdings die „Libelle". Wie kann man ein Instrument nur so nennen?
Fast so einmalig wie die „saugende Kumulus" ! Und wozu muss ich nochmal dieses Pitot-Rohr ansehen? Und „Wer" kommt auf die Idee eine Motorenabdeckung „Cowling" zu nennen? Das kann ich mir ja überhaupt nicht merken. Bei uns zu Hause nennen wir eine „Cow" eine Kuh! Also was hat eine Kuh mit einer Abdeckung zu tun, frage ich mich gerade grinsend. Kommt aus dem Englischen, wie so vieles in der Fliegerei, antwortet Bernhard fix.
Also nochmal, die Libelle ist ein Messinstrument zur Lagebestimmung in Flugzeugen. Es zeigt dir die Qualität der Kurvenkoordination an.
Die Libelle, auch „Inclinometer", ist ein mit Flüssigkeit gefülltes, gekrümmtes Glasröhrchen, in dem sich eine Kugel hin und her bewegen kann. Somit zeigt uns die Kugel die Richtung des Scheinlotes, d.h. die vektorielle Summe aus Zentrifugalkraft und Schwerkraft an.
Verstanden? Nicht wirklich, antworte ich staunend.

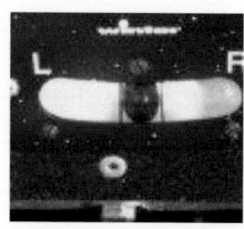

Ich versuche es mal ganz vereinfacht.

Liegt die Kugel zwischen den beiden Markierungsstrichen in der Mitte
– ist dies die Neutralstellung und wird auch „im Käfig" genannt – dann
fliegt unser Flieger „schiebefrei". Hängt allerdings deine Tragfläche zu
weit nach rechts z.B. im Geradeausflug, so wandert die Kugel auch
nach rechts.

Sie zeigt dir also an, in welche Richtung dein Flugzeug „schiebt" –
logischerweise wandert die Kugel nach links, wenn du dich da zu sehr
nach links bewegst. Die Korrektur erfolgt entweder mit dem Seitenruder oder du veränderst die Querneigung.

Deine Libelle muss sich immer im Käfig befinden. Zum sauberen
Geradeaus- und Kreisflug gehört viel Übung. Um eine Fehlstellung zu
korrigieren musst du also wissen, dass die Kugel dem Querruder
gehorcht. Soll die Kugel nach rechts, kannst du dies mit dem Querruder nach rechts bewirken. Wenn du dies mit dem Seitenruder
machen möchtest, musst du beachten, es wirkt in entgegengesetzter
Weise auf die Kugel. Eine nach links ausgewanderte Kugel holst du mit
dem Seitenruder links wieder in die Neutralstellung – den „Käfig"!

Wir werden heute die Standardkurven üben!

Sie werden mit einer Drehgeschwindigkeit von 3° pro Sekunde geflogen. Das heißt, ein Vollkreis dauert zwei Minuten, eine 90 Grad-Kurve
dann 30 Sekunden, usw.

Jeder VFR-Pilot sollte eine 180° Standardkurve – auch Umkehrkurve
genannt – ohne Sicht nach außen beherrschen damit Du zum Beispiel
nach Einflug in schlechtes Wetter sofort eine - durchaus lebensretten-
de - Kurve fliegen kannst.

Unser Pitotrohr dagegen gehört zu den Barometrischen Instrumenten. Es ist das kleine Rohr an der Tragfläche, das parallel zur Strömung ausgerichtet ist und zwar so, dass die Strömung während des Fluges auch frontal auf diese Röhrenöffnung auftrifft. Der hintere Teil des Rohres ist fest mit einer Druckmesseinrichtung verbunden.

Das Pitotrohr nennt man auch Staurohr, denn auf Grund des Staudruckes, der durch die Fahrt entsteht, kann der Druck – durch weitere angeschlossene Mechanik – gemessen - und auf die Zeiger übertragen werden. Aber keine Sorge, dies alles wiederholen wir nochmal im theoretischen Unterricht, wenn wir die Instrumentenkunde erneut beleuchten. Wir müssen uns nur etwas überlegen, damit du es beim Außen-Check gut einsehen und überprüfen kannst, du bist einfach zu klein dafür, sagt er lachend.

Ganz schön frech „Herr Fluglehrer", entgegnete ich und boxte ihm leicht auf den Oberarm.

Kapitel 9   Dominikanische Republik und Unterricht

Es ist eisig kalt hier in diesem Februar, viel Schnee und das trübe Wetter sorgt nicht gerade für tolle Stimmung, aber wie herrlich ist diese Vorfreude – in etwa 8 Stunden – klettern wir aus dieser großen Boeing und können die heiße Sonne der Dominikanischen Republik genießen.

Ich sitze wieder am Fenster und betrachte das Schauspiel und Wunder der Natur. Meine Freundin sitzt erneut in der Mitte und wir beide freuen uns riesig auf drei Wochen Sonne, Sand und Meer.
Weißt du noch – letztes Jahr...Ich nicke und grinse.
 Alle zwei Monate, manches mal auch erst alle drei Monate, trafen wir uns mit dem neugegründeten „Urlaubsclub".
Was für eine Freude und Spaß, wenn wir die Erlebnisse von Kuba

Revue passieren ließen.

Doch nun geht es auf zu neuen Abenteuern. Wir haben uns zwar erneut für die Karibik entschieden, aber es soll so anders sein in der Dominikanischen Republik. Wir sind bereit!

Es gab keine Überraschungen nach der Landung, unser Hotel erwartete uns – so wie gebucht – das Personal super nett – die Zimmer gemütlich und der Blick von unserem Balkon auf das Meer einzigartig. Nach dem wir unser Gepäck verstaut, uns frisch gemacht hatten und erholt fühlten, nahmen wir das Nachmittagsangebot des Hotels an - es lud zu einer Stadtrundfahrt ein - damit wir einen Einblick über Land und Leute und vor allem die Region, in der wir uns befanden, bekommen konnten.

Wir standen auf einem großen Platz, in mitten dieser herrlichen Stadt. Viele Menschen waren unterwegs. Die einen bummelten nur, andere hatten etwas eingekauft und dritte taten irgendetwas anderes. Wir setzten uns an einen großen Brunnen und begannen die vorbeigehenden Menschen zu beobachten. Wie Sie sich bewegten, mit so viel Musik und so viel Rhythmus im Blut. Ihre Gesichtsausdrücke zu studieren, ihren Gang zu beobachten ließ Stunden wie Minuten verrinnen. Es waren Kinder und Jugendliche, Erwachsene und ältere Menschen unterwegs. Alle mit diesem unglaublich strahlenden und zufriedenen Ausdruck im Gesicht. Die einen bewegten sich einfach wie wild durcheinander, andere standen in Gruppen zusammen – viele saßen schlummernd auf den Grasflächen oder lachten beim gemeinsamen Boccia-Spiel – bei dem die meist älteren Männer ihre schweren Kugeln in einem spannenden Spiel zueinander warfen. Sie hatten schon einige Jahre ihres Lebens hinter sich. Ihre sonnenverwöhnte Haut schien eine Geschichte zu erzählen. Sie hatten sicher einen Beruf ausgeübt, viele Höhen und Tiefen in ihrem Leben erlebt. Wie mögen Sie sich nun gerade fühlen, welche Gedanken mögen Sie beschäftigen? Sie winken und gestikulieren einander zu. Lachen. Scheinen glücklich zu sein. Die Freude steht ihnen im Gesicht geschrieben. Wie steht es mit den anderen Menschen auf diesem Platz?

Die jüngeren Erwachsenen sehen nicht ganz so glücklich aus, denke ich mir. Welche Ängste und Sorgen Sie wohl plagen? Welche Träume und Wünsche sich in ihnen verstecken?

Viele schauen – wie auch wir es tun- den älteren beim abwechslungsreichen Spiel zu. Manche Zuschauer scheinen dabei zu Träumen.

Die Kinder und Jugendlichen laufen wild umher. Manche spielen mit einem Ball, ein paar andere kicken mit leeren Dosen auf der angrenzenden Wiese, damit es nicht so viel Lärm bereitet. Sie sind sehr rücksichtsvoll – wahren den Respekt. Das Miteinander von Jung und Alt scheint so harmonisch. Das Kichern der Jungen ergänzt so wunderbar das tiefe Lachen der Erfahrenen.

Es tut so gut die Generationen zusammen erleben zu dürfen.

Jung lernt von Alt und Alt lernt von Jung.

Wo gibt es das heute noch, denke ich so bei mir.

Wir bekommen schon beigebracht – jeder muss für sich alleine Sorgen – jeder ist seines Glückes Schmied – verlasse Dich nie auf andere...

Die Palette dieser Sprichworte ist groß.

Und hier, hier scheint dies keinen zu kümmern. Die Mentalität der Menschen so unbekümmert und herzlich, so offen und einladend.

Die Palmenblätter wiegen sich sanft im Meereswind.

Die warme Luft hüllt uns in wohlige Wärme. Der Himmel ist kristallklar. Da ist wieder dieser Zauber der Karibik. Mit geschlossenen Augen genießen. Die herrlichen Düfte wahrnehmen. Die heißen Sonnenstrahlen auf der Haut. Das Rauschen des Meeres und der Blätter im Wind. Diese besondere Musik überall auf den Plätzen und in den Gassen, die einfach gute Laune zaubert - die das Verlangen auslöst sich mit bewegen zu müssen. Ein paar der älteren Herren kommt auf uns zu, sie nehmen uns bei der Hand und führen uns zum Boccia-Spielfeld. Mit Händen und Füßen wird erklärt was wir zu tun haben. Wir sprechen ihre Sprache nicht und doch, es geht auch ohne Worte. Hier gelingt alles. Es dauert nicht lange und wir sind integriert. Gehören dazu. Ein paar Jüngere kommen mit bunten Getränken angelaufen. Jeder darf sich einen dieser leckeren Cocktails nehmen und gemeinsam prosten wir uns zu, kichern und lachen.

Was für ein unglaublich schöner Tag.

Die Boccia-Herren packen große und lange Zigarren aus, helfen sich gegenseitig beim Entzünden und legen sich, genüsslich an ihren Glimmstängeln ziehend, ins warme Gras und starren – Wölkchen pustend – in den Himmel.

Wir verabschieden uns fröhlich, bedanken uns für diese erlebnisreiche- und prägende Zeit. Schweigend und noch in Erinnerung an das Erlebte versunken, treten wir den Rückweg zum Hotel an. Auch im Schlaf scheine ich nach karibischen Rhythmen zu tanzen, denn am nächsten Morgen ist mein Bett vollkommen durchwühlt und meine Haut feucht und mit glitzernden Schweißperlchen bedeckt.

Ich gönne mir eine erfrischende Dusche, bin gerade so richtig herrlich eingeseift, als das Wasser aufhört zu fließen.

Es kommen noch ein paar einzelne Tröpfchen aus der Leitung aber das war´s. Kein Wasser mehr.

Ich drehe an den Wasserhähnen – auf und zu und auf – aber nichts passiert. Schicke meine Freundin an die Rezeption, denn ich stehe ja noch vollkommen mit Seife bedeckt in der Duschkabine und irgendwie wird es äußerst unangenehm so ohne Wasser.

Es fühlt sich an wie eine Ewigkeit, bis Sie endlich zurück ist –
Sie lacht, und schaut mich an – Wasser gibt es heute erst wieder von 13.00 – 14.00 Uhr!

Das ist nicht dein ernst, schaue ich Sie fragend an.

Leider doch, entgegnet Sie schmunzelnd.

Mit dem Wasser aus einer gekauften Flasche wische ich mir das Duschgel vom Leib, nicht sehr angenehm aber immerhin befreit von diesem klebrigen Zeug. Gibt es da noch etwas, was ich wissen sollte?

Es wird spannend, meinte Sie nur.

Wasser gibt es nämlich nur von 6.00 bis 7.00 Uhr, dann wie bereits erwähnt von eins bis zwei und am Abend nochmal von 18.00 bis 19.00 Uhr! Na dann lass uns jetzt zum Meer gehen und die große Badewanne benutzen. Gesagt, getan.

Bepackt mit unseren Badeutensilien, Handtüchern und Sonnencreme geht´s auf zum hoteleigenen Strand.

Da wir „Alles Inklusive" gebucht hatten, trugen wir ein kleines gelbes Bändchen, das mit unserem Abreisedatum versehen war, und konnten so in der Anlage nach Herzenslust essen und trinken.

Was wir auch taten, sehr zum Leidwesen unseres Darmes.

Es war erst früher Nachmittag als meine Freundin aufsprang und mit leicht verzerrtem Gesicht kund tat, das Sie dringend auf unser Zimmer müsse – da stimme etwas nicht mit ihrer Verdauung.

Ich lachte noch, leider nicht lange, denn kurze Zeit später erging es auch mir so. Ein heftiger Diarrhö (also ein unangenehmer Durchfall) hatte uns erwischt. Wir waren einfach diese Art von Essen und Trinken nicht gewöhnt.

Es gab leider nur ein ganz furchtbares Problem.

Nein, nicht das wir uns zu zweit die Toilette teilen mussten – das bekamen wir unter „Freudinnen" gut geregelt – viel viel schlimmer!

*

Vom Autofahren her bist du es ja gewohnt, die Richtung mit den Händen zu steuern. Unsere aerodynamisch gesteuerten Flugzeuge erfordern ein umlernen. Siehst du da vorne den Sendemast?

Fliege bitte darauf zu. Wie du sicher bemerken kannst drückt uns der Wind nach rechts weg. Merkst du das? Ich nicke.

Was also musst du tun damit unser Flieger wieder Geradeaus auf den Mast zufliegt? Ich steuere nach links. Bist du sicher, werde ich gefragt? Dann probiere es doch bitte aus und erkläre mir was passiert.

Ich befolge seine Anweisungen, doch der Flieger fliegt nicht wie gewünscht nach rechts sondern noch weiter nach links!

Siehst du, das meinte ich mit dem Umlernen im Gegensatz zum Autofahren. Wenn du versuchst beim Geradeausflug – mit dem Blick auf einen bestimmten Punkt gerichtet – das Abtriften zu korrigieren, schaffst du dies nicht in dem du das Querruder nach links steuerst,

sondern - um diese unkontrollierten Schlingerbewegungen die entstanden sind zu vermeiden – betätigst du zur Korrektur das Querruder
nach rechts. Es gibt da eine Fachbezeichnung für, es nennt sich der
„Querruder-Sekundär-Effekt" oder auch „negatives Wendemoment",
da außer dem gewünschten Rollen um die Längsachse noch eine
Drehbewegung um die Hochachse hinzu kommt. Dadurch rollt das
Flugzeug sinngemäß nach rechts, gleichzeitig wandert es aber über die
Schnauze zunächst nach links. Beim Einleiten einer Kurve und bei allen
anderen Bewegungen um die Längsachse musst du daher die Quer-
und Seitenruderausschläge koordinieren. Um also diesem negativen
Wendemoment zu begegnen, schlägst du Quer- und Seitenruder
gleichzeitig und gleichsinnig aus.
Verstanden?
Ich antworte mit einem zögerlichen „Jaein".
Kein Thema, wir üben dies nun einfach praktisch!
Der Kurvenflug gliedert sich in drei Phasen, Einleiten, stationärer Kur-
venflug und dann Ausleiten. Spürst du wie ich die Ruder koordiniere?
Nun ein paar kleine Korrekturen, dann das Ausleiten, also das Ende der
Kurve herbeiführen. Beide Ruder bleiben so lange ausgeschlagen, bis
die Horizontallage wieder hergestellt ist.
Und nun Du!
Ich übe und übe und übe. Fliege und Fliege und Fliege.
Quer- und Seitenruder, mal links herum und dann rechts herum.
Steuerkurs im Auge – dann auf Kommando die Umkehrkurve.
Auf den Kompass sehen, Korrekturen durchführen. Seitenruder etwas
stärker, weniger Querruder oder auch umgekehrt.
Wind mit einbeziehen, den Blickpunkt beachten. Geschwindigkeit
halten oder etwas mehr Gas geben um die optimale Kurvenflug-
stellung zu erreichen.
Je höher die Fahrt, desto größer die Querneigung.
Faustregel: Querneigung in Grad gleich 1/10 TAS + 7 – wichtig, denn
wenn ich meine Querneigung erhöhe, muss ich – um einen sicheren
Kurvenflug durchführen zu können – auch die Motorleistung
vergrößern!

Ich übe fleißig und Bernhard überrascht mich mal wieder mit seinem Lieblingssatz: „Wo bleibt deine Begeisterung"???

Ich lächele ihn mehr als gequält an.
Kommt sicher gleich, sage ich, die macht gerade Pause.
Wir kreisen gefühlte Stunden am Himmel umher.

Was war nochmal TAS, denke ich gerade - 1/10 davon plus sieben macht was? Querneigung, Querruder, Seitenruder und Höhenruder.
Links herum und rechts herum. Dann mal in 30° und weil es so lustig ist in 45° Neigung.
Ich komme mir gerade irgendwie vor, als wären wir auf einer Achterbahn im Vergnügungsparkt. Zum Glück darf ich auch die Standard- und Umkehrkurven ohne diese furchbaren Neigungen üben.

Doch je länger wir so dahin fliegen, je feinfühliger meine Hände und Füße mit den Geräten und Instrumenten umgehen, desto breiter mein Grinsen - und da ist sie – da ist diese Begeisterung plötzlich wieder.
Der Flieger gehorcht mir.

Ich habe das Steuer übernommen, ich bin die Herrin geworden.
Mein Fluglehrer strahlt mich an – jetzt hast du es raus!
Der Flieger fliegt alleine – merkst du, weniger ist mehr!
Richtig getrimmt und eingestellt und du brauchst nur noch zwei Hände und Füße – ganz einfach – nicht wahr?

Ja, jetzt hab ich es – ich fühle mich wie „der" Adler – fühle diese Losgelöstheit – diese Freiheit. Die Libelle ist im Käfig.
Ich fliege im Lot. Der Flieger fliegt alleine!
Die „Süße C 42" kreist gefühlvoll im Himmel umher.
Was für ein Erlebnis.
Meine Augen können endlich den konzentrierten Blick von den Instrumenten lassen, ich schaue mir das Land vor mir an, sehe die kleinen Hügel und Bäume, die Häuser mit den verschiedenfarbigen Dächern. Sehe „In" die Ferne, nehme jede Einzelheit wahr.

Genieße den Ausblick auf diese wunderbare Landschaft.
Spüre wie eine innere Ruhe mich ergreift.
Die Sonne erwärmt meine Haut. Ich kann tatsächlich hier oben ungehindert in die Ferne sehen. Die Kirchtürme und Hochhäuser sind weit
unter mir, wie kleine Spielzeugbauten sehen diese nun aus.
Sehe vereinzelt „saugende Kumuluswolken", lache leise, diese schönen
großen Wolken mit scharf abgegrenzten Rändern – die Gefahr bedeuten - und ich sehe beeindruckende dunkle Wolken, die auf mich zu
kommen. Langsam - aber große Schatten auf die Erde werfend -
nähern wir uns einander.
Der Himmel erscheint mir gerade wie zweigeteilt.
Auf der einen Seite bilden sich diese großen und mächtigen Wolken,
auf der anderen Seite strahlt die Sonne und sendet ihre wärmenden
Impulse aus.
Ein äußerst imposantes Naturschauspiel.
Als würden sich zwei unterschiedliche Welten begegnen - und Ich - Ich
bin mittendrin – durchfliege diese und mache galant eine sanfte
Umkehrkurve.
Mit 30° Neigung und der Libelle im Käfig, schwebe ich den Welten
davon. Fliege rechts herum und dann nach links, immer mit gefülltem
Käfig – die Libelle im Lot. Ich bin vollkommen frei.
Der Horizont gehört mir. Die Spannungen sind gelöst.

Weit entfernt fallen aus den Wolken die ersten Regentropfen.
Ich starre mit geöffnetem Mund diesem Schauspiel zu. Diese beiden
Wetterphänomene existieren tatsächlich nebeneinander.
Beide Gegensätze so magisch wie faszinierend.
Und da - da ist es endlich zu sehen – an den Berührungspunkten dieser
beiden Phänomene, genau an den Grenzen ihrer Begegnung – dort wo
sich Sonne und Regen berühren, genau dort entsteht ein mächtiger
und farbintensiver, herrlich leuchtender Regenbogen.
Was für ein Anblick. Mir ist, als hätte ich dies schon einmal erlebt oder
geträumt oder gesehen. Wie nennt man solche Bekanntheitstäu-
schungen noch gleich...

Wie hinreißend dies erneut zu erleben, wie aus diesen beiden Gegensätzen so etwas Wunderschönes und - ganz Neues - entstehen kann.
Wie sich diese beiden Extreme vereinen und miteinander verbinden.

*

Fast so, wie an jenem Freitagabend vor ein paar Monaten.
Wir alle saßen – wie jeden ersten Freitag im Monat – beim Fliegertreffen auf dem Flugplatz zusammen.
Ich freute mich sehr die Flieger und zukünftigen Flieger wiederzusehen, denn die Gespräche mit den „alten Hasen" waren immer sehr lehrreich und schwunggebend.
Wie ein Magnet hatte ich bisher immer ihre Erzählungen in mich aufgesogen. An diesem Abend saß Peter, ein Hubschrauberpilot- und Ausbilder neben mir. Das war echt spannend. Ich lauschte gebannt seinen Erfahrungsberichten, als die Tür zum Schulungsraum aufging und der Raum in ein strahlendes „lila" – leuchtendes Licht eintauchte.

Mir blieb der Atem stehen und ich traute meinen Augen nicht.
Der charismatische Fremde – der mir schon des Öfteren begegnete und in meinen Träumen auftauchte, betrat den Raum.
Alle begrüßten ihn freundlich aber zurückhaltend und zaghaft.
Er wurde förmlich mit „Sie" angesprochen, obwohl doch angeblich alle Flieger mit dem „Du" kommunizieren würden.
Wer er wohl war?
Ich konnte meinen Blick nicht von Ihm wenden und fragte die anderen warum sich denn plötzlich das Licht im Raum so verändert haben.
Doch den Reaktionen der anderen zufolge, sah keiner das violette Licht – ob nur ich dies wahrnehmen konnte? – alle schauten mich irgendwie seltsam an. Es sei doch alles wie eben noch. Die Neonröhre würde ganz normal funktionieren und ihr künstliches Licht abgeben, nichts Außergewöhnliches.
Warum aber war für mich alles Lila?

Mein Stuhlnachbar begann sein Gespräch fortzuführen und berichtete von einer spannenden Hubschrauberaktion.

Ich konnte ihm gar nicht zuhören.

Der Fremde hatte sich einen Stuhl genommen und ihn so platziert, dass er etwa zwei bis drei Meter hinter mir saß. Ich hätte mich also umdrehen müssen um ihn sehen oder beobachten zu können, doch dies traute ich mich nicht.

Mir wurde sehr heiß. Ich spürte seine Blicke auf mir.

Der violettfarbene Amethyst an meiner Halskette begann zu funkeln und zu glitzern. Er strahlte und es breitete sich eine Ruhe und Leichtigkeit in mir aus. Wärme und fröhliche Gedanken verwandelten meinen Geist. Meine Seele spürte eine unsagbare Energie.

Die Farbe berührte mich – meine Haut – meine Sinne – allgegenwärtig.

Der ganze Raum füllte sich mit Liebe und guten Gedanken.

Ich nahm diese Veränderung sehr bewusst wahr. Genoss.

Weit entfernt kreiste ein Adler am Horizont, es fielen erste Regentropfen aus den Wolken. Und da, da war es endlich zu sehen – an den Berührungspunkten dieser beiden Phänomene – genau an den Grenzen ihrer Begegnung – dort wo sich Sonne und Regen berühren, genau dort entsteht ein mächtiger und farbintensiver, herrlich leuchtender Regenbogen. Was für ein Anblick. Das kenne ich doch.

Diese Gedanken hatte ich doch schon einmal.

Ich erlebte ein Déjà-vu – ja - so hieß es, eine Erinnerungstäuschung, oder? Der Halbkreis des Regenbogens verband den Fremden und Mich. Als würde er auf dem Boden unter seinem Stuhl beginnen, spannte sich der bunte Bogen zu mir rüber.

Aus der einzelnen Farbe entstand die prächtige Vielfalt - die intensive und mehrschichtige, gewaltige Sinnestäuschung.

Eine Farbe nach der anderen berührte mich und setzte ungeahnte Kräfte und Gefühle frei.

Wir sind Extreme, hörte ich eine Stimme flüstern – wir sind berufen etwas Großes und Neues zu beginnen – spüre wie die Energie in dich übergeht, sei bereit das Neue entstehen zu lassen.

Ich fühlte Mich, als wäre ich inmitten dieses fabelhaften Schauspieles. Aufmerksam beobachtete ich, wie das Licht mein Herz erreichte. Spürte diese Veränderung. Wie hinreißend es war - zu erleben - wie aus diesen beiden Gegensätzen so etwas Wunderschönes und - ganz Neues - entstehen konnte. Wie sich diese beiden Extreme vereinten und miteinander verbanden.

Es wird auch dir gelingen Gegensätze zu vereinen. Du wirst Neues entstehen lassen und erleben. Freue Dich auf die Veränderungen in deinem Leben. Nimm das Licht, die Energie – die Kraft.
Auch wenn es dir unmöglich erscheint – unfassbar oder so weit weg wie die Sterne am nächtlichen Firmament – du wirst sehen, alles ist Möglich. Glaube daran – tue es.
Gehe den Weg. Nimm den Regenbogen als Straße, er führt dich zum Ziel – Glaube daran!

Ich öffnete die Augen, als ich spürte dass jemand an meiner Hand rüttelte, sah in das künstliche Neonlicht. Als ich mich umsah war der Stuhl hinter mir leer. Der Raum fühlte sich Leer und Kalt an.
Mich fröstelt es. Ich zitterte.
Der Fremde war nicht mehr da.
Sein Stuhl leuchtete noch in schwachem Violett.
Ich schaute in das Gesicht von Peter, er verabschiedet sich von mir, schüttelte meine Hand und bedankte sich dafür, dass ich ihm so aufmerksam zugehört hatte. Es sei ihm ein Vergnügen gewesen mir von seinen Erlebnissen berichten zu dürfen. Ich strahlte ihn an.
Mehr konnte ich in diesem Moment nicht sagen oder tun.
Wir verabschiedeten uns, freuten uns auf ein Wiedersehen in vier Wochen...

*

Mach bitte noch eine 45° Umkehrkurve, höre ich Bernhard sagen.
Es ist nun an der Zeit zum Flugplatz zurückzukehren.
Die Wolken nähern sich schneller.
Die Windgeschwindigkeit nimmt zu. Auch wenn der Regenbogen so
herrlich anzusehen ist, wir müssen aus Sicherheitsgründen Abstand
wahren und uns aus der Gefahr begeben. Starker Wind und Regen sind
keine gute Kombination für unseren Flieger.
Genaueres besprechen wir noch. Im Flugzeug-Handbuch findest du
auch eine Angabe, bis zu welcher Windgeschwindigkeit diese „C 42"
fliegen darf. Das schauen wir nachher im Unterricht nach.
War dieser Regenbogen nicht faszinierend, frage ich ihn. Wie Sonne
und Regen zu einer Einheit verschmolzen sind. Wie sich sein Bogen
groß und mächtig über die Landschaft gezogen hat. Diese prächtigen
Farben. Ich schaue in die Ferne und seufze glücklich und zufrieden.

Na, mein Lieber – wo bleibt deine Begeisterung?
Ich lache laut, es ist ja sein „Lieblingssatz", aber ich musste diesen ein-
fach auch mal los werden. Beide schmunzeln wir.
Das ist mein Spruch, witzelt er fröhlich. Zurück zum Flugplatz.
Flugraum und Höhen beachten. Dreimal Touch and Go beim Tower
anmelden und Genehmigung für die kleine Platzrunde einholen.
Bevor der große Regen kommt und der Regenbogen zu verblassen
beginnt, sollten wir diese Übung gemeistert haben.
Versuche exakt auf dem Landepunkt aufzusetzen.
Landekonfiguration nach deinem Ermessen - Klappe setzen wenn
erforderlich. Pumpen an.
Geschwindigkeit nicht aus den Augen verlieren.
Ist der Anflugsektor frei?
Höhe einhalten um den Lärm über dem Ort zu vermeiden.
Denke an die Vergaservorwärmung und halte im Endanflug den

Luftsack und die PAPI im Visier.
Ich stöhne mal wieder laut auf… zwei rot – zwei weiß, ich versuche es.

*

Zum gruseligen Durchfall kam noch ein weiteres Problem.
Erbrechen.
Und als wäre diese Kombination in einem Urlaub nicht schon das
schlimmste was man erleben kann, es kam noch schlimmer!

Es gab kein Wasser!
Nicht ein winziger Tropfen in der Toilettenspülung! Nicht einer.
Nur dreimal am Tag für jeweils eine Stunde.
Allein bei dem Gedanken daran musste ich mich wieder Übergeben
und es trägt kein bisschen zur Gesundung bei, wenn sich in dieser
einzigen Toilette auf dem Zimmer noch Reste der vorherigen
Entleerung befinden.
Egal aus welcher Körperöffnung, egal von wem - ganz zu schweigen
von den „lieblichen" Gerüchen die aus diesem Raum heraustraten -
alleine diese verursachten schon wieder massive Übelkeit mit den
dazugehörigen Folgen.
Es war der blanke Horror!

In unserer Not glaubten wir feste daran die Hoteltoiletten mitbenut-
zen zu können, hofften das diese Wasser führten – doch die Realität
leider eine weitere Steigerung dessen, was man ertragen kann.
Alle anderen Gäste – mit gleichen Symptomen - hatten, wie auch wir,
die glorreiche Idee diese Toiletten mit zu nutzen.
Dieses Bild wird niemals mehr aus meiner Erinnerung weichen, ich
habe es vorsichtshalber auch mit einem alten, herkömmlichen Fotoapparat für die Nachwelt festgehalten!
Auf Papier gedruckt, bunt – fast so schön wie ein Regenbogen.
Halbkreisförmig. Alle Farben, alle Formen vereint – allerdings viel

braunes – das war der einzige Unterschied zum fröhlichen, bunten Regenbogen. Die ursprünglich weißen Gefäße, auf den man eigentlich sitzen können sollte, randvoll gefüllt – randvoll!

Aber das Beste wie immer zum Schluss... in der Mitte, in der Mitte zwischen zwei solcher Toiletten, eine brennende Kerze.

Tatsächlich eine brennende Kerze!
Wir hatten keine Ahnung wofür diese dort aufgestellt wurde.
Ob Sie zu einem Gebet animieren sollte diesen Ort noch
lebendig verlassen zu können, ob sie einem das Licht am Ende des Tunnels signalisieren sollte.
Vielleicht das Symbol für Hoffnung bei all der elenden Symptomatik?
Das Rätsel bekamen wir nie gelöst. Ein jeder hat das für sich passende daraus entnommen.

Das Beste Mittel gegen Durchfall sei - dominikanischer Rum!
Das war die Botschaft anderer Hotelgäste. So entstand der Club der „Leidensgenossen" und wir besuchten „mehrfach" pro Woche die umliegenden Rumfabriken. Einfach nur köstlich wie diese Einheimischen aus Zuckerrohr und ein paar anderen geheimen Zutaten solch ein hilfreiches Getränk zaubern konnten.

Endlich mal schmackhafte Medizin.
Der Durchfall ward verschwunden, ebenso die Übelkeit und das
Erbrechen. Es gab viel zu erleben.

Die Karibik und ihr einzigartiger Charme hatten uns wieder.
Was lachten wir über den Eierbaum.
Ein riesiger Baum, an dessen Ende weiße Eier hingen - und wir hatten
bis dahin geglaubt, nur Hühner könnten Eier legen. Hier wurden wir
eines besseren belehrt – dieser Baum trug schöne weiße Eier.

Die kleinen und feinen weißen Sandstrände mit kristallklarem Wasser.
Die bunten Fische die einem durch die Beine schwammen, keine Angst
vor uns Menschen hatten. Die Vielfalt an Pflanzen.
Riesige Blumen, die man bei uns Weihnachtssterne nennt und in
kleinen Blumentöpfchen gezüchtet werden – und oft nur zur Weih-
nachtszeit käuflich zu erwerben sind – dort waren sie mehrere Meter
hoch und breit. Imposant anzusehen.
Es gab große Tabakplantagen und dazugehörige Produktionsstätten.
Wie spannend es war, den Mitarbeitern zuzusehen wie sie mit geüb-
ten und flinken Fingern aus den getrockneten Tabakblättern - die uns
bekannten mächtigen Zigarren herstellten.
Wie fix diese durch Schichten und Falten der Blätter, mal kleine – mal
große, mal schlanke und mal kräftige Zigarren drehten.
So wie bei uns die Keramik auf den Drehtellern entsteht, so wurden
dort die begehrten Zigarren hergestellt.
Fast jeder Angestellte hatte eine dicke Zigarre im Mund und qualmte

sich die Lungen aus dem Leib. Es war tatsächlich gewünscht und jeder Besucher bekam eine Zigarre geschenkt.

Als Erklärung dafür hieß es, der Qualm töte Ungeziefer auf den Tabakblättern und durch die Raucherrei könne man somit auf zusätzliche Gifteinsätze verzichten.

Für mich als Nichtraucherin äußerst unangenehm. Nikotin das Nervengift - nicht nur für Ungeziefer! Ich sprach es nicht laut aus. Ob es an dem Rumkonsum lag? Auch so ein Nervengift – ich schmunzelte. Schließlich war es ja „Medizin" gegen Durchfall – da konnte ich eine Ausnahme machen.

Nach der wirklich super interessanten Führung durch die Zigarrenherstellung – vom Anbau bis zur fertigen Zigarre – landeten wir in der medizinischen Abteilung, der Rum- Destillation.

Allein schon durch einen tiefen Atemzug und der Inhalation des gesättigten Rumraumduftes wurden die Sinne benebelt.

Ich hatte noch nicht einen Schluck getrunken und doch kam ich mir berauscht vor. Wie können diese Menschen hier nur arbeiten, dachte ich so bei mir. Hunderte Holzfässer mit verschieden altem Rum lagerten in den Hallen – Meterhoch. In einer Ecke eine Art „Bar".

Ausrangierte Fässer wurden zu Sitzmöbeln umfunktioniert, bunte Tücher als Tischdecke verwendet. In den Regalen die verschiedenen Sorten und Rumspezialitäten dieser Brennerei. Manche schon über fünfzehn Jahre alt. Jeder bekam einen Becher mit dieser goldenen

Flüssigkeit. Wir prosteten uns fröhlich zu und schmeckten die heilsame Magenmedizin auf unseren Zungen.

Kaum ward der Becher geleert kamen die netten Herren und füllten die Gefäße wieder auf. Nach dem einige Männer unserer Truppe schon mächtig angeheitert waren – und dies ging bei dem Alkoholgehalt des Rum´es sehr schnell – bekamen wir die Aufklärung, erst wenn man den Becher nicht mehr leere und etwas übrig lassen würde, würde nicht mehr nachgefüllt. Gut zu wissen, denn wir deutschen – brav wie wir sind – trinken ja immer leer, so wird es uns zuhause beigebracht.

Als am späten Nachmittag diese Führung beendet wurde, waren wir eine super lustige Gemeinschaft geworden.

Es gab irrsinnig viel zu lachen. Besonders, als wir uns unserem Bus näherten der uns zurück zum Hotel bringen sollte.

Es war nicht mehr wirklich weit, alle schwankten natürlich, keiner konnte mehr wirklich sicher geradeaus gehen und die Hitze der Karibik schien den Geist zusätzlich zu verwirren, als es über unseren Köpfen richtig dunkel, fast schwarz wurde. Wir erschraken und sahen nach oben…

*

Warum muss man Kurven mit erhöhter Geschwindigkeit fliegen?

Ich schaue etwas verlegen zum Boden und hoffe dass einer der Jungs diese Frage schnell beantwortet.

Zum Glück legt Toni los: *um mit mehr Auftrieb das durch die Zentrifugalkraft erhöhte Gewicht auszugleichen.*

Wann entsteht das negative Wendemoment?

Ha, das weiß ich und sprudele hervor: es entsteht beim Einleiten von Kurven durch den Querruderausschlag.

Wie sieht es mit dem Auftrieb beim Kurvenflug aus?

Das ist einfach rief Marco, natürlich wird beim Kurvenflug immer mehr

Auftrieb als beim Geradeausflug benötigt.
Für das in der Kurve ansteigende Gewicht des LFZ erhöht man den
Auftrieb wodurch? *Also, LFZ ist das Luftfahrzeug und es wird durch
eine erhöhte Fluggeschwindigkeit erreicht, kommt es von Herbert.*
Was passiert mit der Überziehgeschwindigkeit? Bleibt diese gleich,
sinkt, steigt oder existiert diese im Kurvenflug nicht? *Alle rufen: sie
steigt im Kurvenflug!*
Es gibt fröhliches Gelächter.
Wie verhält sich die Überziehgeschwindigkeit im Kurvenflug? *Sie
wächst mit der Flächenbelastung.*
Was passiert, wenn im Horizontalfug aus dem Gegenwind mit einer
flachen Kurve in den Rückenwind gekurvt wird?
Die Eigengeschwindigkeit verändert sich nicht, ertönt es im Chor.
Super gelernt! - werden wir endlich mal gelobt.

Wer kocht heute Kaffee? Holt jemand Kuchen?
Alle springen auf und ein lustiges durcheinander entsteht. Ich brühe
heute mal das schwarze Gold auf - ein paar Jungs düsen los um etwas
zu knabbern zu besorgen. Es ist mal wieder an der Zeit für ein paar
spannende Erzählungen aus dem Leben eines Fluglehrers.
Wir freuen uns immer sehr auf diese Begebenheiten.
Als alle gestärkt und bereit für die Geschichte, machen wir es uns gemütlich.

Es ist schon viele Jahre her und ich war noch sehr jung, begann er die
Erzählung. Ihr wisst ja, ich war oft in den Alpen unterwegs – meine
damalige Heimat – an einem sonnigen Herbsttag passierte es dann...
meine Freundin und Ich genossen den Flug in den Bergen.
Dort zu fliegen ist schon etwas besonderes, viele Kleinigkeiten müssen
beachten werden. Die Winde wechseln häufig, das Wetter kann sehr
schnell umschlagen. Es erfordert höchste Konzentration aber es ist
auch ein faszinierendes Abenteuer. Ich bemerkte die ein oder andere
große dunkle Wolke - war aber durch die süßen Liebkosungen meiner
Freundin ein wenig abgelenkt.
Alles ist sicher, ich checkte nochmal alles durch.

Stück für Stück entkleideten wir uns.

Geschickt zog mich meine Süße „Aus" - und in „Ihren" Bann.
Ich konnte meine Augen gar nicht mehr von ihr lassen, als sie langsam
und sehr sinnlich ihre restlichen Kleider vom Leibe nahm.
Als das letzte Kleidungsstück fiel, konnten wir unsere Herzen pochen
hören.

Meine Herren, würden Sie bitte Ihre Müder schließen, rief ich entzückt
in die Runde!
Bist du wohl still kam es von rechts, ein Schupser ereilte mich von
links. Ich lachte laut.

Los weiter, erzähle weiter brüllten die männlichen Zuhörer.
Unser Fluglehrer grinste verlegen.

Wir waren gerade wild miteinander beschäftigt, als ich über uns eine
Boeing 747 sah, verdächtig nah an uns dran -und da passierte es auch
schon. Es gab einen ohrenbetäubenden Rums.
Der Flieger wackelte und ich hatte Mühe ihn zu besänftigen.

Plötzlich und ohne Vorwarnung platze unsere Frontscheibe und flog
krachend davon!

Erschrocken sahen wir uns an, was war das denn – wir konnten es gar
nicht fassen.
Und dann - dann sahen wir unsere Kleidung davon fliegen.

Wir hatten ja kein „Dach" mehr über dem Kopf – sozusagen – und der
Sog ließ alles, was nicht irgendwie befestig war, davon schweben.

Ich meldete sofort ein May-Day per Funk und bekam von einem großen Flughafen die Bestätigung - der gesamte Luftraum wurde für unseren Notfall gesperrt.

Ich hatte - nach dem ersten großen Schreck - die Maschine wieder recht schnell in meiner Gewalt. Besonnen handeln. Keine Panik mehr. Ruhe bewahren, dies waren meine Gedanken. Die Libelle war im Käfig. Die Maschine wieder sicher in meinen Händen.

Ich gab dies per Funk weiter.
Meine Freundin sah mich allerdings mit großen Augen an – du weißt, begann sie leise zu sprechen, dass wir beide nichts anzuziehen haben? Wir sitzen hier gerade in diesem Flieger und tragen nur noch ein winziges Stückchen Stoff im Schritt.
Ich weiß zwar noch nicht so gut Bescheid wie Du, aber ist es nicht richtig, dass wenn man ein May-Day ausgesprochen hat, alle am Flugplatz auf „ Uns" warten?
Auch die Feuerwehr? Rettungsdienste? Presse?

Ich wurde kreideweiß! Sie hatte recht.

Wir würden wahrscheinlich auf der Titelseite einer großen deutschen Zeitung landen – nach der Landung.

„Liebesnest vom Himmel gefallen – Insassen nur noch mit einem Höschen bekleidet" – „ Zwei fast nackte Turteltauben mit Flugzeug abgestürzt" - ich schluckte und konnte kaum atmen.
Das geht nicht, das ist vollkommen unmöglich, das müssen wir vermeiden – das darf nicht passieren – ich würde sicher meine Lizenz verlieren, mächtig Strafe erhalten – all diese Gedanken gingen mir in dem Moment durch den Kopf!

Wir saßen alle im Schulungsraum und hielten uns den Bauch vor Lachen.

*

Über unseren Köpfen entleerte in diesem Moment ein riesiges Wasser-
flugzeug seine Tanks. Die Wassermassen stürzten auf uns hernieder.
Ein Monsun war nichts dagegen.
Wir wurden zu Boden gerissen und das eisige Wasser klatsche
schmerzhaft auf uns ein. Die Erde unter uns verwandelte sich in null
Komma nichts in ein Schlachtfeld aus Matsch und Unrat.
Es dauerte zwar nur wenige Sekunden, für uns alle aber schien dieses
Spektakel eine Ewigkeit anzuhalten.
Wir sahen aus wie Schweinchen die sich im Dreck gewälzt hatten.
Zum Teil waren Kleidungsstücke von der Wucht zerrissen, Schuhe
fehlten – Matsch in den Haaren und einfach überall.
Die braune Brühe lief einfach an uns herunter.
Es war ekelig – zum Glück kein Durchfallzeugs, rief einer aus der Trup-
pe. Stellt euch nur mal vor, lachte ein anderer los und die ganze Meute
begann lauthals zu grölen.

Die Mitarbeiter der Zigarren- und Rumfabrik kamen angerannt. Jeder
bepackt mit Handtüchern und großen Rumflaschen, mit langen
Zigarren. Bechern, frischem Obst und Kokosnüssen.
Hockern, Kisten und kleinen Tischlein.
Wir wurden zum Strand geführt, konnten uns im warmen Meeres-
wasser säubern und die kleinen Wunden wurden versorgt.
Zwischenzeitlich wurde ein „Festzelt" aufgebaut.
Die Tische und Hocker platziert, alles bunt dekoriert, die Becher
wurden gefüllt und die heiße Sonne trocknete und wärmte uns auf.
Einige Fabrikarbeiter hatten Musikinstrumente dabei und starteten
mit karibischen Rhythmen – und ehe wir den Schreck verarbeitet hat-
ten - steckten wir inmitten einer karibischen Party.
Die Musik lockte noch viele Gäste an und wir fühlten uns wie auf
einem Volksfest. Es wurde im weichen Sand getanzt, gesungen und

fröhlich gefeiert. Eine Traumkulisse.
Das rauschende Meer mit seinen glitzernden Farben.

Ein strahlender Himmel – Gesichter mit leuchtend roten Wangen -
Augen die wie diamanten funkelnden.
Als die Dämmerung hereinbrach, wurde ein Lagerfeuer entzündet.

Ein markanter und gutaussehender Mann wurde – an einen Stuhl ge-
fesselt – in die Mitte des Geschehens gebracht.
Die Musik wurde leiser und die Einheimischen stellten sich kreisförmig
um diesen bisher nicht anwesenden Fremden herum. Er wurde vom
Stuhl abgebunden, musste allerdings seine Hose runter lassen und sich
– auf dem Bauch liegend – über den Stuhl bücken.
Ein fein gekleideter Herr – es sei der Chef der Zigarrenfabrik murmelte
man - ging auf ihn zu, zog sein Höschen vom Popo und klatsche ihm
mit einer Hand feste auf seinen „Allerwertesten" und goss ihm dann
einen Becher kaltes Wasser über den Kopf.
Ein tosendes Gelächter und Beifall brach aus.
Jeder der wollte, durfte es nun dem „feinen Herrn" nachmachen.
Die Musik wurde wieder lauter, die Becher gefüllt und mit herrlich
guter Laune und Spaß gingen die Menschen zum Popoklatsch.

Der arme Kerl tat mir richtig leid. Sein Po schien nämlich schon zu
leuchten. Was er wohl ausgefressen hatte, fragte ich mich und in
die Runde.
Als ich dann endlich erfuhr, dass dies der Pilot des Wasserflugzeuges
war, stellte auch ich mich an und durfte ihm einen kräftigen Klaps
verpassen und das kalte Wasser über ihn gießen.
Das war genial – endlich mal eine gelungene Strafe, dachte ich.
Tapfer ließ er alles mit sich machen.
Zum Abschluss musste er eine Flasche Rum leeren und eine große
Zigarre rauchen. Zum einen sei dies die Strafe für den Schaden den er
den Tabakpflanzen zugefügt habe - und „Uns" Gästen, ferner war es
aber auch die Bestrafung für seine falsche Navigation. Das Wasser aus
den Tanks sollte er an einem ganz anderen Ort ablassen und der

Brauch besage – wird die Navigation falsch oder fehlberechnet - mache der Pilot solch einen Fehler und finde sein Ziel nicht – ja dann müsse er „Die Klatscher" ertragen.
Es war ein grandioser Tag und Abend und wir feierten bis der Himmel voller Sterne hing. Als ich eine Sternschnuppe sah, wünschte ich mir etwas. Geheim natürlich!

Unser Bus fuhr gemütlich ins Hotel zurück, müde und super zufrieden krochen wir in unsere Betten.
Am nächsten Morgen - ich stand gerade am Frühstücksbuffet - tippte mir jemand auf die Schulter.
Erschrocken drehte ich mich um und sah in die Augen des Piloten.

Ob er mich zu einem Flug einladen dürfe, fragte er in englischer Sprache – das Ziel würde er mir überlassen – ich könne frei wählen.
Ich lachte.
Gerne, aber erst einen Kaffee und etwas Brot, antwortete ich.

Wir frühstückten zusammen und dann fuhren wir zu seinem Flugzeug.
Es sah ganz anders aus als der Wassertransporter – dies sei auch ein Personenflugzeug, klärte er mich auf. Mir war schon etwas mulmig.
Allein in einem kleinen Flugzeug. Keine weiteren Passagiere.
Ein fremder Mann dem ich am Abend zuvor den nackten Po versohlen durfte. Die Maschine sah zwar vertrauenserweckend aus, aber nichts desto trotzt musste ich in diesem Moment an das Flugzeug von Kuba denken.
Hoffentlich kein „Rauch aus Aircondition" – keine Toilette in der man mit dem Kopf stecken bleiben konnte – es kribbelte wild in mir.

Ich klettere auf sein Geheiß hinein – keine Toilette zu sehen.
Ein Problem gelöst bzw. tat sich dadurch ein neues auf.
Was wenn ich eine brauchte? Egal, so lange kann es ja nicht dauern und wenn ich das Bedürfnis verspüre, kann er ja rechts ran fahren.
Ich stieg ein, wurde angeschnallt und bekam Kopfhörer aufgesetzt.
Dann ging es los. Mein Gott war das schön.

Diese Natur, die Landschaft.

Ich schaute staunend aus dem Fenster – musste lachen, denn hier war nichts zum „rechts ran fahren" – wir flogen ja – keine Haltebucht, kein Parkplatz mit Toilettenhäuschen.

Da musste ich nun durch und grinste vor mich hin.

Ob es mir gefallen würde, fragte mich „Thys" – dies war sein Name – ich nickte sprachlos. Ich sah mich um, genoss den Anblick dieser magisch erscheinenden Plätze.

Gerade noch flogen wir über Palmen und Dschungel als sich unter mir ein Ort auftat, der wie aus einer anderen Welt zu sein schien.

Ein alter Kirchturm war zu sehen, winzige Hütten, so etwas wie ein Altar aus großen rechteckigen Steinen mit verschnörkelten Elementen. Ein Kranz bunter Blumen lag darauf, aber kein einziges Lebewesen war zu sehen. Der Boden glitzerte und die Sonnenstrahlen wurden bis zum Flugzeug zurück reflektiert. Ich hatte den Eindruck eine heilige Stätte gesehen zu haben. Dieser Ort schien so besonders, sendete Kraft.

Ich fühlte mich richtig wohl. Sicher.

Verschiedene Kreise aus kleinen weißen Steinen waren um den Altar herum zu erkennen. Mal berührten sich diese – mal verschmolzen sie zu einer Einheit. Ähnlich wie die Ringe des olympischen Gedankens. Gemeinsamkeit, schoss es mir in den Kopf. Verbundenheit.

Mir wurde richtig heiß und schwindelig.

Thys war sehr aufmerksam – obwohl er flog bemerkte er dass ich ganz blass wurde und bot an – den Rückflug anzutreten. Ich nahm sein Angebot dankend an. Sah auf das Meer hinaus und konnte mich nicht genug an diesen prächtigen Farben satt sehen. Diese Weite – diese unendliche Weite ließ ein Gefühl von Freiheit aufkommen.

Eine Art Möwe flog über das türkisblaue Wasser und tauchte in das Wasser hinein um einen Fisch zu fangen, den er stolz mit in die Lüfte nahm.

Ich sah kleinen Fischerbooten bei der Arbeit zu und erkannte große Yachten. Dort räkelten sich Menschen mit witzigen Strohhüten auf dem Kopf. Sie saßen in bequemen Liegestühlen. Ließen sich die karibische Sonne auf den Körper scheinen und winkten dem Flugzeug zu. Auch wenn Sie mich nicht sahen, ich tat es ihnen gleich.

Als der Flieger seine sichere Haltestelle erreicht hatte, stieg ich erleichtert aus. Endlich wieder festen Boden unter den Füßen.
Es war zwar berauschend und wunderschön, aber – es war ein „aber" in mir. Warum auch immer – ich konnte es mir nicht erklären.

Thys fuhr mich zum Hotel zurück und bat um einen Spaziergang am Strand. Nachdem wir etwas getrunken und eine Kleinigkeit gespeist hatten, schlenderten wir Barfuß über den schneeweißen, warmen Sand. Es kitzelte an den Füßen, belebte. Unsere Spuren waren die einzigen. Nur diese vier Abdrücke, die gemeinsam in eine Richtung schritten. Thys sammelte weiße Muscheln und legte diese – kreisförmig ineinander verschlungen – auf der Erde ab.
Ich sah ihm gebannt zu. Wir gelangten auf unserem weiteren Spaziergang an eine Gruppe von Palmen. Setzten uns in deren Schatten.
Die großen Blätter der Palmen wogen sanft im Wind.
Griff nach dem Sand und ließ ihn langsam durch meine Finger auf den Boden rieseln. Jedes einzelne Korn – ich genoss den Moment – lehnte mich an den Stamm des Baumes und schaute auf das Meer hinaus.

Thys kam zu mir, stellte sich vor mich, sah mich liebevoll an - presste mich etwas fester gegen die Palme, schaute mir tief in die Augen.
Sein Mund formte sich, als wolle er mich Küssen. Ich spürte sein heftig schlagendes Herz, seinen Atem auf meiner Haut. Seine Erregung.
Er zitterte, hielt mich fest.
Vorsichtig kam er näher und näher.
Bereit sich mir hinzugeben.

*

Lacht ihr nur – kicherte Bernhard amüsiert. Solltet ihr jemals in solch eine Situation geraten – denkt an meine Worte!

Wie geht's weiter riefen wir alle wie aus einer Pistole geschossen –
erzähle – bitte erzähle.

Ist ja gut, wir saßen also vollkommen hüllenlos im Flieger.
Keine Frontscheibe mehr – May-Day gemeldet und es war kalt,
mächtig kalt. Wir bibberten wie wild und meine Liebste hatte richtig
knackige, frische – leicht gerötete – „Wangen" – wenn ihr Jungs versteht was ich meine. Die standen wie eine eins und ich musste andauernd hin sehen. Einfach zum anbeißen.
Die Kerle frohlockten und sahen mich grinsend an - ich schmunzelte
nur. In mir begann ein Plan zu reifen, sprach er weiter.

Ich nahm den Funkverkehr mit dem großen Airport wieder auf und
konnte nach zähen Verhandlungen mit der Flugsicherung die Situation
mit der Frontscheibe erklären und das May-Day aufheben. Ich hatte
das Glück auf meiner Seite. Durch die Notfallmeldung durfte ja keine
Maschine mehr landen und es kreisten richtig viele große Flugzeuge im
Luftraum umher. Durch die Aufhebung konnten die Lotsen wieder
normal und entspannt weiter arbeiten - den überfüllten Luftraum
abarbeiten. Es herrsche dort schon ziemlicher Landeandrang, wurde
uns vermittelt.
Demnach waren die Typen heilfroh, als ich vorschlug, mit meiner
Maschine einen in der Nähe befindlichen kleinen Provinzflugplatz
ansteuern zu wollen, den kannte ich - er war nur ein paar Meilen entfernt und ohne Feuerwehr, Presse und Rettungsdienste.
Ich wusste, dass ich uns trotz fehlender Scheibe sicher herunter
bringen konnte – was ich dann auch tat. Den Flieger stoppte ich an
einem Hangar und pfiff ein paar Männer herbei.
Meine Liebste hatte sich die Kopfhörer an ihre empfindlichen Stellen
gehalten und ein paar Unterlagen – die im Seitennetz eingeklemmt
und nicht davongeflogen waren – auf ihren Schoß gelegt. Von weitem
rief ich nach ein paar Kleidungsstücken, die uns auch zügig gebracht
wurden. Wir waren durchgefroren, schämten uns in Grund und Boden
aber lebten!
Gemeinsam rollten wir das Flugzeug in einen Hangar hinein während

sich meine Süße derweil den „Blaumann" übergezogen hatte.
Erleichtert - endlich alle Körperteile bedeckt zu haben - kletterte Sie
aus der Maschine. Es wurden uns warme Getränke gereicht, Woll-
decken angeschleppt und ein jeder wollte nochmal genau wissen was
denn da oben in der Luft passiert sei.
Der Schreck über das Erlebte steckte noch in unseren Gliedern aber
diese innere Freude, dieses Gefühl alles richtig gemacht zu haben -
was die Reaktion auf diesen „Vorfall" betrifft - diese fast aussichtslose
Situation so hervorragend gemeistert zu haben machte mich stolz und
war so unglaublich lehrreich.
Wir hätten tot sein können - wir hätten der Brüller der Nation werden
können. Verspottet und bis in die Ewigkeit geächtet.
Es blieb uns erspart.
Außer einem großen Bericht in den Fliegernews – „Frontscheibe während eines Fluges verloren" – Fakten, Daten und ein mutiger Pilot -
blieb dieses Abenteuer ohne Folgen.

Noch immer schmunzelnd und mit funkelnden Augen, griff er nach
seinem Glas Mineralwasser und begann genüsslich dessen Inhalt zu
leeren.

Wir alle saßen zurückgelehnt auf unseren Plätzen, schnaubten ein
paarmal tief durch – was für eine Handlung.
Und die Moral von der Geschichte?

Vor dem Flug die Festigkeit der Frontscheibe überprüfen, rief Herbert
laut in den Raum. Wir kullerten uns vor Lachen und der Raum tobte
vor Fröhlichkeit.

*

Ihr habt in der Luftfahrtkarte ICAO 1 : 50000 eine Strecke von 1 cm
gemessen, welcher Länge entspricht dies auf der Erdoberfläche und

wozu seid ihr in der praktischen Navigation diesbezüglich verpflichtet? *Also 1 cm entsprechen „in Echt" 5 km und wir sind immer dazu verpflichtet, die neueste Karte der Luftfahrt zu verwenden, antwortet Marco.*
Könnt ihr militärische Tieffluggebiete aus der Luftfahrtkarte ICAO 1 : 500000 ersehen? *Nein, aus der Karte sind die für den deutschen Luftraum geltenden militärischen Tieffluggebiete 250ft nicht ersichtlich.* Wie sieht es aus mit Flugplätzen und Fluggelände?
Woran erkennt ihr Plätze, die für unsere Flieger zugelassen sind? *Jeder Flugplatz ist auf der ICAO-Karte mit einem oder mehreren Symbolen versehen, je nachdem welche Flieger dort landen dürfen.*
Wo findet ihr bei der Luftfahrtkarte ICAO 1 : 500000 das Datum über den Stand der Flugsicherungsangaben und wie werden Richtungen in der Navigation angegeben? *Das Datum finden wir vorne auf dem Deckblatt der gefalteten ICAO-Karte und die Richtungen werden in Winkelgraden angegeben.* Das ist richtig – Richtungen in Winkelgraden, wie sieht es aus mit den Längeneinheiten?
In welcher Längeneinheit werden die Entfernungen zu Navigationszwecken ausgedruckt? *Natürlich in „NM" - den Nautischen Meilen.*
Ihr habt eine Strecke von 47 NM und sollt diese in „cm" auf die ICAO-Karte 1 : 500000 übertragen. Welche Länge zeichnet ihr ein? *Also 1 Nautische Meile entspricht etwa 0,37 cm - das heißt 47 Nautische Meilen sind demnach (0,37 x 47) = 17,4 cm auf der Karte.* Ihr seid fit, prima – das gefällt mir sehr!

Dann bitte die Stifte zücken, es gibt etwas Navigatorisches zu rechnen, schreibt auf: a) berechnet die Breitendifferenz von 5012 N 0712 W zu 2815 N 0712 E – b) berechnet die Breitendifferenz von 1615 N 0621 W zu 2807 S 0812 E und noch zwei mit Längenaufgaben: c) berechnet die Längendifferenz von 5051 N 0712 W zu 2815 N 0712 E sowie die letzte Aufgabe d) berechnet die Längendifferenz von 5632 N 2745 E zu 4552 S 1445 E - wer als erster alles „Richtig" hat bekommt ein Geschenk von mir!
Die Jungs schauen mich alle an - Toni rennt zur Tür, wir lachen – ok, ich probiere es – keine Sorge, ich möchte nur Pipi machen gehen, erkläre

ich. Nur wenn ich als „Aufpasser" mit darf, kichert Daniel.
Nee, nee – rechne du mal schön, dann kann ich gleich bei dir abschreiben, kontere ich.

Fertig! Mal wieder Toni, der hat es echt drauf – Antwort a) 22 Grad 06 min und bei b) habe ich 44 Grad 22 min – bei den Längendifferenzen ist c) gleich 14 Grad 24 min und Aufgabe d) genau 13 Grad.
Perfekt – alles richtig mein Guter!
Zur Belohnung gibt es nachher das versprochene Geschenk.

Noch eine kleine Aufgabe für Dich meine Liebe, höre ich meinen Fluglehrer sagen! Gib mir die Breitendifferenz der Orte 15 Grad 54 min. 32 sec. und 10 Grad 33 min. 28 sec. an – ich hole tief Luft, notiere mir die Daten. Schaue mir die Fakten an, strahle – ha – da kann ich nicht antworten, ätsch – die wesentlichen Angaben fehlen!
Super, das wollte ich von dir hören.

Also Navigation ist echt der Hammer. Ganz schön schwierig all diese Fachausdrücke und Berechnungen. Das muss ich ganz schön lernen und fällt mir nicht wirklich leicht. Es ist aber super wichtig. Stell dir nur vor du kommst nicht an deinem gewünschten Ziel an – hast dich womöglich verrechnet, Deviation und Variation nicht einkalkuliert.
Den Wind, Abtrift, TAS und die anderen Faktoren missachtet. Dein Sprit reicht nicht und du weißt nicht wo du bist oder wo du sicher landen kannst. Also Navigation muss sicher sitzen, sonst gibt es echt Popoklatsch!

*

Popoklatsch - Ich schließe die Augen.
Spüre seinen warmen Körper, der sich fordernd an mich schmiegt.
Ich kann nicht entweichen. Er drückt mich sanft aber bestimmend

gegen den Stamm der Palme. Seine Hände ruhen auf meinen
Schultern, wandern durch meine Haare. Berühren mich zart.
Mit seinen Fingern malt er kleine Symbole auf die Haut meiner Arme.
Ich bebe innerlich. Auch mein Herz beginnt wie wild zu pochen.
Es fühlt sich so an als würde es gleich aus mir heraus hüpfen.

Das bisschen Stoff – welches unsere Körper voneinander trennt – reißt
er mir vom Leib. Nur noch mit einem Bikini bekleidet stehe ich vor ihm
– fest mit dem Rücken an die Palme gedrückt.
Seine starken Arme halten mich, sein Blick fesselt mich.

Unfähig zu reagieren nimmt er mich hoch, trägt mich ins herrlich
erfrischende und doch warme Wasser. Legt mich im weichen Sand ab
und beugt sich über mich. Streichelt meine Haut.
Mit jeder kleinen Welle die meinen Körper umspült, erlebe ich dieses
kribbeln, dieses besondere Phänomen. Seine Augen scheinen mich
aufzufressen. Feuer lodert in ihnen. Gierig und Verlangend.
Tief und Unergründlich. Wie das Meer – wie der Himmel über uns.

Seine Lippen nähern sich den meinen – plötzlich gab es einen lauten
Schlag und ich spüre wie er auf mir zusammensackt.
Sein Gewicht vergrub mich unter ihm.
Sein Kopf lag regungslos auf meinen Brüsten.
Jemand zog an ihm und zerrte ihn von mir runter.

Ich sah in die angsterfüllten Augen meiner Freundin.

Da bin ich aber froh dich vor dem Typen gerettet zu haben, dieser
Lustmolch wollte dir doch tatsächlich an die Wäsche.
Als ich dein zerrissenes T-Shirt sah musste ich handeln.
Wie geht es dir, ist alles in Ordnung bei dir? Sie war außer sich und
sehr aufgeregt. Hat er dir weh getan, soll ich die Polizei rufen?
Ich kam gar nicht dazu zu antworten daher grinste ich Sie einfach nur
süffisant an. Es dauerte ein Weilchen, dann dämmerte es ihr.
Wir lachten und lachten. Gemeinsam zogen wir „Ihn" an die Palme und

setzten ihn - mit dem Rücken an den Stamm gelehnt - auf.
Nun hat er das Ding im Kreuz, faselte ich daher.

Mit ein paar Palmblättern stützten wir ihn nach allen Seiten ab, er
sollte ja nicht umfallen. Es ging ihm gut, keine sichtbare Verletzung,
vielleicht eine kleine Beule am Kopf.
Atmung und Puls waren regelmäßig, das hatten wir überprüft.
Dann rannten wir davon, rannten so schnell uns unsere Füße tragen
konnten und schlossen uns auf unserem Zimmer ein. Am Abend verließ meine Freundin kurz das Zimmer und kam mit Essen und Trinken
bepackt zurück. Wir leerten fast alles, vor allem die leckere Magenmedizin. Heute mal mit Strohhalm und in Kombination mit frischen
Früchten und anderen Säften. Ließen es uns nochmal so richtig gut
gehen und ich erzählte ihr von den Geschehnissen des Tages und dem
Piloten Thys.

Um fünf Uhr in der Früh klingelte das Zimmertelefon.
Beide schreckten wir hoch.
Das kann nur die Polizei sein, wir haben ein Verbrechen begangen.
Sahen uns ängstlich an.
Der Typ ist womöglich schwer verletzt gewesen und wir haben keine
Hilfe geleistet. Ob er gestorben ist.
Uns wurde ganz elend, mit bleichen Gesichtern hörten wir dem
Klingeln des Telefons zu.

Ich griff mutig nach dem Hörer, es war ja meine Schuld.

Ich würde die Verantwortung übernehmen. In gut verständlichem
Englisch sprach die Stimme am Telefon von unserem Shuttlebus zum
Flughafen. Es sei angekommen und in dreißig Minuten stünde es zur
Abfahrt bereit. Dies sei der versprochene Erinnerungsanruf.
Wir mögen uns bitte beeilen.
Es war unser Abreisetag.
Wir mussten der Karibik und all seinen Erlebnissen auf Wiedersehen
sagen. Machten uns im Bad fertig, schnappten unsere Koffer und

gingen hinaus um Abschied zu nehmen.
Die Fahrt im Bus war irgendwie unheimlich.
Keiner der Gäste sprach ein Wort. Es war so still.
Selbst die langsam aufgehende Sonne konnte unsere Stimmung nicht
heben. Eine große Traurigkeit lag im Gefährt.
Am Flughafen gaben wir unser Gepäck auf und versuchten die noch
verbleibende Wartezeit mit guten Gedanken zu füllen.

Ich musste an Thys denken. Ob es ihm gut ginge.
Was er wohl von mir halten musste. Ich kannte nur seinen Vornamen
und er den meinigen.
Wir hatten keine Adressen, keine Telefonnummern.

Nichts, außer der Erinnerung an die gemeinsamen Stunden.
Ich kauerte auf dem Boden, versunken in meine trüben
Gedanken. Hielt mich an meinem kleinen Rucksack fest.
Erst als mich zwei starke Hände an den Schultern fassten - mir durch
mein Haar strichen - sah ich auf, sah in seine Augen.

Er lächelte mich liebevoll an. Zog mich langsam vom kalten Boden
hoch. Hielt mich fest und drückte mich sanft an die Wand hinter mir.
Diese war so leblos, so hart und unfreundlich – nicht so wie die Kulisse
gestern am Meer, am Strand – an der Palme.

Mein Herz pochte vor Freude und ich schlang meine Arme um ihn.
Es ging ihm gut. Er war nicht verletzt. Mir fiel ein Stein vom Herzen.
Auch er umschlang mich fest und so standen wir beide eine Ewigkeit
vor dem Gate - spürten unsere warmen Körper, sogen die Düfte und
Gefühle in uns auf.
Kopf an Kopf – Körper an Körper.
Es war so elektrisierend, die Luft um uns herum knisterte – als stünden
wir unter einer Hochspannungsleitung.
Blitze zuckten, bunte Leuchtfeuer schwebten über uns.
Als der Aufruf zum Einsteigen kam, lösten wir einander.
Mit feuchten aber dennoch funkelnden Augen sahen wir uns an.

Mit beiden Händen hielt er behutsam meinen Kopf, streichelte mich, wischte meine Tränen hinfort und küsste - innerlich bebend - meine rechte und linke Wange.

Dann schob er mich zum Gate. Als er meine Freundin sah, warf er ihr einen ziemlich bösen Blick zu - dies währte allerdings nicht lange und auch Sie wurde mit einem netten Lächeln bedacht.
Er kramte in seiner Hosentasche herum und legte mir eine kleine Schachtel in die Hand. Ich möge es erst während des Fluges öffnen, bat er mich. Schloss meine Hand, drehte sich um und ging davon.

Solange ich konnte sah ich ihm nach – hoffte er würde noch einmal in meine Richtung schauen.

Er verschwand – so wie er gekommen war.
Ich war so traurig, so unsagbar traurig.
Weinend saß ich am Fenster und Blickte in die Tiefe.
Das Flugzeug gewann schnell an Höhe. Diese bezaubernde Landschaft wurde kleiner und kleiner. Die Farben verschwanden, es wurde grau und kalt. Ich verlangte nach einer Decke, kuschelte mich hinein und die Tränen flossen.
Selbst als die Sonne erschien, wir über den Wolken unsere Reiseflug-höhe erreicht hatten und dieser grandiose Ausblick mein Herz eroberte – trug ich eine schwere Melancholie in mir. Mach doch mal das kleine Kästchen auf, forderte meine Freundin. Sieh hinein.
Ich wollte gar nicht, doch zaghaft griff ich danach und öffnete es.
Eine wunderschöne Kette lag darin. Ein violettfarbener Stein war daran befestigt. Er strahlte so viel Ruhe aus. Ich nahm ihn in die Hand.
Als würde mich eine wohlige Wärme durchfließen, es kribbelte in mir.
Ich spürte wie sich meine Anspannung löste, die Tränen versiegten.
Ich schloss die Augen - schlief ein.

Kapitel 10   Unterricht + Ich starte eine Weltreise

Wer ist für die Kontrolle des Luftverkehrs in der Bundesrepublik Deutschland zuständig und wer hat das Recht der Gesetzgebung auf dem Gebiet des Luftverkehrs? *Für die Kontrolle ist das DFS zuständig, das Flugsicherungs-unternehmen und das Recht auf Gesetzgebung hat ausschließlich der Bund.*

In welchem Teil des Luftfahrthandbuches sind Karten für Landeplätze veröffentlicht und wo ist das Verzeichnis der Flughäfen und sonstigen Flugplätzen mit Zollabfertigung enthalten? *Die Karten sind im Band VFR, AD enthalten und das Verzeichnis im AIP VFR, AD!*

Was ist „nicht" in der Luftfahrtkarte ICAO 1:500000 enthalten? *Die Platzrunden an Verkehrsflughäfen.* Was ist ein Transponder? *Dies ist ein Gerät, das ein Signal aussendet, mit dessen Hilfe ein Flugzeug auf dem Radarschirm eindeutig identifiziert werden kann.*

Müssen VFR Flieger, für Flüge im kontrollierten Luftraum E mit einem Transponder ausgerüstet sein? *Nur in Flughöhen über 5000 ft. (Fuss) MSL (MeanSeaLevel) oder 3500 ft. AGL (AboveGroundLevel).*

Ihr fliegt im kontrollierten Luftraum E. Die Elevation beträgt 1000 ft. Wie hoch ist eure maximal zulässige Flughöhe ohne Transponder? *Es sind 5000 ft. (Fuss).* Ihr fliegt im kontrollierten Flugraum E.

Die Elevation beträgt 250 ft. Wie hoch ist hier eure maximale Flughöhe ohne Transponder? *Ebenfalls 5000 ft. (Fuss).*

Ihr möchtet in den Luftraum E einfliegen. Wie hoch ist eure größte zulässige Flughöhe ohne einen Transponder an Bord? *5000 ft. MSL oder 3500 AGL.*

Ist ein Einflug in den Luftraum E für Euch ohne Transponder zulässig? *Ja, bis maximal 3500 ft. AGL oder 5000 ft. MSL.*

Unter welchen Bedingungen dürft ihr mit eurem VFR Flieger in den Luftraum E – mit einer Untergrenze von 1000 ft. AGL (AboveGroundLevel) - einfliegen?

Wenn die Flugsicht mindestens 8 km beträgt, der Abstand zu Wolken vertikal mindestens 300 m und horizontal mindestens 1,5 km beträgt.

Welcher kontrollierte Luftraum beginnt schon am Boden?
Der Luftraum D (Kontrollzone).
Wie hoch ist die Obergrenze des Luftaumes D (CTR Kontrollzone) hier
in Deutschland? *Das ist aus der ICAO-Karte ersichtlich!*
Was beinhaltet der Luftraum E?
In ihm sind alle Gebiete enthalten, die örtlich eine Untergrenze von
1000 ft. (Fuss) AGL - 1700 ft. AGL oder 2500 ft. AGL
(AboveGroundLevel =über dem Grund) haben.
Unterhalb des in der Luftfahrtkarte ICAO 1:500000 mit einer dicken
blauen Linie gekennzeichneten Luftraums E hat der Luftraum G eine
Ausdehnung von GND (Ground) bis wohin?
Je nach Kennzeichnung 1000 ft AGL oder 1700 ft. AGL
Welche Voraussetzungen müsst ihr erfüllen, um in den Luftraum D
(CTR) einzufliegen? *CTR = Kontrollzone, hier muss eine Freigabe der*
Flugsicherungskontrollstellen und ständige Hörbereitschaft auf der
„Frequenz" der zuständigen Flugsicherungskontrollstelle vorliegen!
Die Hauptwolkenuntergrenze ist die Untergrenze wovon?
Von der niedrigsten Wolkenschicht über GND (Ground), die mehr als
die Hälfte des Himmels bedeckt und unterhalb 20.000 ft. (Fuss) liegt.
Im Luftraum D (Delta) sind die meteorologischen Mindestwerte für
einen Flug nach VFR nicht mehr gegeben.
Wofür ist eine Freigabe für einen Sonderflug nach VFR erforderlich?
Die Freigabe benötigen wir für den Start, die Landung und für den Ein-
flug in den Luftraum D (Delta).
Die Untergrenze des Luftraumes D (CTR Kontrollzone) ist immer?
Dies ist immer GND (Ground – der Boden).
Welcher Luftraum (außerhalb der Kontrollzonen CTR, Luftraum D)
reicht noch bis GND (Ground)? *Das ist der Luftraum „G" (Golf).*
Was wird aus einem deaktivierten Luftraum „F"? *Daraus wird der Luft-*
raum „G" – Golf!

*

Auf was habe ich mich da nur eingelassen?

Ganz alleine, nur mit einem Rucksack bepackt stand ich am Check-In des Frankfurter Flughafens.
Ich hatte eine Weltreise gebucht – einmal rund um den Globus, nur diese - „unsere" verrückte Welt - und Ich!
Ein paar Wochen lang die Fremde erkunden.
Mir war schon etwas mulmig, ob ich das ohne Begleitung – meine Freundin bekam leider keinen so langen Urlaub –
sicher überstehen würde.

Nun ging es los.

Kalter und schneereicher Januar in Deutschland und mein erster Stopp - Los Angeles in den USA.
Dort hatte ich aber nur ein paar Stunden Aufenthalt, bevor es weiter auf die Hawaiianischen Inseln gehen sollte.
Anschließend in die Südsee, dann weiter nach Neuseeland - genauer nach Auckland auf der Nordinsel und bis ganz hoch in den nördlichsten Zipfel. Von dort über Indonesien - Bali – nach Thailand – von Bangkok bis Krabi im Süden - und zurück in die Heimat „Deutschland".
Erst im März wollte ich zurück kommen.

Eine herrliche Aussicht. Ich freute mich riesig.

War in der Blüte meiner Jugend, voller Tatendrang, hatte zwei abgeschlossene Ausbildungen, somit viereinhalb Jahre Ausbildung und Schule hinter mir, nun schon seit über einem Jahr einen abwechslungsreichen- und verantwortungsvollen Job und verdiente gutes Geld um mir meine Wünsche erfüllen zu können.
Ich sparte emsig das Urlaubsgeld und als das Säckchen gefüllt - buchte ich die Flüge und fieberte den Erlebnissen entgegen.

„In achtzig Tagen um die Erde" – wie bei Jules Verne, dem französischen Schriftsteller, der von 1828 bis 1905 lebte. Was für ein stolzes Alter – wenn man die damalige Zeit beachtet.

Ich hatte mich vorbereitet – zumindest so gut dies von zuhause aus möglich war. Stieg in den riesigen Flieger und vollkommen euphorisch startete ich meine Reise ins Ungewisse, ich hatte fast keine Hotels vorgebucht, wollte mich vor Ort „überraschen" lassen.

Abenteuer erleben. Menschen kennenlernen. Fremde Orte sehen – Orte, die man sonst nicht zu Gesicht bekommt.

Ob das, was wir hier in den Reisebüros, den Prospekten und Medien erzählt bekommen, auch so stimmt.

Wie sieht der Alltag der Menschen in den weit entfernten Paradiesen aus? Alles Zuckerschlecken und heiterer Sonnenschein?

Ich war sehr gespannt.

Der Flug nach Los Angeles mal wieder wunderbar. Diese Faszination, dieses Wolkenspektakel – die herrlich heißen Sonnenstrahlen die einem das Herz erwärmen. Ich konnte mich gar nicht satt genug sehen und dieses unglaubliche Gefühl von Freiheit und Grenzenlosigkeit in mich aufnehmen. Die Stunden verflogen - im wahrsten Sinne des Wortes. Der fünf stündige Aufenthalt in „L.A." viel zu kurz – aber es sollte ja auch nur das Sprungbrett für die Reise nach Hawaii sein - Zielflughafen Honolulu auf der Hauptinsel O´ahu.

Jeder Ankömmling bekam einen Blumenkranz – einen sogenannten „Lei" umgehangen. Frische Blumen, geschickt zusammengebunden und ein lieber Willkommensgruß.

Ich hatte mir eine Bleibe an der Waikiki-Beach ausgesucht.

Dem berühmtesten aller hawaiianischen Strände.

Es herrschte reges Treiben. Menschenmassen befanden sich noch leicht bekleidet auf den Straßen. Die Temperatur noch einiges über dreißig Grad Celsius. Die Amerikaner rechnen ja in Fahrenheit – etwas gewöhnungsbedürftig für uns, wobei ich das eh nicht verstehen wollte. Wenn 10° Celsius 50° Fahrenheit entsprachen, warum waren dann 20° C nur noch 68° F und 30° C nur noch 86° Fahrenheit?

Wer hat sich das nur ausgedacht, fragte ich mich?

Egal, die Temperaturanzeige zeigte etwas mit 95° F – also über 30° Celsius – und das fühlte sich genial an, besser als die frostigen Tempe-raturen in Deutschland. Vom Balkon meines Zimmers konnte ich direkt auf das Meer und den Strand sehen. Die Waikiki Beach erstreckte sich mir in voller Größe.

Die Farben so anders als in der Karibik.

Das Blau des Meeres so facettenreich und wie aus tausend einzelnen blauen Nuancen bestehend. Der Sand war nicht weiß und kristallin, er erschien eher golden und mächtig, sah schwer und unbezähmbar aus. Die Musik wurde von den Polynesiern und ihren Eigenarten bestimmt – typisch Hawaiianisch eben.

Viele der Frauen liefen dort mit diesen „Baströckchen" herum, trugen bunte Kränze aus Blumen auf dem Kopf und bewegten sich rhythmisch zu den Klängen der verschiedenen Musikgrüppchen, die sich entlang des Strandes aufgestellt hatten.

Von der anderen Seite meines Balkons aus, entdecke ich den „Diamont Head". Der Geschichte zufolge haben Seefahrer diesen über 230 m hohen Vulkankrater so genannt, da er von der Ferne so wunderschön glitzerte – wie Diamanten in der Sonne – obwohl das Gestein nur Quarzstückchen enthielt. Er sah wirklich imposant aus.

Riesig und Einmalig.

Ich sah ihn lange an bevor ich meinen Blick weiter schweifen lassen konnte und mich auf den Weg machte, diese riesige Millionenstadt zu erkunden. Hochhaus an Hochhaus, Geschäft an Geschäft.

Teuer – einfach unglaublich teuer.

Die hatten unverschämte Preise in den Läden, selbst einfaches Wasser und Lebensmittel kosteten ein zigfaches des Normalen.

Wie mir erklärt wurde, nur deshalb, da auf Hawaii fast nichts herge-stellt werden würde und man alles vom Festland (das Stunden ent-fernt lag) importieren müsse.
Dies forderte von mir höllisch aufzupassen. Ich wollte mein Reise-budget nicht schon in den ersten Tagen auf diesen Inseln komplett ausgeben, denn außer O´ahu gab es noch einige andere Inseln - die erobert werden wollten.
Also sparsam handeln, sagte ich mir ständig.

Mit den öffentlichen Bussen zog ich für kleines Geld von Stadt zu Stadt und erkundete alle Strände und Sehenswürdigkeiten.
Da gab es den „Chinaman´s Hat" – eine kleine Insel, nicht weit vom feinen Strand entfernt, der aussah wie der Hut eines chinesischen Mannes. Laut einer Sage soll dort früher mal ein chinesischer Bauer gesessen haben, der bei der Arbeit eingeschlafen sei.
Zur Strafe kam großer Regen und überflutete das Land und - außer seinem Hut, der noch heute an der Wasseroberfläche sichtbar ist - sei keine Rettung mehr möglich gewesen.
Es gab Zuckerrohrplantagen, soweit das Auge reichte – und zum ersten Mal in meinem Leben sah ich Ananas wachsen. Kilometer lange und breite Felder, alle gefüllt mit dieser leckeren Frucht. Inmitten dieser Felder ein herrliches großes, altes Herrenhaus – Der Besitz der Firma Dole (Dole Ananas). Jeder Gast durfte dort so viel Ananas essen und den frischen Saft trinken, wie er konnte und wollte - so viel in den Bauch hinein passte. Das war so lecker, solch eine frische, absolut nicht vergleichbar mit der Ananas die wir hier bei uns kennen – dort war sie sonnenverwöhnt, super süß und saftig.
Ein Gaumenschmaus, ich war des Öfteren dort.

Es gab einzigartige Wasserfälle und die gigantische Sunset-Beach – das Mekka aller Surfbegeisterten - mit bis zu zehn Meter hohen Wellen.
Oft saß ich dort stundenlang und sah den Könnern beim Surfen zu.

Baden durfte man nicht – zu gefährlich wegen der Unterströmungen, also der Gefahr unter der Wasseroberfläche. Der Sog hatte schon viele in die Tiefe gerissen.

Obwohl ich eine ausgebildete Rettungsschwimmerin war wollte ich mich nicht leichtsinnig dieser Gefahr aussetzten.

Zuzusehen war schon ein Genuss.

Es gab viele militärische Sperrgebiete dort – Zutritt nur für Angehörige der U.S. Army – und dann das mächtige Pearl Harbor.

Es war sehr Imposant und überwältigend.

Noch immer wird die Geschichte dieses Kriegsschauplatzes aus dem zweiten Weltkrieg - als Mahnmal für die folgenden Generationen - aufrecht erhalten. Gedenktafeln für die ums Leben gekommenen Personen wurden errichtet.

Die Kriegstrümmer lagen zum Teil noch sichtbar im Hafenbecken. Abgeschossene Flugzeuge und Schiffswracks – alles noch mit „Glasbodenbooten" einsehbar.

Pearl Harbor war damals ein riesiger Hafen und gleichzeitig das Hauptquartier der Pazifikflotte der Amerikanischen Navy.

Weltweit bekannt wurde er im Dezember 1941, als die japanischen Streitkräfte, per Luftangriff, diesen Ort bombardierten und versuchten ihm den Erdboden gleich zu machen.

Ich fühlte mich zurückversetzt an diesen schlimmen Schauplatz.

Weit über 2000 Menschen verloren dort ihr Leben.

In den verschiedenen Museen konnte man die Geschehnisse – mit Bildern und durch Zeitzeugen dokumentiert – noch einmal miterleben.

Es war erschütternd.

Allerdings lernte ich dort eine nette Truppe U.S. Soldaten kennen.

Zwölf gestandene Männer in ihren feinen Uniformen.

Sie rempelten mich in einem der Museen an und als Sie hörten dass ich aus Deutschland kam, wurden sogleich „Deutsche Lieder" geträllert. Es gibt kein „Bier" auf Hawaii – es gibt kein Bier...

Die Jungs waren für einige Jahre auf einer Base in Deutschland und sprachen noch ziemlich passabel unsere Sprache.

Sie luden mich ein mit Ihnen die Insel kennenzulernen, ich sollte es nicht bereuen. Mit diesen typisch amerikanischen riesigen Trucks ging es auf Tour. Die Ladefläche war zu einem „Kuschelparadies" umfunktioniert – Polstersitze, weiche Kissen und Decken gab es – eine große Kiste mit leckeren Getränken und eine gigantische Musikanlage.
Ich dachte ganz Oáhu hört diese Musik – so laut drehten die Boys auf.

Unsere erste Fahrt endete an der Bellow's Beach. Ich strahlte wie verrückt, denn hier kamen Touristen nicht hin – nur
Militärangehörige – was für ein Privileg für mich. Herrlich.

Der Strand war Traumhaft – so ganz anders als die öffentlichen. Feiner Sandstrand, kristallklares Wasser, Grillplätze und Sportmöglichkeiten. Die übergroßen Steaks kamen auf den Grill, es roch einfach nur köstlich. Aus allen Ecken kamen Leute herbei. Einer schleppte Salate an, die nächsten Brote und Steaksoßen. Früchte und vieles mehr – und so entstand innerhalb kürzester Zeit ein geniales Barbecue.
Ich wurde allen – als der Besuch aus Deutschland vorgestellt, und siehe da, fast alle hatten schon in Deutschland gelebt. Jeder wollte mir berichten wann und wo und was man alles erlebt und gesehen hatte. Heidelberg und Wiesbaden, Ramstein und Spandalem, usw.
Es wurde gesungen und gelacht. Im heißen Sand ein Volleyballspiel gestartet und einer der Kerle hatte ein Sportboot mit Fallschirm dabei.

Kaum ausgesprochen wurde ich auch schon in die Gurte dieses Dings geschnallt - halte dich hier fest und da fest - und schon raste das Boot mit mir an Bord aufs Meer hinaus und ehe ich mich versah, stieg der Fallschirm in die Höhe.
Höher und Höher – dem Himmel entgegen.
Der Sonne und Unendlichkeit so nah. Was für ein Erlebnis. Ich hatte keine Angst mehr. Ich schrie vor Begeisterung!
Die Luft war so klar. Die Sonne brannte auf meiner Haut.
Je höher ich kam, desto weiter konnte ich in die Ferne blicken, desto grandioser wurde die Aussicht. Die Blumen, Sträucher und Palmen –

die Natur mit ihrem prächtigen Farbenspiel. Der Chinaman´s Hat war zu sehen.

Die vielen Fische im Wasser, das „Heute" so leuchtend Türkis und viel-fältig Blau erschien. Ich hing in den Gurten, ruhte aus – genoss diesen einmaligen Ausblick. Ein sanfter, kühler Wind streichelte mich und hinterließ eine wohliges schaudern.
Über mir der bunte, aufgeblähte Stoff des Fallschirmes.

Er schien in der Sonne zu glänzen. Ich fühlte mich wie ein Drache.
Konnte mit den Seilen – die ich in Händen hielt – den Schirm steuern.
Ich versuchte es - wie in Zeitlupe schwebte ich über der Erde - drehte mal nach Westen und mal nach Osten.
Ich glitt sanft und schwerelos dahin. Ich konnte fliegen.
Was für ein Gefühl.
Ich flog wie ein Vogel. Konnte die Welt aus „seiner" Perspektive betrachten. Der Schirm trug mich durch den Himmel.
Ich genoss diese Freiheit.

*

Freiheit – prima Stichwort meine Liebe!

Ich schaue ihn fragend an. Nachdem wir uns nun alle gestärkt und den Kaffee leer getrunken haben schauen wir uns heute mal den Flugfunk an. Es gibt zwar eine „grenzenlose Freiheit", aber zur Sicherheit müsst ihr einiges während des Flugverkehres am Himmel beachten.
Dazu gehört natürlich - ganz Wichtig - dieser Flugfunk!

Ihr wisst ja, die Phraseologie ist einzuhalten – alles lacht - und wir müssen uns noch das BZF 1 und 2 ansehen - die Unterschiede kennen lernen, damit beschäftigen. Weiß schon jemand von Euch wofür die Abkürzung BZF steht und worin sich diese beiden unterscheiden? Sicherlich, tönen wir fast alle Gleichzeitig:
BZF heißt „Beschränkt gültiges Sprechfunkzeugnis für den Flugfunkdienst" – wobei 1 bedeutet – nur nach Sichtflugregeln (also VFR) - in deutscher und englischer Sprache, und das BZF 2 bedeutet nur nach Sichtflugregeln, deutsch, nur in Deutschland!

Fein, fein – wo bleibt eure Begeisterung, fragt uns der Fluglehrer.
Wir grinsen.

Welche Frequenz ist für den Ausbildungs- und Übungsbetrieb mit Luftsportgeräten vorgesehen? *Das ist die Frequenz 123.425 MHz.*
Was heißt MHz? Megahertz = das ist die Maßeinheit für „millionen Schwingungen pro Sekunde".
Wie heißt die Abkürzung des Frequenzbandes, in dem die Sprechfunkfrequenzen für den zivilen Flugfunkdienst (117.975 – 137.000 MHz) liegt? *Das sind die VHF, also die Very high frequently, die Ultrakurzwellen von 30 – 300 MHz.*
Welcher Kanalabstand wird im Flugfunkdienst verwendet – Frequenzbereich 117.975 – 137.000 MHz?
Hier beträgt der Kanalabstand 8,33 kHz.
Wer übersetzt mir kHz? *Dies bedeutet Kilohertz, dies sind kurzwellige Frequenzen mit etwa 1000 Hertz (Hz) und haben etwa eine Wellenlänge von ca. 300 km.*
Wer übt denn hier bei uns in Deutschland die Fernmeldehoheit im Auftrag des Bundes aus? *Das ist die Bundesnetzagentur.*

In welcher Betriebsart wird der Sprechfunkverkehr im Flugdienst durchgeführt? *Im Wechselsprechverkehr*, antworten wir abwechselnd. Wozu ist der Luftraum G eingeführt worden? *Na zur Durchführung von unkontrollierten VFR-Flügen!*

Welcher Luftraum war nochmal ein kontrollierter Luftraum – Ist es G, E oder F oder die Flugplatzverkehrszone? *Von den genannten ist der Luftraum E (Ecko) ein kontrollierter Luftraum.*
Welche Fluginformationsgebiete gibt es im Deutschen Luftraum? *Wir haben drei Gebiete – dies sind Langen, Bremen und München.*
Wann! steht dem Luftfahrzeugführer dieser Fluginformationsdienst zur Verfügung? *Klar, während des Fluges.*
Und für Welche! Flüge steht dieser Fluginformationsdienst zur Verfügung? *Selbstverständlich für Alle Flüge!*
Welche Angaben könnt ihr als Führer eines Luftfahrzeuges bei diesem Fluginformationsdienst einholen? *Informationen und Hinweise, die für eine sichere, geordnete und flüssige Durchführung des Fluges wesentlich sind.*

Pause – bitte eine Pause, rufen wir erneut abwechseln.
Seit Stunden werden wir mit Flugfunk „gequält" und die Köpfe qualmen schon. Na dann raus mit euch allen – machen wir praktisch am Flieger weiter und widmen uns der Technik.
Unser „Überzwerg" entfernt bitte die Cowling und einer von Euch trägt ihr das neue Höckerchen in den Hangar, eine Errungenschaft damit du endlich - ohne fremde Hilfe - ins Pitotrohr sehen kannst - die Kerle kichern.
Na super, die kichern und ich mach die „Cow".

*

Genug geträumt, riefen mir die Boys vom Boot aus zu.

Der an einem langen Seil befestigte Fallschirm wurde – per Seilwinde – zurück zum Boot gezogen.

Ich sah wie die Männer ihre Köpfe zusammenstecken, dies konnte nichts Gutes bedeuten. Kaum zu Ende gedacht, stoppte das Boot seine rasante Fahrt und blieb stehen. Der Schirm glitt sehr schnell der Wasseroberfläche entgegen und ehe ich es mich versah, klatschte ich ins kühle Nass. Es gab schallendes Gelächter bei den Kerlen – dann gaben sie wieder Gas und ich sauste aus dem Wasser heraus in die Höhe. Nach dem fünften Wasserklatscher schrie ich lachend um Gnade. Ich wurde erhört.

Was für ein Spaß, vor allem für die Meute auf dem Boot und natürlich den „Zuschauer" an der Beach.

Ich durfte mich wieder abschnallen und tauschte den Platz am Schirm gegen einen Platz im Liegestuhl.

Leider durften Besucher in den militärischen Zonen keine Fotos machen – das wären sicher lustige Schnappschüsse geworden, doch ich hatte es ja erlebt und in meinem Herz gespeichert.

Sicher mehr Wert als jedes Foto.

Wir verlebten einen genialen Tag. Weil es so unglaublich schön und spannend war, lud man mich am Abend ins Hawaiianische „Hofbräuhaus" ein. Ich dachte echt die Jungs veräppeln mich – aber es gab dort tatsächlich ein echt bayrisches Hofbräuhaus mit allem was man so aus München kennt. Die berühmte blau-weiße Dekoration, die Blasmusik, Brezel und Hähnchen und natürlich das gute Maß Bier – und alle sangen wir gemeinsam: „es gibt kein Bier auf Hawaii……"

Zwölf gestandene U.S. Navy Soldaten und dazwischen Ich!

Ich hatte mich zuerst gewundert, warum andere Leute so seltsam zu uns rüber sahen und tuschelten, doch als ich mich dann umsah – in die Gesichter meiner Begleiter – tja, dann stellte ich belustigt fest, dass ich das einzige weibliche Wesen in dieser Runde war.

Wo sieht man auch schon mal solch einen Haufen zusammen feiern –
in dem es den Anschein erweckt - dass sich ein Dutzend Kerle um eine
Frau „scharren".
Ich habe mich auf jeden Fall „aufs köstlichste amüsiert" und mochte
nicht eine Sekunde des erlebten missen.
In der Nacht brachen wir singend und fröhlich auf – alle gemeinsam –
und erreichten heiter und glücklich meine Unterkunft.

Zum Abschied bekam ich süße vierundzwanzig Wangenküsschen und
dann zog die Clique davon. Ich konnte gar nicht einschlafen, obwohl
ich am nächsten Morgen für zwei Tage nach Kaua´i - genauer nach
Lihue – fliegen wollte.

Kaua´i, eine der acht großen hawaiianischen Hauptinseln – angeblich
auch die älteste - wird auch die „Garteninsel" genannt, da es eine der
regenreichesten Orte auf dieser Erde ist, dafür aber mit einer grandio-
sen Vegetation.
Ich stand stundenlang am „Waimea Canyon" – dem Grand Canyon des
Pazifiks. Solch einen unglaublich faszinierenden Ort hatte ich bis dato
noch nie gesehen. Dann die gigantischen Wasserfälle und im Norden
die Na Pali Coast, mit ihren bis zu 1200m hohen, aus dem Ozean
ragenden Bergen.
Ein Anblick den man niemals mehr vergisst.
Ich genoss die Einsamkeit, die Ruhe, fühlte mich wahrhaftig im
Paradies. Die beiden Tage sausten nur so an mir vorbei und kaum
gelandet, saß ich erneut im Flieger auf dem Weg nach Maui, der

zweitgrößten hawaiianischen Insel, die ihren Namen vom polynesi-
schen Halbgott Maui erhalten hat.

Der Flughafen befand sich in der Hauptstadt Kahului – Zuckerrohrfelder und Ananasplantagen – soweit das Auge reichte.
Zum über 3000m hoch gelegenen Vulkankrater konnte man fahren –
eine sehr anstrengende Tour aber der Ausblick entschädigte für die
lange und kurvenreiche Fahrt.
Es war ein spektakuläres Farbspektakel zu erleben.
Diese besondere Farbenvielfalt, so wurde erklärt, wird verursacht –
durch die je nach Zusammensetzung rot, blau, grün oder gelb
schimmernde - Lava.
Auf Wanderpfaden war der fast 1000m tiefe Krater auch begehbar.
Ein Abenteuer ohne Worte.

Auch die letzte Ruhestätte des legendären Luftfahrtpioniers „Charles
Lindbergh" befindet sich auf Maui.

Ich sog die Empfindungen in mich auf – jeder neue Tag bereicherte
mein Leben unsagbar. Ob das bisher erlebte noch zu toppen war?

Es wurde getoppt – auf der größten aller hawaiianischen Inseln – dem
„Big Island" oder „Hawaii" wie sie umgangssprachlich genannt wird.
Sie ist die größte Insel der Vereinigten Staaten von Amerika und hat
noch immer zwei recht aktive Vulkane zu bieten.
Insgesamt besteht „Hawaii" aus fünf Vulkanen, aber drei sind zum
Glück erloschen.
Das Flugzeug bracht mich nach „Kailua-Kona" im Westen, dem Ort, an
dem jährlich im Oktober der einzigartige „Ironman-Hawaii" - die
Weltmeisterschaft im Triathlon der Langstrecken stattfindet.
Von hier aus startete ich meine Touren.
Imposante Wasserfälle, Bananenplantagen soweit man sehen konnte
und der weltberühmte „Kona-Kaffee".
Diese Sorte wird nur an der Westküste angebaut und gehört zu den
teuersten Kaffeesorten der Welt.

Das Anbaugebiet für den Kona-Kaffee liegt nämlich an den sehr fruchtbaren Hängen der Vulkane. Diese besonderen klimatischen Bedingungen erlauben den Einheimischen die   Produktion dieses hochwertigen Kaffees. Hier bei uns in Deutschland gibt es ihn gar nicht zu kaufen – er kostet aber auch das zehn- bis zwanzigfache gegenüber herkömmlichen Arabica-Bohnen. Sein charakteristischer Geschmack ist unverwechselbar – ich konnte gar nicht genug von diesem „schwarzen Gold" bekommen und kaufte einen kleinen Vorrat für zuhause – auch von den frischen Macadamia-Nüssen – die dort in Mengen angebaut wurden. Mit keiner anderen Nuss vergleichbar – es ist die Königin – das schmeckte man! (sehr zum Leidwesen meiner Hüften, die wurden runder und runder, denn Kalorien hatten diese Leckereien ohne Ende).

Die Orchideengärten waren atemberaubend, ebenso die an der Süd-seite gelegenen „schwarzen Sandstrände" und dann der noch aktive Vulkan „Kilauea". Ich kann gar nicht sagen wie viele Stunden ich da stand und der fließenden Lava zusah.

Im Fernseher hatte ich schon Berichte über Vulkanausbrüche gesehen. In Büchern davon gelesen, Fotos in den Händen gehalten – doch nun – nun stand ich leibhaftig und persönlich, keine fünf Meter von diesem Lavastrom entfernt. Konnte die Hitze spüren, den Geruch nach Schwefel, die Macht des flüssigen Gesteines erleben.
Es floss, langsam und unaufhaltsam. Es gab nichts das sich diesem Strom in den Weg stellen konnte – es floss einfach darüber hinweg und begrub alles unter sich.
An einer mit Lava überzogenen Straße stand ein einfaches Schild: „Road closed by new Lava flow" (Straße wegen neuer Lavaströme ge-schlossen) – fertig – so mussten die Autofahrer wieder kehrt machen und sich einen neuen Weg zum Ziel suchen!

Einen Umweg in Kauf nehmen – fast so wie ihm wahren Leben, dachte ich in diesem Moment.

Mit rot-weißen Warnbändern hatten die Ranger die Wege markiert. Die Gefahr wäre sonst zu groß gewesen – ein Fehltritt und das Leben eines Menschen ausgelöscht.

Als die Lava am Meer ankam konnte man das Zischen und Sprudeln hören. Das kühle Wasser stellte sich der glühenden Lava in den Weg, doch nur die Lavaoberfläche kühlte leicht ab, man sah wie sie erstarrte. Wenige Minuten später brach sie an anderer Stelle auf um ungehindert und ungestört – den Wassermassen trotzend - ihren Lauf fortzusetzen.

Durch die Berührung von Lava und Meer entstanden feine Wasserdampfwölckchen. Sie schienen sich magisch anzuziehen und hingen an manchen Stellen ganz weiß und schwer in der Luft. Sie kamen auf mich zu und versperrten mir die Sicht. Ich konnte weder die Lava noch das Meer sehen.

Eine schier endlose Welt aus Nebel hatte mich eingefangen. Es wurde immer leiser und leiser. Eine unheimliche Stille schwebte mit dem Nebel zu mir hinüber. Undurchdringlich, jegliche Sicht versperrend und sämtliche Geräusche filternd, saß ich regungslos auf meinem Lavastein. Kein Laut war zu hören.

Ich genoss diesen Moment und fühlte diese Energie im Inneren meines Körpers. Ich hatte meine Augen geschlossen.
Allerdings spürte ich eine Bewegung, irgendwo, noch etwas entfernt schien etwas auf mich zu zukommen.
Erst war es noch unklar, doch dann sah ich einen erhabenen Adler durch den Nebel fliegen. Er schwang in eleganten Bögen durch die Luft über mir, beobachtete mich argwöhnisch. Langsam, mit einer Mischung aus Scheu und Respekt näherte er sich mir und landete in sicherem Abstand auf einem Fels, sah mich mit seinen funkelnden, stechend drein blickenden Augen an. Wir beiden sahen einander an, was für Moment – schließlich schwang er sich wieder in die Lüfte.

Dort wo er mit seinen kräftigen Flügelschlägen entlang glitt,
verursachte er größere Luftverwirbelungen und der Nebel schien sich
an diesen Stellen aufzulösen. Mit mächtigen Schlägen überflog er mich
und vertrieb so diese Undurchsichtigkeit.
Die dünnen Nebelreste verfärbten sich leuchtend gelb und Sonnenstrahlen fanden den Weg zu mir. Wärmten meine Haut.
Auch die Stille verschwand mit dem Nebel.
Das plätschernde Meer, das Zischen der Lava, munter zwitschernde
Vögel und in der Ferne der Ruf des Adlers.

Was für eine Magie. Wie wunderschön.
Ich schloss erneut die Augen, fühlte mich schwerelos. Zeitlos.
Unsagbar Glücklich.

*

Also das Höckerchen passt perfekt, rufe ich lachend, kann prima ins Pitotrohr sehen. Alles frei.
Die Cowling ist abgedeckt, der Motor liegt frei.

Je nach Arbeitsweise unterscheiden wir Kolben-, Kreiskolben- und Turbinenmotoren, beginnt der praktische Unterricht.
In der Regel sind in unseren Flugzeugen Viertaktmotoren zu finden, die als Benzin- oder Dieseltriebwerke ausgelegt sind.
Unsere „C 42" hat einen Benzinmotor.
Diese können Vergaser- oder Einspritztriebwerke sein, wobei die Dieselmotoren grundsätzlich Einspritzer sind.
Am häufigsten ist die Bauart „Boxermotor" verbreitet, dieser hat gegenüber liegende Zylinder - siehst du!
Dies ist am Platzsparendsten. Unsere Viertaktmotoren arbeiten in vier Schritten (Takten) – so wie der Name es schon sagt.
Kannst du diese hier sehen? Ich nicke.
Im ersten Takt, dem Ansaugen, öffnet sich das Einlassventil, der Kolben läuft nach unten und saugt das Benzin-Luft-Gemisch an.
Im zweiten Takt wird Komprimiert, das heißt, das Einlassventil schließt, der Kolben verdichtet das Gasgemisch bei der Aufwärtsbewegung.
Im dritten Takt, dem Arbeitstakt, wird das Gemisch bei geschlossenen Ventilen zu einem möglichst optimalen Zeitpunkt gezündet - bei Dieseltriebwerken entzündet es sich wegen der durch die höhere Kompression erreichte Zündtemperatur von selbst - was unser Benzintriebwerk aber nicht tut. Hier wird, wie bereits gesagt gezündet, der Kolben folgt dem Druck nach unten.
Dann im vierten Takt, dem Auspuffen, wird das Auslassventil geöffnet, der Kolben pufft bei der Aufwärtsbewegung die verbrannten Gase aus.
Zusammenfassen können wir feststellen, beim Viertaktmotor erfolgt bei jeder zweiten Umdrehung der Kurbelwelle eine Zündung.
Die Schmierung erfolgt über ein eigenes System.
Ich habe im Schulungsraum noch einen solchen Motorblock stehen, nachher sehen wir uns das dort noch einmal genauer an und du kannst die Kurbelwelle mal drehen und die Ventilbewegungen beobachten.

Motoren sind eindeutig etwas für Männer, denke ich mir gerade.

Ich habe Zweitakter und Viertakter noch nie wirklich verstanden.
Weiß zwar, dass ich bei meinem alten Motorrad immer Öl zum Sprit
gießen musste, wegen der Schmierung und das ich bei meinem Auto
auch immer mal wieder dieses biegsame Stäbchen aus irgend so einem
Schacht heraus ziehen soll um den Füllzustand zu überprüfen, aber
bisher hab ich immer gewartet bis so ein Lämpchen im Auto angegan-
gen ist. Da war eine Ölkanne zu sehen und ich wusste, nun ist es an der
Zeit von diesem schwarzen, zähen Zeug nachzugießen. Spätestens an
der Tankstelle musste ich dann immer fragen. Bei den 30 verschiedenen Ölsortenflaschen mit W 5 oder W 10 oder was auch immer für
Bezeichnungen, wie soll ich da wissen was rein muss?
Zum Glück fanden sich immer nette Herren, die Ahnung
hatten oder zumindest so taten als hätten sie Ahnung.
Es wurde gefachsimpelt, nach Baujahr und Fabrikat des Autos gefragt.
Welche PS oder KW-Leistung es hatte und ich zuckte immer irgendwie
die Schultern und doch lösten sie das Rätsel und fanden das absolut
richtige Schmieröl für mein Fahrzeug.

Nun stehe ich hier und soll das tatsächlich selber lernen, damit
„meine" Süße C 42 auch von mir gehegt und gepflegt werden kann.
Ich fühle mich gerade gänzlich überfordert.

Das ist doch ganz einfach, kommt es von Marco. Sieh, du hast zwei
Arme und zwei Beine – also Vier „Kolben".
Eher stämmige - psssst, bist du still Herbert, rufen die Kerle – also
hebe doch mal die Ärmchen und dann mach mal die Beinchen aus-
einander – noch ein bisschen mehr, pustet Herbert erneut los.
Ich schaue ihn böse an!
Nun mal rechter Arm mit linkem Bein und linker Arm mit rechtem
Bein. Hoch und runter – du bist jetzt der Motor und deine Ventile flut-
schen nur so vor sich hin.

Deine Kurbelwelle gibt mächtig Gas und du bewegst die „Ventile" schneller und schneller.

Das ist eigentlich schon alles. Zwischendurch verbrennst du dabei ein paar Kalorien oder als Motor das Benzin-Gas-Gemisch und schon läufst du wie geschmiert - wobei die Schmierung noch woanders her kommt - aber das zeigen wir dir gerne noch genauer, rief Uwe grinsend.

Kaum ausgesprochen, da passiert es natürlich auch schon.

Kapitel 11   Von Hawaii aus geht´s in die Südsee

Ich öffnete meine Augen und sah aus dem kleinen Fenster des Flugzeuges. Der Pilot hatte recht - schauen Sie schnell mal aus den Fenstern, verehrte Fluggäste - wir befinden uns nun über der sogenannten Südsee - genießen Sie diesen Ausblick.

Der Atem konnte einem dabei tatsächlich stocken.

So weit das Auge reichte waren kleine und größere Inselchen zu erkennen. Mal ein strahlendes Hellblau, dann wieder ein dunkles - eher bedrohendes Blau, daneben ein herrliches Türkis oder vielfältige helle Grünnuancen mit gelblichen Passagen.

Orte, dessen Farben so bunt wie ein Regenbogen erschienen.

Die Wasseroberfläche glitzerte wie ein nächtlicher Sternenhimmel, obwohl es Tag war. Die Sonne strahlte in ihrem schönsten Glanz.

Was für ein faszinierender Ort. Die Südsee.

Eigentlich müsste diese Region ja als Südpazifik bezeichnet werden, wenn man sich die Lage auf der Weltkarte ansieht, aber Südsee sei umgangssprachlicher.

Von einigen Menschen wird es auch Ozeanien genannt, vor allem in der Literatur, das hatte ich bei meinen Vorbereitungen gelesen.

Was für die Südsee sehr bemerkenswert ist, ist die Ausdehnung über eine Meeresfläche von mehreren Millionen Quadratkilometern - obwohl die gesamte Landfläche, aller Inseln zusammen - eher ver- schwindend klein ist und auch die Einwohnerzahl aller dazugehörigen

Staaten kaum eine Millionen erreicht - sind es Paradiese im Ozean!
Eine weitere Einmaligkeit, dort liegt die Datumsgrenze.
Diese Grenze verläuft zwischen den beiden Polen der Erde – in der
Nähe des 180. Längengrads.
Während unseres Fluges von Hawaii aus, passierten wir diese Datumsgrenze. Wir hatten einen neuen Kalendertag.
Wenn man von Osten nach Westen reist – so wie Ich –
gelangt man in den nächsten Kalendertag, logischer Weise gelangt
man in umgekehrter Richtung, also von Westen nach Osten, in den
vorangegangenen Kalendertag.
Spannend, denn die Bewohner beidseits der Datumsgrenze haben
demnach nicht das gleiche Kalenderdatum, obwohl sie „Nachbarn"
sind. Also die Bewohner westlich der Grenze sind um einen Kalendertag höher als ihre Nachbarn auf der östlichen Seite.

Warum hat man das denn mit dem Datum so gemacht, hörte ich ein
Jungen in deutscher Sprache seine Mama fragen.
Sie schien es nicht zu wissen und so bot ich an - zu versuchen - dies zu
erklären – ich hatte mich ja ein wenig vorbereitet.
Es gibt da eine Geschichte von den Seefahrern - einem großen Kapitän
mit Namen Ferdinand Magellan - er war der erste, dem es gelang, die
Welt einmal zu umsegeln.
Jeden Morgen wenn die Sonne am Himmel aufging, wurde auf dem
Schiff in ein Buch geschrieben – das sogenannte Logbuch – welches
Datum man hatte und was erlebt wurde. Wie das Wetter war. Die See.
Alles was wichtig war.
Als die Seefahrer nach ihrer kompletten Weltumrundung wieder zu-
hause ankamen, stellten sie sehr überrascht fest, dass ihre Familien
und Freunde ein abweichendes Datum nannten.
Das war für alle beteiligten sehr verwirrend und es wurde gezählt und
die Aufzeichnungen im Logbuch kontrolliert, aber der Fehler ließ sich
zuerst nicht finden.
Das muss der Beginn gewesen sein, die Erde als Ganzes - als Kugel zu
sehen. An einem großen Hafen in Portugal (da stammen fast alle berühmten Seefahrer her) standen zwei Schiffe.

Das eine Schiff startete seinen Weg um die Welt links herum – also in Richtung Westen, das andere Schiff fuhr nach rechts – also nach Osten.

Was passierte dann, wollte der kleine Junge neugierig wissen.

Das Schiff, das von Westen nach Osten unterwegs war, erlebte am Morgen einen Sonnenaufgang mehr!

Dadurch ergab sich für diese Besatzung auf dem Schiff ein anderes Datum. In der Folge saßen die schlauen Männer beisammen und schufen eine Datumsgrenze.

Es dauerte ziemlich lange bis man sich einigte, aber irgendwann war es dann soweit. Der 180.te Längengrad wurde dazu auserwählt.

Mit ein paar winzigen Ausnahmen.

Es hätte auch jeder andere sein können, aber diese vereinbarte Lage im Pazifischen Ozean wurde gewählt, weil es dünn besiedeltes Gebiet war. Die meisten Menschen lebten weit weg von dieser Grenze und so war es dort nicht so wichtig, dass es bei ihren Nachbarn eine andere Zeitzone gab und der Datumswechsel stattfand.

Bis heute befinden sich diese Menschen in einer ungewöhnlichen Situation – denn Nachbarn, die auf der anderen Seite der Datumsgrenze leben, haben tagsüber ein anderes Datum.

Es gibt außer diesem wichtigen 180.ten Längengrad – um den herum diese Datumsgrenze verläuft - auch noch einen 0.ten Längengrad – allerdings haben die schlauen Männer diesem einen anderen Namen gegeben, nämlich „Nullmeridian" oder „Greenwicher Nullmeridian" – Greenwich ist eine Stadt in London und dort gab es damals eine Sternwarte. Von dort wurde gemessen und vermessen und unsere Erde aufgeteilt. Lass dir dies mal von deinen Mama auf einer Weltkugel zeigen, sagte ich zu meinem interessierten Zuhörer.

Wir verändern aber nicht nur das Datum, sondern auch die Uhrzeit, wenn wir in ferne Länder reisen.

Diese verschiedenen „Weltzeiten" hat ein Herr Fleming erfunden, sagte ich noch, als endlich die Durchsage kam, sich für den Landeanflug fertig zu machen.

Ich sah in die strahlenden, aber auch fragenden Augen des wissbegierigen Jungen und ermutigte ihn, sich nach seinem Urlaub ein paar tolle

Bücher in einer Bücherei auszuleihen - lehnte mich wieder entspannt an das Fensterchen und genoss diese Einmaligkeit des Anblickes, genoss die Vorfreude auf den Aufenthalt in der Südsee, genauer gesagt auf den Fidschi Inseln.

Mein Ziel war die Insel Viti Levu und der Flugplatz Nadi.

Meine Anspannung stieg - hatte ich doch noch gar kein Hotel gebucht – und befand mich sozusagen am „anderen Ende der Welt".

Unser Pilot legte eine sanfte Landung hin und die Hitze, die beim Aussteigen auf mich Einschlug, war fast unerträglich.

Ich hatte meinen Rucksack noch nicht vom Band geholt, da war ich schon durchgeschwitzt.

Die Haut war heiß und feucht und überall bildeten sich kleine Wassertröpfchen, die an mir herunter flossen, als wäre ich gerade aus einer Dusche geklettert – nur ohne zu Duschen.

Da es leider auch den anderen Mitreisenden so ging, breitete sich der Duft nach übelriechendem Schweiß rasend schnell aus. Das war nicht gut, gar nicht gut. Ich kämpfte damit mich zu übergeben oder Ohnmächtig zu werden.

Wollte beides vermeiden aber es fiel mir wirklich sehr schwer.

Luft anhalten, Nase zu und durch.

Ich hatte mächtig Glück, mein Gepäck war eines der ersten Stücke auf dem Band und so konnte ich diesen Ort sehr schnell verlassen – was ich dann auch schleunigst tat.

Im Flughafengebäude herrschte reges Treiben.

Viele Menschen sausten umher, hielten Schilder für die Ankömmlinge hoch – warteten gespannt auf die Besucher, die aus dem Flugzeug stiegen. Ich hatte meinen Weltenbummlerrucksack angezogen und machte mich auf die Suche nach einer Touristeninformation – dort wollte ich mir eine Unterkunft organisieren.

Ich wurde recht schnell fündig und das Angebot war sensationell. Eine Woche auf dieser wunderbaren Südseeinsel für einen unschlagbar günstigen Preis. Ein Fahrer dieser Pension war auch vor Ort und als er all seine Gäste eingesammelt hatte, fuhr er mit uns los.

Auch hier wieder Zuckerrohrfelder, soweit das Auge reichte,

Ananas- und Tabakplantagen. Unser Fahrer berichtete, dass Zucker-rohr der bedeutendste Rohstoff Fidschis sei und viel davon Exportiert werden würde. Ich versuchte mich zwar auf seine Worte zu konzent-rieren, war aber so überwältigt von der Natur, von den Farben und all dem was meine Augen aufnehmen konnten, das meine Gedanken seinen Worten nicht folgen konnten. Mit offenem Mund und großen Augen sah ich auf die Schönheit dieses Ortes.

Der Himmel war wolkenlos Blau.

Ich sah das Flimmern der Hitze über dem Asphalt der Straße. Menschen die Barfuß am Rand der Straße entlang liefen. Ihre Haut war Sonnengebräunt, mal heller und mal dunkler braun. Sie trugen bunte Kleidung. Der Stoff flatterte im Wind. Wir kamen an der Lodge an. Einfach, aber schön. Etwa zwanzig Zimmer, nett zu Recht gemacht. Ein Doppelbett, Schrank, ein Tisch und zwei Stühle. Eigenes Bad mit Dusche und Toilette. Es gefiel mir richtig gut.

Gemütlich und sauber. Ich legte mich aufs Bett um kurz auszuruhen, schloss die Augen. Nahm einen richtig tiefen Atemzug und lies die Stille auf mich wirken. Ich konnte es kaum glauben.

Ich bin tatsächlich in der Südsee – befinde mich im südlichen, pazifi-schen Ozean – in Ozeanien.

Bin über den 180.ten Längengrad geflogen, habe die Datumsgrenze erlebt und einfach so Uhrzeit und Datum verändert.

Ein kleiner Schritt für die Menschheit, aber ein großer Schritt für
„Mich" – ich musste lachen. Was für Gedanken.
Einfach wunderbar.
Nachdem die Sonne – wie bei den Seefahrern – aufgegangen war,
begrüßte ich den neuen Tag und freute mich schon riesig auf alles was
ich erleben würde. Unterhielt mich mit den anderen Gästen.
Hörte aufmerksam zu, machte mir Notizen und dann spazierte ich los.
Einfach an die Straße stellen, wenn ein Bus kommt die Hand heben
und einsteigen. Dem Fahrer, je nach Fahrstrecke 20 bis 50 Cents geben
und Aussteigen wo man wolle. Super Tipp.
Ich hatte etwas meines Geldes in Fidschi-Dollar und Cents gewechselt
und los ging es – auf nach Suva, der Hauptstadt. Schlenderte durch die
Straßen und Gassen. Bestaunte die Märkte und auch Ich wurde des
Öfteren angestarrt. Wahrscheinlich, so dachte ich irgendwann, weil ich
die einzige Alleinreisende – „weiße Frau" dort war.
Ich schien auf jeden Fall die Blicke auf mich zu ziehen – aber es machte
mir nichts aus. Ganz im Gegenteil, es ergaben sich wunderbare Erleb-
nisse. So wurde ich an einem der Abende zu den Feuerläufern einge-
laden. Diese Feuerverehrung wird noch von vielen
Völkern ausgeübt, so auch auf den Fidschi-Inseln.
Ich saß am weißen Sandstrand, es wurde langsam Nacht.
Das Meer war ruhig und plätscherte in leisen Wellen.
Über mir ein sternenklarer Himmel und der Vollmond erzeugte ein
helles Licht - gepaart mit dem Feuer, der Hitze und den Gesängen der
Feuerläufer - entstand eine mystische Atmosphäre.
Der Gesang wurde mal lauter, mal leiser – als würden sich die Teil-
nehmer in Trance begeben. Ich sah in das Feuer, hörte den knistern-
den Geräuschen zu. Die großen Holzstücke wurden kleiner und kleiner,
die Glut nahm langsam ihre Gestalt an. Bewegungslos standen ange-
malte Männer mit Fackeln um diesen „Feueraltar" herum, als müssten
sie diesen bewachen oder böse Geister vertreiben.
Vielleicht gehörte dies auch zur Vorbereitung, ich wusste es nicht,
traute mich auch nicht zu fragen.
Die ganze Szenerie war so magisch, so ergreifend.
Selbst die Flammen des brennenden Holzes schienen zu tanzen, so wie

die Männer die über die Glut gehen wollten. Als der Mond eine bestimmte Position am Himmel eingenommen hatte – so erklärte man mir – begann das Ritual. Drei laute Trommeltöne brachen die Stille. Die Männer mit den Fackeln begannen sich zu drehen und laut zu singen. Sie warfen die brennenden Stäbe in die Höhe, fingen diese geschickt wieder auf und bewegten sich dabei um die große Glutfläche herum. Warfen sich die Fackeln zu, wirbelten diese mal links, dann rechts herum. Zwei der Männer jonglierten mit mehreren Fackeln.
Die Gesänge wurden lauter, die Zuschauer begannen rhythmisch zu Klatschen. Jeder versuchte dieses Abenteuer zu unterstützen.
Man ließ die Fackeln durch die Luft schwingen, so dass große, runde Feuerkreise entstanden - wie Buchstaben, die auf Papier geschrieben werden - entstanden hier Zeichen in der Nacht. Ein atemberaubendes Schauspiel.
Dann war es endlich soweit. Die ersten Feuerläufer trauten sich über die Glut. Angefeuert und Unterstützt von allen Beteiligten.
Sie rannten einfach über die glühende Kohle. Als würden sie keine Schmerzen verspüren. Als könne ihnen die Hitze nichts anhaben – als wären sie von einer anderen Welt.

*

Mit einem großen Platscher, ergoss sich eine riesige Wanne mit kaltem Wasser über mir – das war Sinnbildlich „Die Schmierung" – wurde mir grölend vor Lachen versichert.
Zwei Jungs hatten sich alle Mühe gegeben, das größt möglichste Gefäß zu füllen und heimlich anzuschleppen, während mich die anderen ablenken sollten.
Sie hatten es geschafft und ernteten mächtigen Applaus von ihren Kumpels und Ich – Ich stand da, bis auf die Knochen klatsch nass.

Diesmal fand ich es gar nicht mehr so witzig, denn es war schon kalt. Der Dezember nahte und die Temperaturen, trotz Sonnenschein, schon sehr frisch. Ich fror sehr.

Es gab keine heiße Dusche, ich hatte keine Wechselsachen dabei und war mächtig sauer auf die Meute.

Sie taten zwar ihr Bestes um mich zu wärmen, besorgten Handtücher und trockene Kleidung. Organisierten heiße Getränke, aber ich ließ sie merken dass ich sehr traurig und sauer war. Nachdem ich einigermaßen aufgewärmt und trocken war setzte ich mich ins Auto und fuhr nach Hause. Ich konnte und wollte an diesem Tag nichts mehr lernen oder erklärt bekommen. Alles Betteln und Flehen half an diesem Tage nichts mehr. Drehte die Heizung im Auto auf „ich will gegrillt werden" und sauste immer noch bibbernd auf und davon.

Eine heiße Badewanne, ein paar Vitamine und Ruhe ließen es mir wieder besser gehen.

Als mich mein Fluglehrer am nächsten Morgen schon recht früh anrief, sagte ich meine Teilnahme am Unterricht ab.

Es täte allen so unendlich leid, versicherte er mir nochmals, aber ich wollte keinen sehen und auf Zwei- und Viertakter oder eine weitere Schmierung hatte ich nun gar keine Lust mehr. Kuschelte mich in mein warmes Bett zurück und schlief ein.

Plötzlich wurde ich durch heftige Geräusche und Klingeln an meiner Haustüre geweckt. Ich raffte mich auf, zog einen Bademantel an und stapfte zur Tür und traute meinen Augen nicht.

Die ganze Mannschaft stand vor mir. Einer hatte einen Strauß Blumen in der Hand. Der nächste frische Brötchen und Pralinen. Ein anderer Wurst und Käse. Obst und frisches Gemüse und Bernhard – Bernhard trug den Motorblock aus dem Schulungsraum in Händen.

Würdest du uns bitte einen Kaffee aufstellen?

Kaum war die Frage erklungen, stürmten alle einfach so an mir vorbei – du darfst dir aber gerne erst noch etwas Warmes anziehen, murmelten sie verlegen und grinsend. Zeig uns nur gerade wo wir das abstellen können und wo die Kaffeemaschine steht, dann kümmern wir uns. Ich führte alle in die Küche, gab noch fix die Anweisungen und verschwand dann im Bad. Als ich zurück kam, war der Tisch gedeckt, der Kaffee roch verführerisch und alle saßen brav auf den Stühlen und begrüßten mich nochmals herzlich. Wir haben auch extra ein Gedicht für dich geschrieben – es heißt „Nur für Dich!"

„Du hast einen Stein bei uns im Brett - daher finden wir dich so Nett. Wenn du nicht kommst zu uns zum Lernen, dann finden wir den Weg zu dir - echt gerne. Auch wenn sich nicht alles reimt - wir sagen ganz laut Entschuldigung – hier ist unsere Huldigung.
Sei wieder lieb und gib uns keinen Hieb.
Guten Appetit!"

Ich musste so lachen. Das war echt süß.
Jungs – Schwamm drüber, aber bitte nie mehr wiederholen - und nun – Guten Appetit! Wir ließen es uns so richtig gut gehen und aßen genüsslich die mitgebrachten Speisen.
Anschließend ging es an die Schmierung und die Schmierstoffe. Ich wollte wegrennen, doch Marco konnte mich mal wieder aufhalten, die bunten Fußfesseln wurden gezückt – die Jungs hatten an alles gedacht. Wir lachten und alberten herum und so ganz nebenbei verstand ich plötzlich etwas von Ölsystemen, die aus Ölwanne, Ölpumpe, Ölfilter und Ölkühler mit seinen Zuleitungen und Kanälen bestehen sollte. Das Flugmotoren eine Druckumlaufschmierung besitzen, dass diese dafür sorgt, dass alle Teile innerhalb des Gehäuses reibungs- und verschleißarm bewegt werden können. Wie das mit der Kühlung funktioniert. Mit der Dichtwirkung zwischen Kolbenringen und Zylinderwand. Das mir die Öldruckanzeige ein entscheidendes Indiz für die Funktionsfähigkeit des Systems anzeigt.
Was unlegiertes und legiertes Öl ist – wie das mit der Viskosität, also der Fließfähigkeit von Ölen ist. Welchen Einfluss die Temperaturen darauf haben und das es sehr schädlich ist, den Motor in kaltem Zustand auf hohe Drehzahlen zu bringen, da das Öl dann noch sehr zäh ist und seinen Schmiereigenschaften nicht nach kommen kann.
Das daher der Motor, im grünen Bereich des Öldruckmessers – warmlaufen muss - und somit einer der wichtigsten Punkte bei der „Vorflug-

kontrolle" ist – den Ölstand zu überprüfen, eventuell nachzufüllen –
mit der richtigen Sorte, die im Handbuch steht!

Die Stunden verronnen ich lernte noch vieles über Treibstoff, dem
Flugbenzin AVGAS und dem Kraftfahrzeugbenzin MOGAS und dessen
Unterschiede. Über den Vergaser und Einspritzanlagen.
Der Vergaservorwärmung und seiner Wichtigkeit.
Über das Fahrwerk und die Fahrwerksarten. Die Federung und Len-
kung beim Rollen. Die Bremsen und Bereifung.
Die Bedienhebel und die Einteilung der Luftfahrzeuge, nach der An-
ordnung ihrer Tragflügel in Tiefdecker, Mitteldecker, Schulterdecker
und Hochdecker. Lernte etwas über einen dynamischen Auftrieb oder
dem statischem Auftrieb von Ballonen und Luftschiffen und die Unter-
scheidung nach der Anzahl der Flügel, wie zum Beispiel die Eindecker,
die Doppel- oder Dreidecker.
Ein super Tag – Wir lernten richtig fleißig.
Hatten Spaß und als der Unterricht dem Ende nahte, wollten die Kerle
gar nicht aufbrechen, doch ich musste sie nach Hause schicken.
Wir drückten uns nett und freuten uns wirklich schon auf die nächsten
gemeinsamen Stunden. Ich stand winkend in der Haustür, als sie davon fuhren.

Um das Erlebt nochmals zu reflektieren machte ich es mir im Sessel
gemütlich, legte die Füße hoch, kuschelte mich in warme Decken und
schloss die Augen. Meine Kater sprang mir auf den Schoß. Ich streichelte sanft sein glattes, glänzendes und weiches Fell. Er begann zu
schnurren und genoss meine Streicheleinheiten. Immer wenn ich aufhören wollte, stupste er mich gefühlvoll an. Seine großen Kulleraugen
sahen mich dann flehend an. So kraulte ich ihn, ging meinen Gedanken
nach und genoss wiederum seine Wärme. Diese wohlige Wärme.
Sein weiches Fell. Diese zarten Berührungen.

*

Diese zarten Berührungen. Ich öffnete die Augen und einer der bemalten Fackelträger streichelte meine Hand.

Erschrocken zog ich diese weg. Sofort ließ er meine Hand los und wich ein Stück zurück. Er hielt einen Becher in Händen – bot mir dieses Getränk an. Ich nahm es dankbar an, die Hitze des Feuers machte durstig. Was auch immer es war, es floss brennend meine Kehle hinunter.

Ich getraute mich gar nicht zu Atmen, alles in mir bebte und schien lichterloh zu glühen – so wie eben noch die Feuerläufer auf diesen glühenden Kohlen. In meinen Adern begann es zu pulsieren. Ein mächtiges kribbeln durchflutete mich.

Von den Zehenspitzen bis hinauf zu den Haarwurzeln und umgekehrt. Was für ein Getränk, es schien mir die Sinne zu rauben. Solange ich allerdings noch meiner Gedanken mächtig war, rief ich nach einem Taxi und lies mich sofort zu meiner Bleibe bringen. Mir war nicht nach einem Abenteuer in berauschtem Zustand und da ich nicht wusste, was alles mit mir geschehen würde – nach dem Genuss dieser Flüssigkeit – machte ich mich schnell auf und davon.

Der Fahrer des Gefährts half mir noch zum Pensionseingang und verschwand freundlich lächelnd. Mein Zimmer erreichte ich gerade noch so. Ausziehen konnte ich mich irgendwie nicht mehr, Arme und Beine waren unbeweglich und schwer geworden. Ich kuschelte mich - so wie ich war - ins Bett und schlief ein. Einige Male erwachte ich in dieser Nacht, denn verrückte Träume waren in mir.

Zuerst tanzte ich mit einem charismatischen Unbekannten - auf den glühenden Kohlen - einen Walzer, ohne Schmerzen zu verspüren, war Kapitänin auf einem Schiff, hatte einen Säbel am Gürtel und einen großen Hut auf dem Kopf und gab gerade den Befehl, auf den Meeresgrund hin abzutauchen und in einem neuen Traum besaß ich ein eigenes Flugzeug – das wie ein großer roter Adler aussah.

Als ich am nächsten Morgen zu mir kam fühlte mich ganz verwirrt. Mein Kopf brummte noch und mir war übel aber ich fühlte auch eine wunderbare Leichtigkeit – ich konnte mich noch tatsächlich an die Träume erinnern – sie schienen so real, so echt.

Machten mich irgendwie Glücklich. Ich flog einen „roten Vogel".

Fröhlich pfeifend stand ich unter der Dusche und genoss das frische

Wasser auf meiner erhitzten Haut.

Nach einem guten Frühstück spazierte ich los um Orte der Insel zu erkunden, die ich noch nicht gesehen hatte.

Es war ein herrlicher Tag.

Die Sonne leuchtete so intensiv, der Wind berührte sanft meine Haut – der Strand war fast Menschenleer und das Wasser so unsagbar blau und strahlend, ich wollte diesen Platz gar nicht mehr verlassen.

Genoss die Stille. Hörte dem Klang der Wellen zu und schaute in die Unendlichkeit des Südpazifiks – sah mir Ozeanien genauer an – hielt Ausschau nach einer Meerjungfrau oder Poseidon - die sollten doch dort leben, hieß es in einem Kinofilm den ich mal gesehen hatte.

In meinen Gedanken versunken, merke ich gar nicht wie sich mir eine junge, dunkelhäutige Frau näherte.

Ich zuckte natürlich zusammen als diese mir auf die Schulter tippte und mich in englischer Sprache begrüßte.

Sie war keine Meerjungfrau, das sah ich sofort, stellte sich aber zügig vor und bat mich mit in ihr Dorf zu kommen. Ihre Familie habe noch nie eine „weiße Frau" gesehen. Das war ja recht nett, aber ich zögerte und überlegte. Es konnten ja Kannibalen sein - und in einem großen Suppentopf gegart zu werden - entsprach nicht ganz meinen Zukunftsplänen. Oder die hauen mir einen Stock über und dann war es das, dachte ich als nächstes. Was für ein Kopfkino. Die junge Frau – nett, aber einfach gekleidet, machte einen sympathischen Eindruck. Konnte das echt sein, ohne Hintergedanken?

Wollte sie mich vielleicht in einen Hinterhalt locken - berauben und dann meinem Schicksal überlassen? Ich schaute Sie skeptisch und prüfend an. Wo soll die Reise denn überhaupt hin gehen, hörte ich mich fragen. Ich verstand etwas von einer Busfahrt, dann ein Spaziergang über Wiesen bis an einen Fluss. Etwa eine Stunde würde der Weg dauern. Viel Zeit zu überlegen blieb mir nicht – es galt spontan zu entscheiden. Ich sagte einfach zu – mein Verstand sagte zwar „Nein", aber meine Neugier rief ein lautes „Ja"!

Meine Begleiterin stellte sich als Marianna vor, sei 21 Jahre jung und arbeite am Flughafen in dem Touristikbüro.

Sie habe eine Schule besucht - daher könne Sie Englisch und vor zwei

Monaten hatte Sie Hochzeit, seither habe sie ein eigenes zuhause im Dorf, das Sie mir gerne zeigen wolle.

So saßen wir beide ein paar Minuten später in einem Bus und redeten und redeten, so gut es uns möglich war – unser beider Englisch war nicht perfekt – aber was wir nicht in Worten auszudrücken vermochten, beschrieben wir mit Händen und Füßen. Unseren Marsch durch die bunten Wiesen und Felder empfand ich als sehr angenehm.

Diese fremden Gerüche der Blumen und Pflanzen imponierten mir. Es war so anders als in meiner Heimat – berichtete ich Ihr.

Hier war die Farbe der Sonne so leuchtend gelb, der warme Wind der einem die Haut streichelte, das Rot und Grün der Pflanzen so intensiv und überwältigend. Bunte Schmetterlinge überflogen uns.

Wir näherten uns einer Wiese auf der viele Ziegen und Schafe standen – zumindest nannte ich diese Tiere einfach so – wie diese tatsächlich hießen, konnte ich mir nicht merken. Auch Pferde und ein paar Esel gab es zu sehen. Es gab keine Zäune oder Gehege, alle liefen einfach so frei herum. Als wir bemerkt wurden, kamen sie auf uns zu gerannt. Die größeren Tiere stupsten uns an – wir hatten ihr Interesse geweckt – sie wollten gestreichelt und berührt werden. Marianna signalisierte mir das es in Ordnung sei und so streichelte und beklopfte ich ihr Fell. Es war so schön. Die Tiere zeigten keinerlei Furcht, genossen meine Hände und verlangten nach mehr. Ihre Körper waren so weich und warm. Sie schienen mich willkommen zu heißen.

Begleiteten unseren weiteren Weg zum Dorf. Wir waren sicher schon gut eineinhalb Stunden unterwegs, als ich endlich die ersten Dächer erblickte. Standen irgendwo im Niemandsland. Weit ab von jeglicher Zivilisation. Keine Elektrizität, kein fließendes Wasser.

Die etwa vierzig Hütten waren zum Teil aus Blech oder Holz gefertigt. Die Dächer aus Palmblättern und anderen einfachen Materialien. Marianna zeigte mir strahlend ihre eigene Hütte - die sie seit ihrer Vermählung vor ein paar Wochen - mit ihrem Mann bewohnen dürfe. Ich hatte die „Ehre" in ihrer Wohnung verweilen zu dürfen. Etwa vier Meter lang und breit. Keine Möbel! Ein paar dunkle Tücher auf dem Boden. Eine Metallstange an der Wand, an der einige Kleidungsstücke hingen – ihre Arbeitskleidung, wie sie mir berichtete. Sonst nichts.

Ich wusste nicht was ich sagen sollte. Bei uns zu Hause wäre dies höchstens ein Gartenhaus für den Rasenmäher und Besen – von einer Wohnung oder einem eigenen zuhause war es – zumindest nach meiner Vorstellung – gefühlte Lichtjahre entfernt.

Ich sah in die funkelnden und leuchtenden Augen von Marianna, sah ihren Stolz mit der Sie mir ihr „Reich" präsentierte. Ich nahm Sie in die Arme, wir drückten uns. Mehr konnte ich nicht tun. Als wir einander lösten schaute ich Sie an und gratulierte ihr von Herzen. Ich freute mich wirklich mit ihr. Wir verließen ihr Heim und wurden draußen schon von einigen neugierigen Kindern und Familienangehörigen empfangen. Marianna sprach mit der Familie, dann kam jeder einzelne zu mir, reichte mir die Hand und drückte mich. Die kleineren liefen etwas ängstlich um mich herum und berührten einfach nur meine Haut.

Zwei der größeren Jungs rannten zu einer Glocke in der Mitte des Dorfes und ließen diese laut ertönen. Es dauerte nicht lange und von überall her eilten weitere Menschen herbei. Männer wie Frauen. Junge und Alte. Marianna erzählte und berichtet in ihrer Sprache und ich wurde angelächelt und mit Kopfnicken begrüßt.

Um mich herum ein wildes geplapper, die Kinder flüsterten und kicherten – ich verstand kein Wort. An jeder Hand hatte ich mindestens fünf Personen die versuchten mich irgendwo hin zu ziehen – die einen nach links, die anderen nach rechts. Hühner rannten aufgeregt zwischen uns hindurch. Mehrere Gänsemamas marschierten mit ihrer Kükenschar an mir vorbei – zielstrebig zum Fluss – auf und davon. Die kleinen flauschigen Tierchen rannten so schnell sie ihre winzigen Füßlein tragen konnten, einige purzelten zu Boden und versuchten sich laut piepsend bemerkbar zu machen. Es war überall wildes gerenne.

Ob Tier oder Mensch – ich sorgte für ein mächtiges durcheinander.

Nur ein paar große – kuhähnliche Tiere, die mit einem Nasenring und einer schweren Kette am Boden befestigt waren, zeigten keinerlei Regung – aber auch diese sollte ich streicheln.

Ich sollte jeden berühren und alles anfassen, als wäre ich eine Heilige. Ich beobachtete aufmerksam die Menschen um mich herum. So viel Herzlichkeit, Freude. Ich war froh mitgegangen zu sein, war dankbar dies hier erleben zu dürfen.

Plötzlich wurde etwas gerufen - alle wiederholten dies und verstummten. In Windeseile herrschte eine totenstille. Alle sahen mich an.
Marianna kam zu mir und bat mich ihr zu folgen. In diesem Moment fühlte ich mich sehr unwohl. Angst stieg in mir auf.
Ich hatte keine Ahnung was passiert war, warum alle still waren – selbst die Tiere gaben keine Laute mehr von sich. Es war schon fast unheimlich. Ich nahm Marianna´s Hand und schritt mutig neben ihr her.

Kapitel 12
Vergaservereisung mit Ekatharina und Benedicta – Abenteuer auf den Fidschi Inseln

Welche Gefahr besteht bei Überhitzung des Motors? *Ich lache - na es kann zu Schäden am Zylinderkopf und an den Kolben kommen.* Gut aufgepasst, meine Liebe – werde ich gelobt.
Dank der tollen Unterrichtsstunden ist auch hoffentlich einiges „hängen geblieben" kontere ich.
Wann muss das Getriebeöl überprüft werden? *In regelmäßigen Wartungsintervallen laut Herstellerangaben.*
Welches Schmiersystem wird heute in den Viertaktmotoren für UL angewendet? *Die Druckumlaufschmierung.*
Was bezwecken die Rippen am Zylinder eines Motors? *Die Zylinderkühlung.* Welche Motorteile gewährleisten die Abdichtung des Zylinderraumes? *Die Ventile und oder Kolben-ringe.* Welche Folgen können abgebrochene oder verstopfte Rippen an den Zylindern eines Kolbenmotors haben? *Da diese ja für die Kühlung zuständig sind, kann es passieren, dass es zur Überschreitung der höchstzulässigen Motorentemperatur kommt.* Und wie sieht es bei Verschmutzung aus?
Welche Gefahr besteht wenn die Rippen am Zylinder des Motors verschmutzt sind? *Dies könnte zu einer mangelnden Kühlung der Zylinder führen.*

Warum verwenden wir Motorenöle mit verschiedenen Viskositäten?
Damit wir eine gleichmäßige Schmierung innerhalb verschiedener
Temperaturbereiche abdecken können.
Ihr seid richtig klasse heut, entgegnete uns der Fluglehrer – bevor wir
raus zum Flieger gehen, um praktisch zu arbeiten, werden wir nochmal
den Vergaser wiederholen, ein paar Fragen dazu erörtern und wenn
ihr möchtet, berichte ich euch dann von einem kleinen Abenteuer.

Wie hieß die Frau – kam es sogleich lachend von den Kerlen.
Grinsend erwähnte Bernhard die blonde Benedicta und die lang-
haarige brünette Ekatharina.
Ein Pfeifen und Klatschen tobte im Raum.

Lassen wir uns kurz von unserer Lieben Pilotin den Vergaser erklären,
dann berichte ich Euch etwas von der Vorwärmung und der Vereisung.
Also ich war mal wieder gefordert – die Ahnungslose soll die Technik
erklären. Ich begann meine Ausführungen.

Um ein explosives Benzin-Luft-Gemisch zu erzeugen, muss die
Mischung in einem bestimmten Verhältnis erfolgen. Meistens ist dies
bei den Fliegern 1 : 15 . Die Aufbereitung erfolgt im Vergaser.
Die vom Kolben angesaugte Luft wird durch einen sich verengenden
Kanal geleitet, in dessen engstem Querschnitt sich eine Düse befindet.
Durch den Unterdruck tritt aus dieser Düse Benzin aus und wird zer-
stäubt. Mit einer Drosselklappe, die über den Gas-hebel betätigt wird,
lässt sich der Ansaugluftstrom und damit die Gemischmenge regulieren. Für die gleichmäßige Benzin-zufuhr sorgt ein Schwimmersystem,
das so viel Treibstoff nachfließen lässt, dass die Schwimmerkammer
immer gefüllt ist.
Ich schaue in die Gesichter meiner Kollegen – große Augen, offene
Münder. Was ist los, frage ich die Meute? Habe ich etwas Falsches
gesagt? Stattdessen ernte ich allerdings einen netten Applaus.
Wahnsinn wie du das drauf hast, sagte der eine und genial - wie genau
du das erklären kannst - kam es von einem anderen. Mach weiter so.

Innerlich überglücklich berichtete ich weiter von den Einspritzanlagen, dem Gemischregler, was in der Höhe mit dem Verbrennungsmotor passiert und das bei bestimmten Wetterverhältnissen, nämlich bei hoher Luftfeuchte und Temperaturen zwischen einigen Graden unter null und bis ca. 20° Celsius plus - im Ansaugkanal „Eis" ansetzen kann. Das dies daher kommt, dass zum Vergasen des Benzins Wärme benötigt wird, die der Umgebung entzogen wird. Das sich aber der Wasserdampf - der in der Luft enthalten ist – als Eis ansetzt. Dadurch wird der Ansaugquerschnitt verengt und als Folge bemerkt man zunächst einen Leistungsabfall und einen rau laufenden Motor – schließlich folgt ein kompletter Triebwerksausfall.

Weiter erklärte ich nun meinen Kollegen, dass man, um dies zu verhindern, die sogenannte Vergaservorwärmung einschalten muss. Dabei wird vorgewärmte Luft vom Auspuffsystem – unter Umgehung des Luftfilters – in den Ansaugkanal geführt. Das dabei zwar die Drehzahl des Triebwerkes sinkt - da die wärmere Luft eine geringere Dichte hat – aber ein weiterlaufen des Motors gewährleistet wird.

Der Flug kann fortgesetzt werden. Also meine Lieben, nun wisst ihr, warum wir beim Motoren-Check-Up diese Vergaservorwärmung von Außen und Innen überprüfen und auf die Drehzahlveränderung achten müssen.

Ich freute mich riesig über die Komplimente die ich für meine Erläuterungen erntete, doch dann war die Meute nicht mehr zu halten – alle riefen „Bernhard – Bernhard – Bernhard".

Grinsend machte Er es sich mit einem Getränk in der Hand gemütlich. Wir anderen suchten uns ebenfalls ein bequemes Plätzchen, hatten Knabbereien zu Recht gestellt und prosteten uns zu.

Wir waren bereit – gespannt auf sein Erlebnis mit Ekatharina und Benedicta.

An diesem besonderen Tag sollte ich einen funkelnagelneuen Flieger bei einem Herstellerwerk in Empfang nehmen, begann „Er" seine Geschichte. Ich war so stolz, kann ich euch sagen – ich hatte bisher noch nie einen Flieger in meinen Händen, der frisch aus einer Herstellung kam. Er glänzte und war wunderbar anzusehen – der gesamte Flieger erstrahlte in einem leuchtenden Blau-metallic mit roten Streifen – er sah unglaublich gut aus und viele Mechaniker und Flugzeugbauer kamen an den Hangar, als dieses Prachtstück hinaus gerollt wurde.

Ich fühlte mich wie einer der früheren Luftfahrtpioniere.

Heute schien „Ich" Charles Lindberg zu sein – ich war zwar nicht zur Überquerung des Atlantiks berufen – aber ich hatte die Ehre, dieses herrliche Flugzeug zu unserem Heimatflugplatz zu überführen.

Gerade als ich die Check-Liste abarbeiten wollte, riefen mir die Erbauer zu, das dies nicht mehr nötig sei. Ich könne zum Jungfernflug starten, die Mechaniker hätten alles sehr gewissenhaft kontrolliert. Ich über-prüfte zwar noch einige Punkte, zog nochmal den Ölmessstab aus der kleinen Öffnung heraus, prüfte die Benzinmenge und versicherte mich dass alle Bolzen und Streben fest waren - sah nach den Rudern und begann dann mit dem Innen-Check - bevor ich den Motor anließ.

Schmunzelnd machte der Erzähler eine Pause und nippte an seinem Getränk. Weiter – los weiter, riefen die Jungs.

Ich genoss das Abschiedsszenario und flog mit diesem einzigartigen Flieger davon. Der Klang des Motors so stimmig. Jeder Zylinder tat seine Arbeit. Der Viertakter lief harmonisch und Ich genoss es einmal mehr, diesem Wunderwerk zu zeigen wer sein Herr und Meister war. Was für ein Gefühl.

Was für ein Gefühl – das Triebwerk stand – der Flieger verlor an Höhe. Ich kann euch sagen, auch mir wurde heiß und kalt und wieder heiß. So wie man es immer in den Lehrbüchern liest.

Die Motorleistung ließ nach, der Motor lief rau, alle Vorzeichen einer Vergaservereisung dachte ich, und zog rasch den Hebel für die Vergaservorwärmung – doch nichts passierte. Das Triebwerkwerk stand still – es stand einfach still.

Ich zog an dem Hebel – rein und raus – aber nichts geschah.

Ruhe bewahren, sagte ich mir. Außenlandeplatz suchen.

Ich schaute mich um und sah eine kleine Straße unter mir. Perfekt.

Es gab zwar auch einige Wiesen und Felder, aber ich wollte nicht gleich das Bugrad oder sonst etwas zu Bruch gehen lassen, wenn mir diese Straße – die nicht befahren aussah – dienlich sein konnte.

Hauptschalter aus - Magnetschalter aus – Brandhahn zu.

Geschwindigkeit und Gleitwinkel beachten - so glitt ich langsam zu Boden. Sicher und ohne Schäden zu verursachen landete ich. Als ich stand und die Bremse gesetzt hatte, stieg ich erleichtert aus. Ging um den Flieger herum und sah unterhalb des Motors das Wasser auf den Asphalt tropfen.

Wildes Hupen lies mich hochschrecken. Ein Auto kam auf mich zuge-rast. Mit quietschenden Reifen hielt es fast neben mir.

Zwei Schönheiten stiegen aus. Eine mit langen dunklen Haaren, die andere mit kurzen blonden. Beide hatten Brüste – solch große hatte ich bisher nur mal im Fernseher gesehen – nun standen diese Schön-heiten vor mir und ich – ich starrte die beiden mit weit geöffnetem Mund an.

Die Jungs grölten.

Welche Körbchengröße rief Mario – was hast du mit denen gemacht, rief Andreas. Erzähle - los erzähle.

Ein lautes Lachen durchzog den Raum.

Ob es mir gut ginge, wollten die beiden wissen – ob etwas passiert sei – ob sie mir helfen könnten. Die beiden waren aufgeregter als ich.

Ich erklärte Ihnen kurz, dass ich wohl eine Vergaservereisung während des Fluges bekommen hatte und dies wollte ich nun überprüfen.

Dazu öffnete ich die Cowling und da war die Bescherung auch schon sichtbar. Der komplette Vergaser war nur noch ein Eisklumpen.

Jetzt, da ich aber nicht mehr flog und auf der Erde stand, begann das Eis zu schmelzen und wir drei konnten zusehen, wie sich Eisstücke lösten und auf dem Boden landeten.

Ich griff nach dem Eis um es den Mädels zu zeigen.

Kaum das ich mich aufgerichtet hatte, nahm sich eine der beiden das Eis und steckte es der anderen ins T-Shirt. Es begann ein wildes Ge-schrei und es dauerte nur einen Augenblick da wurde mit dem Eis eine Schlacht eröffnet.

Jungs, es war eine Augenweide – sprach er in unsere Runde - und schaute mich dabei verlegen an. Ich grinste nur.
Die Mädels alberten herum und stellten sich als Benedicta und Ekatharina vor.

Als ich wieder zu etwas mehr Ernsthaftigkeit aufrief, schauten sie mich traurig an. Ich überprüfte den Vergaser und zeigte den Damen die Ursache für das Malheur.
Die Schellen des Ansaugschlauches waren nicht feste genug angezogen oder hatten sich durch die Bewegungen des Flugzeuges während des Fluges gelöst und somit gab es keine Verbindung, die die warme Luft des Auspuffsystems zum Vergaser führen konnte – egal wie oft ich den Hebel für die Vorwärmung zog – es konnte nichts dergleichen geschehen und ohne warme Luft keine Erwärmung und ohne Erwärmung gab es die Vereisung des Vergasers. Durch die Vereisung den Triebwerks-ausfall. Nun schauten mich die beiden Süßen an – ich glaube die hatten nichts verstanden, aber nicht schlimm – ich hatte eine geniale Idee.

*

Ganz feste hielt ich Marianna´s Hand. Wo würde sie mich wohl hinführen? Die Spannung in mir wuchs ins unermessliche. Ich war weit ab von jeder Zivilisation. Es würde mich hier niemals jemand finden - sollte mir etwas zustoßen.
Sollte meine Reise nun hier in der Südsee enden?
Ich wurde in die Mitte des Dorfes gebracht. Dort stand die größte aller Hütten. Hellblaues Blech. Fast dreimal so groß wie die Hütte von Marianna. Sie hielt mich noch immer fest an der Hand, die anderen standen halbkreisförmig um uns herum. Von innen hörte man

Gespräche, dann lautes Rufen. Marianna ging mit mir hinein.
Dort saßen einige Männer, sie kauten auf Blättern herum, zogen an einer Pfeife und pusteten mir den Qualm zu. Ich hustete.
Sie sprachen mit Marianna und gestikulierten wild mit den Händen umher. Dann schob Sie mich vor und wies mich an, ihnen die Hand zu reichen. Ich verstand etwas von „Dorfältesten" und „Herzlich Willkommen" und nach dem ich allen die Hände geschüttelt hatte durften alle anderen Dorfbewohner hinein kommen und es wurde gesungen und gelacht und es sollte ein Fest gefeiert werden.
Einige der älteren Frauen verschwanden, sie sollten etwas Kochen.
Ich stand inmitten dieser fremden Menschen.
Konnte gar nicht fassen und glauben was mir da gerade widerfährt.
Sah mich um. Sah in die Gesichter dieser Leute.
So einfach, so herzlich.
In der Hütte gab es keine Möbel außer einem alten Bettgestell aus Metall. Nur das Gestell wohlgemerkt, keine Matratze.
Nur der Rahmen und ein paar Bretter darauf.
An einer der Wände ein Foto von Bob Marley. Das war´s - das war die komplette Inneneinrichtung.
Für uns undenkbar, doch hier erschien dies schon wie Luxus.
Ich war berührt und gerührt.
Die Männer nahmen nacheinander meine Hände und schauten hinein.
Sahen mir in die Augen und wieder auf meine Hände. Ich spürte diese sehr intensiv. Jeder mit einem unterschiedlichen Druck — jeder löste andere Gefühle und Gedanken in mir aus. Es war so warm, so weich und vertraut. Die Berührungen vermittelten Neugierde und Freude über das Neue. Ließen jegliche Angst und Vorsicht — die in mir steckte — weichen. Wie in Zeitlupe erlebte ich diese Aufmerksamkeiten. Ihr Hautkontakt so kraftvoll — so würdevoll und doch mit Respekt und wie aus der Ferne. Als würde man mich halten — ich fühlte mich geborgen und beschützt. Als könnte ich die Kraft des ganzen Dorfes in mich auf-nehmen. Alles um mich herum schien still zu stehen.
Ich genoss dieses Gefühl, konzentrierte mich auf all meine Wahrneh-mungen. Wollte nicht das es aufhört — es war so voller Energie.
Fühlte mich wie ein Bewohner des Dorfes, als gehörte ich dazu.

Ich konnte dies alles gar nicht deuten, konnte nicht verstehen was „mit" mir und „in" mir drin passierte, aber alle lächelten mich sanftmütig an – in ihren Augen war ein glitzerndes Leuchten zu erkennen. Was für ein Augenblick.

Zwei der Herren begannen mich – an den Händen haltend – durch „Ihr" Dorf zu führen und sprachen leise und mit dunkler Stimme auf mich ein. Ich verstand leider nichts und Marianna versuchte zu übersetzten so gut es ging, während der Rest der Bewohner brav unseren Schritten folgte. Verschiedene Hütten wurden mir Offenbart und eine Geschichte dazu berichtet. So etwas wie die Entstehung und aus welchen Materialien. Das alle mit anpacken würden und man es genießen würde in solch einer großen Gemeinschaft zu leben. Mir wurde ein Fell gezeigt, das gespannt an einem Holzrahmen hing – daraus sollte ein warmes Kleidungsstück hergestellt werden, verstand ich zumindest. Viele selbstgebaute Werkzeuge standen an einer Holzwand – stolz wurden sie mir präsentiert. Speere, Angeln, kleine und größere Messer und noch viele andere Dinge – die ich nicht sofort zuordnen konnte. Mir wurde solch ein Vertrauen geschenkt – ich war überwältigt. Wir schritten durch das Dorf und ich sog die Empfindungen in mich auf. Genoss diese wunderbaren Momente.

Eine kleine Glocke erklang und riss mich aus meinen Gedanken. Das Essen sei fertig – übersetzte mir Marianna.

Ich wurde in eine etwas größere Hütte geführt, diese hatte Fenster und war dadurch hell und einladend. Meine suche nach Tischen und Stühlen - leider vergebens – dies gab es dort nicht. Die Köchinnen warfen einfach drei große dunkle Tücher auf die Erde.

Auf jedes Tuch wurde ein silberfarbener Behälter gestellt – so wie Kochtöpfe bei uns zu Hause, nur viel wuchtiger.

Marianna wies mich an auf dem Tuch Platz zu nehmen und ließ sich neben mir nieder, so taten es dann auch die anderen.

Jeder der saß bekam ein grünes Blatt in die Hand – es seien Bananenblätter, wurde mir erklärt – man könne wunderbar daraus essen.

Mit einem langen Holzlöffel wurde aus dem Topf in mein Blatt gefüllt. Etwas festes weißes. Ich sah es skeptisch an. Was konnte dies nur sein? Kein Besteck in Händen. Nur ein Blatt mit einer undefinierbaren weißen Mahlzeit. Eine weitere Platte mit kugeligen hellbraunen Stücken wurde auf das Tuch gelegt - ähnlich wie unsere Kartoffeln, nur dicker und länglicher und an einer Seite liefen diese Kugeln spitz zu - dann reichte man kleine Holzschalen mit weißem Pulver umher.

Ich saß nun sehr angespannt im Schneidersitz auf dem harten Boden. Starrte das weiße Zeug auf meinem grüßen Blatt an und blickte in die Gesichter der freundlichen Menschen um mich herum.

Iss, sagte Marianna zu mir – Fish and Patata – ergänzte sie noch. Fisch – ach du meine Güte. Ich esse keinen Fisch, dachte ich bei mir. Den einzigen Fisch den ich bisher zu mir genommen hatte waren „Mutters Fischstäbchen". Gefühlte hundert Augen ruhten auf mir und meinem „Teller". Essen oder Nicht Essen.

Fisch runter würgen und freundlich tun oder gleich Brechen und in ewiger Verdammnis verweilen.

Mein Kopfkino war furchtbar.

Fisch, das Wort hämmerte in meinem Kopf. Ich kann das nicht essen, sagte die eine innere Stimme zu mir – du solltest es aber, sagte die andere – alle um mich herum warteten darauf das ich ihre gekochte Speise kostete. Was tun. Wie kann ich mich aus dieser Situation retten, kämpfte es in mir. Ratlos sah ich die Menschen um mich herum an. Alle nickten mir freundlich zu. Ich soll dieses Zeug auch noch mit den Fingern anfassen – das ging gar nicht. Mir war übel, ich hatte das Verlangen mich zu übergeben. Nur wohin – aufstehen und wegrennen ging auch nicht - ich wäre über alle Personen gefallen und nicht weit gekommen. Selbst der Ausgang der Hütte war belagert von weitern hungrigen Bewohnern. Ich saß fest. Wie in Zeitlupe griff meine Hand nach dem weißen Etwas auf dem Blatt.

Ich hatte keine andere Wahl.

Blickte in die Runde – registrierte die freundlichen Gesten und ihr Kopfnicken. Spürte die angenehme warme Temperatur dieses Tages – die Sonne die durch die Fenster in die Hütte schien. Nahm die Gerüche, Farben und Formen wahr. Redete mir ein im Garten Eden zu sein. Als gäbe es einen Öffnungsmechanismus, wenn man Nahrung zum Munde führt - bemerkte ich, dass sich der Zugang weitete und

bereit war, die weiße Masse zu kosten.
Ich schloss meine Augen, schloss meinen Mund und begann zu kauen.

*

Ich schloss meine Augen. Was ist denn los, fragten Ekatharina und Benedicta? Ist dir nicht gut, fühlst du dich unwohl?
Können wir dir irgendwie helfen?

Eine Mund zu Mund Beatmung wäre jetzt nicht schlecht – dachte ich bei mir, ohne es allerdings laut auszusprechen.
Auf meinem Gesicht muss sich wohl ein breites Grinsen
gezeigt haben – ich hörte die Damen kichern.
Bevor ich jedoch meine Augen öffnete, hatten mir die beiden das restliche Eis ins Hemd und in die Hose gesteckt.
Als wären ihre Hände überall, ich spürte die Kälte, meine Haut schien zu gefrieren oder verwandelte das Eis zu einem kalten Wasserstrom der meinen Leib hinab lief – am Po, zwischen den Schenkeln, die Beine hinunter. Es schien überall zu fließen.
Ich bemühte mich stark zu sein, kein verweichlichter Typ – kein Warmduscher. Außer einem lauten Seufzer beherrschte ich mich absolut. Die feinen Härchen auf meiner Haut richteten sich steil auf – zum Glück nur die Härchen. Ich versuchte meine Gedanken abzukühlen, diese Erregung in mir zu unterdrücken. Was für eine Situation. Die Mädels hatten natürlich ihren Spaß und lachten laut auf. Wäre nicht vorher die Vergaservereisung passiert – hätte ich den Flieger nicht per Außenlandung zur Erde geleiten müssen, es wäre ein ausbaufähiges Erlebnis geworden.

Ich schnappte ein paarmal nach Luft, kühlte meine Sinne und erklärte den Damen nochmals die Ernsthaftigkeit der Lage.

Das es nicht alltäglich sei mit einem Flugzeug eine Sicherheitslandung durchführen zu müssen. Allerdings würde ich tatsächlich ihre Hilfe benötigen.

Die beiden schauten mich verlegen an. Was immer ich wolle, gaben sie beschämt von sich.

Meine Gnädigsten – ich benötige dringend ihre Büstenhalter um die Aufhängung der Abluftschläuche zu fixieren, wegen der fehlenden Haken an den Befestigunsmuffen, um den Einspritzer des Umlauferhitzers mit dehnbaren und flexiblen Materialien - in Position zu halten. Ich hatte Ihnen ja vorhin erklärt, dass dies die Ursache für die Vereisung war und ich dringend für Ersatz sorgen muss.

Das Material, die Größe und Form ihrer Brusthalter wäre ideal für diesen Zweck. Sehen sie hier, den einen benötige ich an der Ansaugöffnung der Vergaservorwärmung – ich zeigte auf die Öffnung in der Cowling - den zweiten muss ich hier um die Schelle binden, damit die Rohrleitung flexibel unterstützt wird – schauen sie genau hin!

Unser Schulungsraum bebte vor Gegröle.

Die Jungs konnten sich kaum mehr auf ihren Sitzen halten.

Es wurde sich zugeprostet und ein paar typisch männliche Aussprüche wurden zum Besten gegeben. Ich genoss schweigend.

Haben die Frauen dir das wirklich geglaubt, fragt ich schmunzeln.

Ein wortloses, breites Grinsen wurde mir zuteil.

Und wie! – entgegnete Bernhard. Ich konnte gar nicht so schnell reagieren wie die die beiden ihre T-Shirts über die Köpfe zogen und sich gegenseitig die Verschlüsse ihrer BH´s öffneten.

In null Komma nichts standen die beiden „oben ohne" vor mir und reichten mir diese riesigen Körbchen – noch weich und warm und mit lieblichem Duft - es vernebelte meine Sinne. Ich versuchte nicht auf die nackten Brüste zu schauen, aber die waren so unglaublich – ich musste hin sehen. Ekatharina hatte sogar eine Tätowierung auf der Brust und Benedicta trug glitzernde Piercings durch die Brustwarzen.

Oh man, Jungs – das war echt ein Anblick der einem den Boden unter den Füßen weg reißen konnte. Unser Schulungsraum tobte.
Die Kerle waren nicht mehr auf ihren Stühlen zu halten.
Bernhard wurde samt Stuhl in die Höhe gehoben - wurde gefeiert wie ein Held! Die Bande war ganz außer sich.
Ich sah weiterhin amüsiert zu.

Wie ging es denn weiter, erlaubt ich mir zu fragen.
Na die beiden haben sich ihre Shirts angezogen – sind lachend in ihr kleines Auto gestiegen – haben mir eine gute Reparatur gewünscht, einen sicheren Heimflug und dann sausten sie davon.
Er zwinkerte den restlichen Männern zu – ich verstand – die Geschichte war also doch noch nicht wirklich zu Ende, mir reichte es allerdings – die Details sollten die Jungs unter sich austauschen. Ich lachte.

Meine Liebe, fügte mein Fluglehrer noch hinzu – den Flieger habe ich dann aber „Repariert" – natürlich ohne den edlen Stoff der beiden Damen – konnte die Verbindung wieder mit herkömmlichem Werkzeug befestigen. Überprüfte nochmal alles und startete dann auf der schmalen Straße durch. Ich kam zwar mit erheblicher Verspätung an meinem Ziel an – aber ich kam an!
Der Empfang war herrlich, besonders als der Eigentümer des Fliegers die beiden netten Accessoires auf dem freien Sitz vorfand und diese in die Runde der Zuschauer hielt, die extra gekommen waren um das Prachtstück von Flugzeug zu bewundern.

Ich stand sanft lächelnd und sprachlos neben dem Flugzeug, schaute abwechselnd in die Gesichter der Menge, die nicht wusste ob sie verlegen weg sehen- oder lachen sollte.
Mir war es echt nicht möglich zu bestimmen was an diesem Tag mehr Aufsehen erregte – der wunderbare neue Flieger oder die beiden fußballgroßen Büstenhalter aus feiner Seide, mit funkelnden Strass-Steinchen oder mein schmunzelndes, nichtssagendes Gesicht.

Mein Gesicht schien weich und freundlich zu werden, die Skepsis verschwand. Mein innerer Kampf verabschiedete sich – die weiße Masse schmeckte. Dieser Fisch, der mir hier serviert wurde, schmeckte unglaublich gut. Ich kaute weiter. Saftig war es.
Es hatte die Festigkeit eines Steaks von Schwein oder Rind.
Ein strahlen machte sich auf meinem Gesicht breit.
Ich aß tatsächlich Fisch. Nun griff ich zu und probierte auch die Patate, musste lachen. Kartoffel - kam es mir dann in den Sinn. Es war eine Art Kartoffel. Lecker. Das Pulver in den kleinen Schälchen entpuppte sich als Salz zum Würzen. So saß ich fröhlich auf dem Tuch am Boden und erfreute mich an dieser köstlichen Mahlzeit, ließ es mir sichtlich schmecken, als plötzlich einer nach dem anderen zu klatschen begann.

Erschrocken stoppte ich mein Mahl und sah in die Gesichter der Menschen. Was ist denn nun schon wieder los – dachte ich bei mir. Ich wurde gefühlvoll angesehen, selbst die kleinen schauten mich mit funkelnden Augen an und führten ihre Händchen zum Applaus zusammen. Fragend sah ich Marianna an. Sie nahm meine Hand und erklärte, alle würden sich riesig freuen das ich „Ihr" Essen - esse und es mir sichtlich schmecke. Nun kicherte ich und war glücklich es probiert zu haben. Gemeinsam saßen wir zusammen und genossen diese lecke-ren Speisen. Es war ein buntes Treiben. Die Sonnenstrahlen schienen durch die geöffneten Fenster in die Hütte und ich beobachtete die Gesichter meiner Gastgeber. Solch eine Zufriedenheit, soviel Strahlen und Glanz in den Augen. Ihre Erscheinungsbilder erhaben und selbstbewusst. Die Dorfältesten hatten einen wachsamen Blick und ihre gebräunte und reife Haut ließ ein hartes Leben erahnen.

Jede Falte schien eine Geschichte erzählen zu wollen und davon gab es viele. An einer der Wände waren ihre Schatten zu erkennen.

Ich Bemerkte dessen Formen, sah die Veränderungen wenn sie sich bewegten. Mal wurden sie größer wenn sie einige Schritte zurück gingen, dann wieder kleiner wenn sie sich der Wand näherten - die Details ihrer Gestalt erkennbarer wurden. Einer der Männer schien mich gemustert zu haben. Er begann mit seinen Händen Figuren und Tiere darzustellen – so - wie wir dies als Kinder gerne gemacht hatten. Er ließ diese alle elegant und in fließenden Bewegungen über die Wand schweben. Die Form eines Delfins, der im Wasser umher sprang - um sich dann zu teilen und zu einem Vogelschwarm zu werden. Wunderbar anzusehen flog dieser Schwarm aus Schattenvögeln über die Wand. Dann ließ er den Schwarm zu einem einzigen Schatten zusammenschmelzen. Ein großer Adler entstand - der in der Mitte der Wand zu verharren schien. Ich fühlte, dass er mich ansah. Im nächsten Augenblick verwandelte sich der Adler wieder zu seiner menschlichen Form. Das Schattenspiel war zu Ende.

Wie einmalig dieses „Schauspiel". Überwältigend.

Die Luft war warm. Der Raum mit Energie gefüllt. Es war wie in einem Traum. Ich wäre gerne noch länger dort geblieben, dieser Ort war so Einmalig. Ein Ort der Ruhe und fernab der hektischen Welt. Weit weg von meinem realen Leben, von Stress und Konsum, von Zwang und Lebenskämpfen.

Hier war es so einfach aber doch besonders.

Marianna erklärte mir es sei Zeit, den Rückweg anzutreten.

Zeit um Abschied zu nehmen. Es waren zwar nur ein paar Stunden auf dem Zeitmesser der Realität, aber im Herzen und in der Seele war es eine nicht enden wollende Zeitreise. Die vielen Persönlichkeiten kamen zu mir, gaben mir entweder die Hand oder nahmen mich fest in die Arme und drückten mich. Ich schmolz wie ein Eiswürfel in der Sonne. Tränen rannen mir über die Wangen. Konnte das wirklich möglich sein. Sie sahen mir in die Augen und mir war, als könne ich kleine

Sterne in diesen aufblitzen sehen. Ich schöpfte Kraft.
Kraft um für die Anforderungen der Welt gewappnet zu sein.
Die Kinder kamen mit kleinen bunten Bändchen angelaufen, die sie mir am Handgelenk befestigten und Marianna übermittelte mir von allen die Wünsche: „Verbundenheit für die Ewigkeit". Wir waren so verschieden, unsere Heimat so anders und doch fühlten wir uns verbunden. Marianna nahm mich bei der Hand und führte mich aus dem Dorf hinaus. Als ich plötzlich Lärm hinter mir hörte drehte ich mich um und konnte kaum glauben was ich da sah. Sie kamen alle angerannt. Das ganze Dorf folgte uns. Begleitete mich zurück zur Bushaltestelle. Sie fassten mich an den Händen. Berührten mich um die Verbundenheit zu zeigen, lachten und sangen ihre Lieder während des langen Weges. Schweren Herzens stieg ich in den Bus.
Sah der winkenden Gemeinschaft nach. Nahm erneut ihre Kraft wahr - ihre Berührungen, die Umarmungen. Tastete die Bänder an meinem Gelenk ab. Sog den Geruch derer in mich auf.
Fühlte diese Besonderheit. War mir sicher – dies würde ich niemals mehr in meinem Leben vergessen. Niemals mehr.

*

Vergessen. Nein, vergessen kann man solch ein Erlebnis nicht mehr – berichtete unser Fluglehrer grinsend.
Die Kerle klopften ihm auf die Schulter und hoben ihre Gläser um auf Ihn und Sein besonderes Erlebnis anzustoßen. Zwei heiße Bräute und unser schüchterner Bernhard, kam ein Kommentar.
Warum hast du immer so ein Glück und Ich – Ich schaffte damals keine saubere Landung und musste mich mit der strengen Nachtschwester Hildegard im Krankenhaus rum ärgern und „Quax der Bruchpilot" nennen lassen, sagte einer der Männer. Erneut hoben wir alle die

Gläser, prosteten uns zu und alberten herum bis wir zur nächsten Unterrichtsstunde starteten.

Vom Vergaser und seiner Vereisung zum heutigen Thema „Luftschraube". Das es je nach Anordnung des Triebwerkes eine Zug- oder Druckluftschraube gibt und es üblich sei, das einmotorige Flugzeuge eine Zugschraube haben.

Was redet der von Schrauben?

Ich schaue mal wieder ahnungslos und hilfesuchend um mich. Meint der die Schrauben, mit der die Motorenabdeckung - also die Cowling - befestigt ist oder die Schrauben überall am Flieger?

Was könnte sonst mit Luftschraube nach Zug- oder Druck gemeint sein? Ich gönne mir einen tiefen Atemzug um Aufmerksamkeit zu erzeugen. Doch die Jungs kapieren nicht und fachsimpeln munter weiter. Klar, die sind meist aus Holz oder Leichtmetall. Ihre Profile ähneln denen der Tragflügelprofile und die Blattwinkel werden nach außen hin kleiner, was man Schränkung nennt – nicht schräge. Dass zur Mitte hin der Übergang zur Nabe (nicht Narbe) erfolgt und bei den meisten Motorflugzeugen direkt auf der Kurbelwelle angeflanscht ist, wird besprochen.

Ich rufe ein lautes und deutliches „Stop – Ich habe absolut nichts verstanden!"

Es ist schon ziemlich peinlich wenn einen ein Dutzend Augen ansehen, die gar nicht fassen konnten, dass ich nichts kapiert hatte.

Jungs – was ist eine Luftschraube?

Außerdem dürft ihr gerne eure Münder schließen und nicht so ungläubig drein schauen – ich habe dieses Wort noch nie gehört, kontere ich und versuche meine Verlegenheit zu überspielen.

Grinsend kommt es fast wie im Kanon – das ist der „Propeller".

Ganz einfach der Propeller – die Luftschraube ist der Propeller.

Ich fasse mir an die Stirn. Das kann ich nun nicht glauben.

Ihr redet die ganze Zeit vom Propeller? Ich schlucke und verberge mein Gesicht hinter meinem Glas Wasser.

Oh wie peinlich, allerdings nicht ganz so schlimm wie die Geschichte von der Blondine, der man glaubhaft versicherte, dass die Seitenruderpedale – auf dem die Füße ruhen - das Gas- und

Bremspedal des Fliegers seinen – genau wie beim Auto. Die Dame hat es den Jungs geglaubt. Das war echt schlimmer, beruhige ich mich.
Nun bekomme ich aber endlich nochmal alles erklärt.
Die Schränkung und das Anflanschen. Zug- und Druckluftpropeller.
Propellerdrehzahl- und durchmesser. Einstellwinkel bzw. Blattwinkel.
Schwingungen die zu Materialermüdungen führen können.
Kritische Drehzahlen und die Wirkungsweise bei der Rotation.
Lerne etwas über Beschleunigung und Ablenkung – den Propeller-vorschub- und widerstand. Höre mir die geometrische und aerodyna-mische Steigung an und lerne etwas über den „Schlupf".
Die Propellerarten und Verstellpropeller.
Als unser Fluglehrer vom Torque- und Korkenzieher Effekt und der Gyroscopic Action – also der Kreiselwirkung – zu reden beginnt – bettel ich um Pause. Mein Kopf qualmt und ich mag nichts mehr von rotierenden Massen, konstruktiven Maßnahmen oder Kreiselgesetzten hören. Genug Theorie für Heute.
Spannende Themen, keine Frage – aber nun möchte ich zum Flieger und praktisch üben. Meine Kollegen haben erbarmen und so darf ich an diesem Tag als erste in den Himmel aufsteigen.

Mein Himmel ist Lila! Heute ist er wieder Lila.
Meine ganze Welt erscheint heute in zartem Lila. Alle Bäume und Wiesen. Die Bäche und Flüsse. Die Straßen und Häuser.
Selbst die Wolken – ja – auch meine Wolken sind heute Lila.
Nur die lila Kuh fehlt, die mit den weißen Buchstaben auf dem Fell und die so zart schmeckt wenn man hinein beißt. Ich schmunzele über meine Gedanken. Meine Lieblingssorte ist „Rum-Traube-Nuss", aller-dings die Quadratische Sorte – ohne Kuh drauf – davon könnte ich gerade ein Stückchen abbeißen – das hätte was. Mmmhhh.
Was ist denn mit dir los, fragt mich mein Fluglehrer. Geht es dir gut?
Ich strahle ihn an – mehr als gut, danke der Nachfrage.
Hast du Schokolade dabei?
Natürlich nicht. Hätte ja sein können - nicht wahr – hätte sein können.
Dann zeig der Schraube mal wo es lang geht und bring unsere „Süße" hoch in die Lüfte - auf 4000 Fuß – gib Gas.

Wir starten mit Gieren, Nicken und Rollen und zeig mir saubere Umkehrkurven. Libelle im Käfig. Ich befolge seine Anweisungen und so
ganz nebenbei erklärt er mir nochmal die Luftschraube und all das
wichtige was man zum Propeller wissen sollte.

Theorie gleich in die Praxis umgesetzt.

Ausprobiert. Gefühlt. Erlebt. Verstanden.

Ich sitze mal wieder im Auto und starte meine Fahrt nach Hause.

Etwas mehr als eine Stunde um zu reflektieren und zu wiederholen.

Welche Vorteile hat der Verstellpropeller?
Dieser hat einen besseren Wirkungsgrad bei Start- und Reiseflug.

Sie haben für ihren Flieger eine neue, leisere Luftschraube gekauft.
Dürfen Sie damit fliegen? *Nur dann, wenn dafür eine Musterzulassung
in Verbindung mit dem Flugzeug-Typ vorliegt.*

Ein aerodynamisch gesteuertes Flugzeug mit linksdrehendem Propeller
zieht bei voller Motorleistung ständig nach rechts. Die Ursache dafür
ist was? *Das Drehmoment an der Propellerwelle und der Luftschrau-
bendrall.* Was geschieht, wenn die Flugbahn eines Flugzeuges mit
starrem Propeller bei unveränderter Gasstellung stark nach unten
geneigt wird? *Dabei kann die höchstzulässige Drehzahl überschritten
werden.* Welche Änderungen dürfen sie an einer Luftschraube durchführen (kein im Flug verstellbarer Propeller)? *Keine!*

Welche Reparaturen an ihrem Propeller dürfen sie nicht durchführen?
Immer diese Fangfragen mit Verneinung – die mag ich gar nicht –
davon hatte ich schon so viele in der amtsärztlichen Überprüfung für
Heilpraktiker – also gut aufpassen – also was darf ich nicht?

Ich darf die Blattspitzenform nicht verändern – was darf ich machen
lassen? Auswuchten oder die Oberfläche glätten und diese farbig
lackieren. Eine Untersetzung der Luftschraubendrehzahl gegenüber
der Motordrehzahl bringt was? *Es macht günstigere Geräuschwerte,
da das Flugzeug langsamer und somit leiser wird.*

Ist die geometrische Steigung eines Verstellpropellers bei der Startstellung größer oder kleiner als bei Reisestellung? *Sie ist kleiner!*
*Bei der Startstellung habe ich eine kleine Steigung, bei der Reise-
stellung eine große Steigung.*

Was kann mit einem Verstellpropeller ermöglicht werden?
Mit dem Verstellpropeller kann der beste Wirkungsgrad des Propellers bei Start- und Reiseflugzuständen ermöglicht werden.
Mit welchem festen Propeller erreicht man beim Start die größte Beschleunigung? *Mit einem Propeller kleiner Steigung.*
Die gleiche Antwort gilt für die Frage mit welchem Propeller man die größte Anfangsbeschleunigung erzielt sowie die Frage welcher Propeller beim Start die größte Beschleunigung aufweist.
Drei Fragen – eine Antwort.
Zum Abschluss der großen Luftschraubenquizstunde die letzte Frage. Mit einem für Reiseflug optimierten Propeller ergibt sich beim Start was? Aus klein wird groß – also hier – *ein relativ großer Anstellwinkel am Propellerblatt.*

*

Zufrieden und Überglücklich komme ich an meinem Ziel an.
Genieße einen heißen Tee und strahle meine drei Kinder an.
Keiner weiß von Mama´s tun. Keiner weiß dass ich heimlich die Sportpilotenlizenz in Angriff genommen habe.
Zwei Welten – hier Hausfrau und Mutter – dort angehende Sportpilotin. Sehe in das Gesicht meines Sohnes – er ist zwölf Jahre jung – seit vielen Jahren redet er von nichts anderem als das er Pilot werden möchte. Schaut sich Berichte und Fachzeitschriften an. Stöbert im Internet und bastelt gerne seine eigenen Maschinen aus Papier oder anderen Materialien. Stundenlang kann er sich mit damit beschäftigen. Sein Wunsch ist zurzeit noch so groß, dass er an seinem Ziel fest hält und sich nicht beirren lässt. Ich hoffe dies bleibt so, auch wenn er sich in der Schule mehr anstrengen müsste.

Wie sehr freue ich mich schon jetzt auf sein kleines Gesicht, wenn ich ihm irgendwann einmal meine Pilotenlizenz zeigen darf.
Ihm sagen kann, es ist nie zu spät – egal wie alt du bist – verliere dein

Ziel niemals aus den Augen, denn wenn du etwas wirklich möchtest –
dann kannst du es auch schaffen!

Gib niemals auf! Niemals!
Ich halte seine Hand. Weich und warm. Ein „kleiner Junge" mit
Träumen. Meine Lehrbücher sind versteckt. Meine Utensilien in einer
großen Tasche verborgen. Wenn sie schlafen packe ich alles aus und
lerne. Lerne. Meine Zwillingsmädchen fragen immer mal wieder was
ich da alles zu lernen habe, wenn sie mich „erwischen".
Zum Glück kennen sie mich nicht anders.
Ich habe immer ein Buch in der Hand. Fernsehen und dessen oft
unnütze Berieslung kann mich nicht begeistern.
Ich verschlinge lieber ein Buch oder lerne etwas Neues oder frische
bereits gelerntes wieder auf. Wenn ich lese bin ich mittendrin - fühle
mich als Bestandteil der Geschichte. Lasse meiner Fantasie freien Lauf.
Es ist so herrlich. So belebend.

Kapitel 13   Auf nach Neuseeland und Absturzgefahr

Ich stehe am Airport. Ein weinendes und ein lachendes Auge.
Gleich geht es los. Die Boeing fliegt aus der Südsee – weg von
Ozeanien – nach Neuseeland. Mein Ziel ist Auckland auf der Nordinsel.
Auf Wiedersehen Fidji – auf Wiedersehen Marianna und Familie.
Ich wünsche mir wirklich Euch alle wieder zu sehen. Es war so herrlich.
So belebend. So einzigartig. Verbundenheit für die Ewigkeit!

Träumend und das erlebte Revue passierend erreichte ich den Flughafen in Auckland, der größte und bedeutendste Verkehrsflughafen
und einer von vier internationalen Flughäfen auf der Nordinsel von
Neuseeland. Die Nordinsel, so hatte ich gelesen, bildete den Siedlungs-
schwerpunkt des Landes. Die größte Stadt war Auckland, dann
Wellington im Süden der Nordinsel. Die beiden Inseln seien durch eine

etwa 35 km breite Straße – der sogenannten Cook-Straße,
voneinander getrennt. Im Inselinneren gab es aktive Vulkane und
die Berühmten Geysire.
Ich wollte alles sehen, dieses „Grüne Land" erkunden.
Waitomo, Rotorua, Tauranga und Coromandel erleben.
Wollte Bekannte besuchen die aus meiner Heimat nach Russel, einem
kleinen Ort an der „Bay of Islands" gezogen waren.
Mit Ihnen zusammen den nördlichsten Teil des Nordes erkunden, bis
hoch zur Ninety Mile Beach und dem Leuchtturm am Cape Reinga.
Neuseeland – hier bin Ich!

Was für ein reges Treiben im Airport. Menschenmassen strömten
durch die Gänge und an den Geschäften vorbei.
Etwas ratlos und hilfesuchend sah ich mich um. Es war riesig.
Ich suchte einen Weg nach draußen, dort sollte es eine Bushaltestelle
geben, deren Bus mich zu meinem ersten Ziel führen sollte.

Auf dem Weg zum Ausgang ertönte plötzlich mein Name durch die
gigantische Flughafenhalle – ich dachte ich höre nicht richtig – mein
Name schallte laut und deutlich durch die Hallen – ich möge mich bitte
zum Telefon Nummer Neun begeben, ein Anruf erwarte mich dort.
Ungläubig starrte ich die mächtigen Lautsprecher an den Decken an.
Mal wieder große Augen, offener Mund.
Das war doch gerade mein Name. Das geht doch gar nicht. Ich bin am
anderen Ende der Welt – stehe am Flughafen von Auckland, gerade

aus der Südsee angekommen - und mein Name wird laut durch die Hallen gerufen. Das muss ein Traum gewesen sein. Eine Einbildung. Ich fühle meine Stirn. Normale Temperatur. Da war es wieder.
Mein Name und der Hinweis „Final Call", sagt die Stimme - Please go to Telefon Number Nine - höre ich es erneut. Letzter Aufruf – ich solle so schnell als möglich zum Telefon kommen.
Ich rannte los, fragte überall nach und wurde zügig zu den Telefonen geführt. Ungläubig stand ich vor der Telefonzelle Nummer „Neun" – hob mit zitternden Händen den Hörer hoch und bekam kaum einen Ton heraus, so aufgeregt und außer Puste von dem gerenne – meldete mich aber mit einem freundlichen: „Hallo, wer ist denn dort?"

*

Hallo – Hallo. Träumst du gerade meine Gute?
Mein Fluglehrer sah mich eindringlich an. Etwas mehr Konzentration am heutigen Vormittag. Es ist zwar noch früh aber wir haben viel zu erarbeiten und du musst deine gesamte Aufmerksamkeit im Hier und Jetzt haben. Verstanden!

Du bist als Luftfahrzeugführerin für die sichere Führung des Luftfahrzeuges sowie für die Sicherheit und Ordnung an Bord die Alleinverantwortliche! Selbst wenn mehrere Luftfahrzeugführer an Bord sind, wird vor Flugantritt bestimmt, wer der oder die Verantwortliche ist. Und Heute bist Du dies!

Wir wiederholen nochmal den § 1 der LuftVerkehrsOrdnung – was fällt dir dazu ein? Also ganz klar, der Genuss von Alkohol, Drogen oder Medikamenten ist untersagt. Ein Flug darf nicht angetreten werden, wenn der Gesundheitszustand des Flugzeugführers Zweifel an der sicheren Durchführung des Fluges aufkommen lässt.

Desweiteren hat sich jeder Teilnehmer am Luftverkehr nach den Grundregeln so zu verhalten, dass Sicherheit und Ordnung gewährleistet sind und kein anderer gefährdet oder geschädigt wird.

Es soll keiner behindert oder belästigt werden, wenn dies vermeidbar ist. Zu den Grundregeln gehören die vorgeschriebenen Kontrollen gemäß den Checklisten für den Start, den Flug, die Landungen und auch für Notverfahren - die durchgeführt werden müssten.

Der Lärmpegel sollte so niedrig wie möglich gehalten werden.

Das hört sich doch super an – prima. Gut gelernt.

Na dann auf zur nächsten Platzrunde. Höhe halten, da wir ja beim Überflug der Ortschaft die Lärmschutzbestimmungen beachten müssen. Bitte Touch and Go beim Tower melden und wenn es soweit ist, dass Verlassen der Platzrunde in südliche Richtung.

Kurs 220° Grad und auf 3000 Fuß hoch, dann bitte Gieren.

Oh man, dass klingt nicht nach Spaß heute – absolutes Powerprogramm. Bist du schlecht gelaunt, frage ich ihn.

Niemals, kontert er – aber du weißt, es muss alles sitzen und in Fleisch und Blut übergehen. Fehler werden nicht akzeptiert.

Lass und nochmal die physikalischen Grundlagen besprechen während du fliegst. Du weißt ja, um einen Körper vom Boden abzuheben, muss ihm Energie zugefügt werden.

Bei unseren motorgetriebenen Luftfahrzeugen führen wir diese Energie in Form von Treibstoff mit uns.

Beim Verbrennen in einem Triebwerk wird diese chemische Energie zunächst in Wärme und dann in mechanische Energie umgewandelt, die unsere Luftschraube – also den Propeller – rotieren lassen.

Dadurch wird Luft angesaugt und nach hinten beschleunigt, was als Reaktion einen Schub nach vorn auf das Flugzeug bewirkt.

Dieser Propellerschub löst eine Beschleunigung aus und unser Flieger nimmt Fahrt auf. Die umgebende Luft kann durch ihre Strömung an geeigneten Flächen Auftrieb erzeugen, der dem Gewicht entgegen wirkt und das Abheben ermöglicht. Was passiert aber nun wenn unser Triebwerk ausfällt?

Ich überlege kurz - ohne Energie kann sich der Flieger nicht oben halten, er wird sich seinen Weg zum Boden suchen, mehr oder weniger schnell – nehme ich an. Kaum ausgesprochen, passiert es auch schon. Mein Fluglehrer nimmt das Gas heraus.
Der Flieger hat keine Energie mehr.
Das Gewicht des Popellers zieht uns Richtung Boden, die Maschine neigt sich der Erde zu.
Spüre was passiert, sagt er in einem ruhigen Ton zu mir - ich finde dies gerade nicht wirklich witzig, kontere ich. Adrenalin steigt in mir auf.
Mein Herz beginnt zu rasen. Spüre was passiert!

Tu was, rufe ich laut – wir stürzen ab.

Ich sehe wie der Boden immer näher kommt.
Schneller und schneller scheinen wir zu werden. Ich schaue auf die Instrument. Wir verlieren zügig an Höhe. Ruhe bewahren, einfach ruhig atmen. Einfach. Einfach gesagt.
Es wird eine vernünftige Lösung geben.
Wir werden sicher nicht abstürzen, sage ich mir in Gedanken.
Welcher Fluglehrer will schon freiwillig – vorzeitig – ins Gras beißen.
Er muss doch bald was unternehmen, meine Hände werden feucht.
Ich umklammere den Gashebel und das Höhenruder.
Meine Füße liegen wie Blei auf den Seitenrudern. Starre abwechselnd auf den Höhenmesser und auf Bernhard.

Jaaaaaa – ich spüre es!

Ich spürte es – da war es. Er hatte recht.
Ich grinste ihn an. Du bist echt der Knaller - ich hatte echt Schiss.

Das war einfach nur ein praktisches Beispiel für die Lage- und Bewegungsenergie, erklärt er mir sanft lächelnd - auch potentielle und kinetische Energie genannt.

Wo bleibt deine Begeisterung?
Ich boxe ihm leicht gegen den Oberarm. Sein Lieblingssatz. Ich hätte es ahnen müssen. Wir lachen beide.

Also nochmal zur physikalischen Erklärung.
Wenn unser Triebwerk ausfällt, benimmt sich der mit einem Motor angetriebene Flieger wie ein schlechtes Segelflugzeug.
Es setzt seine Lageenergie (auch potentielle Energie) – die es auf Grund seiner Höhe und seiner Masse besitzt, einfach in Bewegungsenergie (die auch kinetische Energie genannt wird) um, indem es fällt und dabei Fahrt aufnimmt. Die Flügel werden dabei wieder umströmt und erzeugen Auftrieb! Aus dem Sturz wird durch die Vorwärtsbewegung ein Gleiten.
Somit stehen dir bei einer Höhe von etwa 1000 m gute vier bis fünf Minuten Gleitzeit zur Verfügung, wenn dein Triebwerk stehen geblieben ist. In dieser Zeit kannst du dir ein geeignetes Gelände zum Landen aussuchen. Umgekehrt kannst du natürlich durch Hochziehen einen Teil der kinetischen Energie wieder in Lageenergie umsetzten.
Allerdings muss dir klar sein, dass es dir durch die Widerstandskräfte und ohne Energiezufuhr nicht mehr möglich sein kann, die Ausgangshöhe zu erreichen.
Die Auftriebskräfte werden von den Tragflügeln erzeugt. Verstanden?
Ich glaube schon, es war ja ein spannendes Manöver.
Dann lass es uns noch einige Male üben, hoch mit dir auf 4000 Fuß.
Dann Umkehrkurve, Rollen, Nicken, Gieren und Motor aus.

Während ich seine Aufgaben gewissenhaft durchführe beginnt Bernhard plötzlich an der Verschraubung der Fluginstrumentehalterung zu handwerkeln. Ich werde erneut leicht nervös und frage

ihn nach dem Grund seines tun´s. Wirst du gleich sehen, ist seine kurze
und nichtssagende Antwort.

Er fummelt und schraubt weiter an der Halterung herum und da
passiert es. Einfach so ohne Vorwarnung. Ich starre ihn an.
Mein Gesicht wird kreidebleich, mein Herz rast jetzt wie ein Düsenjet.
Die Hände zittern. Mein Atem stockt.

*

„Hallo", rufe ich ein weiteres Mal – ich traue mich kaum in den Hörer
zu   atmen – wer ist denn da?
Hey, hier ist Gerd. Dein Gastgeber in Russel. Schon vergessen?
Gut angekommen? Wie geht es dir und wie war dein Flug nach
Auckland?

Ich strahle den Hörer an, kann kaum glauben was ich da gerade gehört
und erlebt habe. Das gibt es doch gar nicht, fasele ich in den Hörer.
Woher weißt du dass ich jetzt gerade hier bin.
Bist du in der Nähe?
Fragen über Fragen aber ich bin noch so überrascht, dass meine
Gedanken noch nicht wirklich in der Lage sind einwandfrei zu funktio-
nieren. Dafür sprudelt es aus Gerd nur so hervor.
Er freue sich schon riesig mich bald in Russel begrüßen zu dürfen.
Mir die Bay of Island zu zeigen. Seine neue Heimat. Sein Haus und all
das faszinierende des Nordens. Aber nun gab er mir erst mal die
Reisedaten für die Busse durch. Was ich wo finden würde und gab
nützliche Tipps für mein weiteres Vorgehen.
Als ich den Hörer auflegte, schüttelte ich noch immer grinsend den
Kopf. Was für ein Start in dieses Abenteuer. Auckland ich komme –

Waitomo sei bereit. Ich werde deine Sterne pflücken.
Es kann los gehen.

Willkommen in Auckland stand es überall in großen Lettern.
Die vielseitigste Stadt Neuseelands. Eingebettet zwischen dem Pazifik
und der Tasmanischen See. Endlose und wilde Strände.
An der Westküste das Surferparadies - dafür wunderschöne, kleinere
Inseln im östlichen Hauraki Golf. Wie kleine grüne Oasen in einem
leuchtenden Meer vor der Türe einer Metropole mit Millionen von
Menschen. Einfach faszinierend.
Einer der Lieblingsbeschäftigungen der Aucklander sei das Segeln, dies
konnte man am Hafen mehr als eindrucksvoll erleben.
Dort standen Boote - soweit das Auge reichte.
Daher wohl auch der Name „City of Sails".
Auckland wurde auf ruhenden Vulkanen erbaut, dies konnte man an
vielen Orten erkennen und die Tour zum Mount Eden ein wunderbares
Erlebnis. Der beeindruckende Ausblick über die Stadt und die vielen
Buchten einfach grandios. Im Museum erlebte ich meine erste Einfüh-
rung in die Maori-Kultur, deren Kunstwerke und Geschichte.
Sehr lohnenswert.
Natürlich durfte auch ein Besuch in der Queen Street nicht fehlen.
Die wichtigste und hektischste Einkaufsstraße. Es gab alles was das
Herz begehrt. Warenhäuser und Restaurants. Kneipen und Theater.
Hier konnte ich stundenlang verweilen und die Menschen beobachten.

Was für ein Unterschied zur Südsee – zu Fidji.
Welche Welten zwischen Marianna und ihrem Dorf.
Hier Konsum und Lärm. Hektik und Glitzerlichter.
Dort nicht einmal fließendes Wasser oder Strom.
Hier Anonymität und Einzelkämpfer - Reichtum und doch Lieblosigkeit.

Bei Marianna gab es Freude, Freunde und Familie. Zusammenhalt.
Armut aber Liebe – grenzenlose Liebe und Verbundenheit.
Gefühle und Emotionen. Mir liefen die Tränen über die Wangen.

Freudentränen über meine Gedanken, über die Erinnerungen in meinem Herzen. Verbundenheit für die Ewigkeit.
Ich berührte die bunten Bänder an meinem Handgelenk.
War überglücklich.

Der Bus war bequem und klimatisiert. Auf nach Waitomo.
Eine kleine Stadt mit herrlichen grünen Hügeln. Doch tief unter der Erde liegt dort ein wahres Wunder verborgen.
Die Höhlen von Waitomo.
Diese wurden über Jahrtausende hinweg von unterirdischen Wasserströmen aus dem weichen Kalkgestein gespült.
Beeindruckende Stalaktiden hängen dort von den Decken oder Stalagmiten wachsen vom Höhlenboden empor. Ein traumhafter Anblick. Nur noch zu toppen von den dort lebenden millionen Glühwürmchen, die sich in einem bisher nie gesehenen Lichterspektakel präsentierten. Atemberaubend. Ein Wunder der Natur.

Es ging weiter nach Rotorua.
Die Stadt, die an einem vulkanischen Plateau liegt. Sie sitzt auf dem Pazifischen Feuerring und weist eine der höchsten geothermischen Aktivitäten auf. Es sind unvorstellbare Kräfte, die noch immer deutlich zu sehen und zu spüren sind.
Diese Geothermie – die auch als Erdwärme bezeichnet wird - stammt aus den zugänglichen Teilen der Erdkruste, in dem die Wärme gespeichert wird. Die Maori bereiten noch viele Mahlzeiten – traditionell – in thermischen Erdlöchern zu. Nutzen diese Energiequelle auch zum Heizen und zur Stromerzeugung.
Ich konnte die siedenden Schlammlöcher bestaunen, die Wärme spüren, Schwefelduft riechen - den Dampf sehen der aus der Erde empor stieg und dann – dann sah ich die unglaublichen Geysire.
Ein grandioser Anblick, wenn kochend heißes Wasser mit Getöse aus dem Boden heraus schießt. Auf Gehwegen rund um Rotorua waren alle Attraktionen und eine hinreißende Aussicht zu genießen.
Der Abschluss dieses einmaligen Erlebnisses bestand in einem entspannenden Bad - in natürlichen - geothermisch geheizten Quellen.

Ich schloss die Augen und genoss das heiße Wasser.
Ein Ort um sich einfach nur wohl zu fühlen. Auch wenn fremde
Menschen um mich herum saßen, ich war mit meinen Gedanken bei
mir. In mir. Versuchte, mir die bisherigen Erlebnisse und Empfindungen lebendig werden zu lassen. Ein angenehmes Gefühl im Bauch,
mein Herzschlag – mein gesamter Körper von glücklichen Momenten
ergriffen. Ich nahm alles wahr. Ich achtete auf die Töne und Worte.
Auf die Eindrücke und Bilder die sich auftaten. Es durchfloss mich.
Es blubberte und zischte überall. Dieser charakteristische Schwefelduft
füllte die Luft, sog in meinen Körper hinein. Bei jedem Atemzug ließ
sich dieses Unbekannte auch schmecken.
Meine Hände spielten mit dem heißen Wasser. Versuchten es einzufangen und festzuhalten. Vor meinem inneren Auge erstrahlten die
Glühwürmchen – wie ein riesiger Teppich – eine Treppe aus Sternen -
bahnte dieser sich den Weg in den noch warmen Nachthimmel hinauf.
Als könne ich darauf empor steigen. Empor zu den Sternen.
Danach greifen. Hinabsehen auf unsere Welt.
Diese Naturwunder bestaunen. Einzigartige Momente.
Ich verließ diese Szenerie und kehrte mit meiner Aufmerksamkeit
zurück. Kletterte aus dem Wasser und spürte die Gänsehaut an
meinem Leib. Ein Mann begrüßte mich freundlich und reichte mir ein
kuscheliges Handtuch. Ich nahm es dankend an. Stundenlang saßen
wir mit ein paar weiteren Globetrottern an den Quellen und philosophierten über Gott und die Welt und den Kiwiplantagen in Tauranga
an der Bay of Plenty – der Bucht der Fülle - meinem nächsten Stop.

Was für ein Anblick. Das Gesamte Gebiet rund um Tauranga war mit
Plantagen und Gärten übersät. Auch Meeresdelikatessen, Weine ,
Avocados und Obstbäume in Hülle und Fülle, leuchtend gelbe Zitronen
und bräunlich-grüne Kiwi´s – soweit das Auge reichte - es lief einem
das Wasser im Munde zusammen. Solch ein fruchtiger Duft, solch eine
bunte Fruchtvielfalt. Einfach pflücken und reinbeißen.
Hätte man gerne gewollt, war aber untersagt. Schade, sehr schade.
Zum ersten Mal in meinem Leben sah ich allerdings diese gigantischen
Kiwi-Plantagen.

Ich dachte bis dahin, auch Kiwi´s wachsen am Boden – wie Ananas –
oder an Sträuchern. Die Kiwi ist wohl das bekannteste Exportprodukt
Neuseeland. In der Bay of Plenty liegt die Kiwifruchthauptstadt.
Dort kann man sogar mit einem Kiwifruchtzug fahen, einzigartig auf
der Welt. Es gab einiges zu lernen über diese haarige Frucht.
Auf eine männliche Kiwipflanze kommen sagenhafte sieben weibliche
Pflanzen. Die männlichen blühen dunkel, die weiblichen erstrahlen in
wunderschönem weiß.
Es werden Bienenvölker gehalten und mit Zuckerlösung versorgt, da
die Kiwi selber keinen Honig besitzt. Raffiniert.
Erst nach ungefähr vier Jahren beginnen die Kiwibäume Früchte zu
tragen. Dann allerdings auf unbekannte Zeit. Die ältesten Bäume seien
über neunzig Jahre alt. Die Kiwi hat doppelt so viel Vitamin C wie eine
Orange, einen hohen Gehalt an Vitamin E und vielen anderen wichti-
gen Mineralien, vor allem Kalium.
Beachtlich ist, dass man diese Früchte bei etwa 0° Celsius bis zu neun
Monate lagern kann! Dies ist auch einer der Gründe, warum sich die
Kiwi so super für den Export eignet. Pro Tag würden dort in den Kühl-
häusern der Plantagen etwa 70000 Tausend Steigen – vollgefüllt mit
frisch gepflückten Kiwis – verarbeitet und zum Export fertig gemacht.
Man sprach von ungefähr 2,5 Millionen Steigen in einer Saison.
Wirklich viele Informationen über diese Frucht. Sehr beeindruckend
und absolut sehenswert.

Nicht weit entfernt lag auch der Mount Maunganui, traumhafte Strände. Ein Paradies für Surfer und Strandliebhaber. Erholung pur.

Mein nächstes Ziel auf dem Weg in den hohen Norden war Coromandel. Leuchtend weiße Sandstrände, rustikale Dörfer und unberührte Natur. Verpackt in Regenwald und dem Hauraki Golf.
Dort gab es den Strand des heißen Wassers – die Hot Water Beach.
Bei Ebbe konnte man sich in der Nähe des Strandes einen heißen Pool in den Sand graben und im heißen Bad sitzen.
Direkt neben dem relativ kalten Meereswasser hatte man mit Schüppe und Spaten sein eigenes Domizil erbauen können. Ein Spaß wie zu Kindertagen – und was soll ich sagen – es waren fast nur Erwachsene dort – lustiger und verrückter als die Kinder selber.
Es wurde um Schaufeln gefeilscht, Sandburgenförmchen getauscht.
Fangen gespielt und gebuddelt was das Schippchen her hielt.
Die Belohnung – eine wunderbare Badewanne, gefüllt mit natürlichem, geothermisch aufgeheizten Wasser und einem Blick über die Bucht, das türkisfarbene Wasser, den feinen Sand und dem Gefühl im Paradies zu sein.
Am Abend kamen die Künstler und Musiker auf die Straßen.
Eine lebendige Musikszene, Konzerte aber auch Galerien und Töpfereien gab es zu bestaunen. Ein Bummel über die Märkte mit Souvenirs und Kunsthandwerk durfte nicht fehlen. Ein herrliches Fleckchen Erde.

Noch 4 Kilometer, lass ich auf dem Hinweisschild - dann würde ich Paihia erreichen - von dort aus wollte mein Bekannter mich an der Haltestelle abholen. Ich war schon sehr gespannt.
Aufgeregt stieg ich aus dem Bus. Stellte mich schön brav und gut sichtbar an die Straße. Doch Gerd kam nicht. Ich wartete und wartete.
Kein Auto in Sicht.
Ich erschrak ganz furchtbar, als mir jemand von Hinten auf die Schulter klopfte. Doch dann sah ich in das Gesicht meines Gastgebers.
Wir drückten und umarmten uns und anschließend schimpfte ich erst mal mit ihm. Mich so zu erschrecken. Das war echt übel.
Ich konnte gar nicht fassen dass er so plötzlich da war.

Womit bist du denn her gekommen, fragte ich ihn verwundert.

Die ganze Zeit hatte ich die Straße im Blick.

Grinsend drehte er mich um und zeigte auf sein Boot. Wir lachten beide, verstauten mein Gepäck unter Deck und dann ging die Fahrt nach Russel los. Ich genoss die Tour über das Meer – wir befanden uns in der Bay of Island. Der frische Meereswind blies mir ins Gesicht.

Die Sonnenstrahlen wärmten so wunderbar. Die Aussicht atemberaubend. Die leuchtenden Farben. Die Stimmung. Die Vorfreude auf seine Familie und die gemeinsamen Erlebnisse.

Ich strahlte und war glücklich - genoss die Überfahrt ohne weitere Worte. Der Empfang für mich so freundlich und liebevoll.

Seine Frau und die beiden Mädchen hatten sich viel Mühe gegeben und dekoriert und gebastelt. Herzlich Willkommen stand über der Haustüre. Und dies war ich auch. Ich fühlte es.

Wir plauderten und plauderten.

Russel sei schon lange, bevor Captain Cook im Jahre 1769 dort gewesen sei, von Maori-Stämmen besiedelt gewesen.

Ab etwa 1800 hätten Wahlfänger die gute Lage erkannt und dort eine Versorgungsstation für Schiffe errichtet. Dadurch sei der Ort schnell gewachsen aber auch in Verruf geraten, da viele Halunken halt gemacht hätten. Es gibt noch ein historisches Gasthaus aus alten Zeiten – „The Gables" - dort wolle man auch mal mit mir Speisen gehen, es sei das Beste Restaurant im Ort.

Es war so idyllisch in dem kleinen, ehemaligen Walfangort.

Jeden Tag gab es neues zu entdecken.

Es hatte auch tatsächlich noch seinen viktorianischen Charme bewahrt. Die alte Christ Church, diese berühmte Kirche mit dem malerischen Friedhof – es sei sogar die älteste Kirche in Neuseeland und schon im Jahre 1844 benannt worden. Einschüsse aus der Zeit der Auseinandersetzungen zwischen der britischen Marine und Maori-Stämmen waren noch zu sehen. Dazu die älteste Polizeistation und ein Hotel, mit der ältesten Alkohollizenz des Landes.

Ein wunderbarer, historischer Ort.

Seine Strandpromenade lud zum Spaziergang ein – besonders am Abend, wenn die Sonne wie ein riesiger Feuerball unter ging und damit ein grandioses Schauspiel zu bestaunen war. Solch ein leuchtendes Rot. Solch eine Energie. Auch ich hatte das Gefühl ein Stück dieses riesigen Balles zu sein. Ebenfalls so zu strahlen, so zu glühen und zu leuchten. Den anderen um mich herum schien es ähnlich zu gehen. Es herrschte eine Stille, obwohl unzählig viele Menschen dieses Ereignis erlebten. Alle waren sprachlos und genossen den Moment. Das leuchten in den Augen der Menschen, diese Ruhe und Einmaligkeit.

Früh am Morgen begann unsere Tour zur Ninety Miles Beach im hohen Norden des Nordens. Eigentlich sei der Name irreführend, wurde mir erklärt.
Die Beach sei „nur" 55 Meilen lang – also rund 88 Kilometer.
Es war ein fantastischer, schier endlos scheinender Sandstrand.
Es hieß, dass im Jahr 1932 dieser Strand als Landebahn einer der ersten Luftpostdienste genutzt wurde. Die Post aus Australien wurde dort per Flugzeug abgeliefert. Auch heute kann man auf diesem einmaligen Strand mit dem Auto fahren, es sollte allerdings Vierradantrieb haben, es seien schon viele im Sand versunken.
Verrückterweise stehe dieser Strandabschnitt sogar als offizieller Teil des Fernstraßennetzes in den Landkarten und habe eine Geschwindigkeitsbegrenzung von 100km/h.
Wir machten herrliche Badepausen, genossen das warme Wasser, sausten die Sanddünen hinunter und gruben nach Tuatua – den einheimischen Muscheln. Dann ging es weiter zum Cape Reinga, zum annähernd nördlichsten Punkt Neuseelands. Man streitet darüber was nördlicher ist. Die einen sagen die Surville Cliffs am North Cape, andere sprechen vom Cape Maria van Diemen. Das faszinierende an diesem Ort aber ist - es treffen zwei verschiedene Wassermassen aufeinander.

Ein schönes Schauspiel, denn der Pazifische Ozean aus dem Osten trifft
auf den Tasmansee aus dem Westen. Auch der dort gelegene Leucht-
turm aus dem Jahr 1941 war wunderhübsch anzusehen.
Für die Maori habe das Kap nochmal eine besondere Bedeutung.
Sie übersetzten das Wörtchen „Reinga" mit Absprungplatz und meinen
damit den Ort, an dem die Seelen ihrer verstorbenen ihren langen
Pilgerweg zurück nach Hawaiki antreten, dem mythischen Ort ihrer
Herkunft. Wir verbrachten herrliche Stunden und Tage miteinander.
Ich bekam Orte und Plätze zu sehen, an denen Touristen sonst eher
selten zu finden waren, auch in der Nähe von Kawakawa machten wir
halt, dem zuhause von Friedensreich Hundertwasser.
Gerd kannte ihn durch seinen Beruf persönlich.
Er war ein erstaunlicher Künstler.
Zum Abschluss hatte meine Gastfamilie eine Überraschung für mich.
Wir fuhren zum Hafen und packten das Boot mit feinen Speisen und
Getränken. Machten es uns gemütlich. Die Sonne schien so herrlich
und eine leichte Sommerbrise wehte uns ins Gesicht. Sanft schaukelte
das Boot in den Wellen hin und her. Ich genoss dieses Gefühl der
Leichtigkeit, des Sommers, der wärmenden Strahlen auf meinem
Körper. Lies mich von den Farben und Eindrücken verzaubern.
Gerd hatte seine Kapitänsmütze aufgezogen und steuerte sein Schiff
souverän aus dem Hafen hinaus aufs Meer.
Als nach einer herrlichen Fahrt am Horizont eine kleine Inselgruppe
auftauchte, begann er zu schmunzeln, nahm die Fahrt heraus - schalte-
te den Motor aus und so trieben wir geräuschlos auf die Inseln zu.
Alle schauten gebannt auf das Wasser.

Ich tat es ihnen gleich, obwohl ich gar nicht wusste wonach ich schauen sollte, sah in die Ferne. Spürte die Sonnenstrahlen noch intensiver - da sie sich an den Wellen spiegelten.
Betrachtete das türkisfarbene Wasser, die Bewegungen des Schiffes und der Wellen.
Dann schien sich die Wasseroberfläche geheimnisvoll zu öffnen - so wie mein Mund. Ich sah es.

*

Mein Atem stockte noch immer. Lauter als gedacht schien ich zu schreien. Bernhard, was machst du denn da?
Mein Herz schien mittlerweile auch den Düsenjet zu überholen, es pochte wie wild. Triumphierend hielt mein Fluglehrer die Schrauben der Gerätehalterung in Händen und zeigte mir diese mit entsprechender Mimik.

Ich starrte auf die Geräte, die sich allesamt auf seinem und meinem Schoß ausbreiteten. Die komplette Halterung lag auf meinen Beinen.
Freie Sicht auf die Kabel und Windungen.
Auf das Innenleben des Armaturenbrettes.
Mir wurde mal wieder heiß und kalt und heiß.
Keine Geschwindigkeit mehr zu sehen, keine Höhe mehr ablesbar.

Alles weg. Er hatte einfach alles ausgeschaltet.
Es gab nichts mehr auf das ich mich verlassen konnte. Keine winzige Anzeige mehr. Nichts mehr.

Spürte wie meine Hände feucht wurden, mein Körper zitterte.
Ein Adrenalinstoß als wäre ich tagelang auf einer Achterbahn gefah-

ren. Ich konnte nicht mehr reden.
Umklammerte noch immer den Gashebel und das Höhenruder.
Drückte meine Füße noch fester auf die Seitenruderpedale und sah
meinen Fluglehrer fassungslos an.

Seine Reaktion – eine Prüfungsfrage!
*Du stellst beim Start oder während des Fluges fest, dass deine Instru-
mente nicht richtig befestigt sind. Wie sieht die richtige Reaktion aus?*
Ich ziehe die Augenbrauen hoch und schaue ihn ungläubig an.
Kann nicht fassen was er mich da gerade gefragt hat.

Meine Reaktion - brülle ich ihm entgegen - ich öffne die Türe und
schmeiße den Fluglehrer aus dem Flieger. Mit einem breiten grinsen
versucht er mein Gefühlschaos zu beruhigen.
Ich habe doch nur die Instrumente zur Seite gelegt meine Gute,
versucht er sanft auf mich einzugehen.
Du merkst doch, der Flieger saust noch immer gemütlich durch die
Lüfte. Konntest du irgendeine Veränderung des Flugverhaltens fest-
stellen? Motorausfall etwa? Hat etwas geruckt oder gezuckt?
Was genau hat sich für Dich verändert?
Wie sieht deine weitere Vorgehensweise aus? Tu was, reagiere!

Ich nehme ein paar sehr, sehr tiefe Atemzüge.

Lasse seine Worte und Fragen auf mich einwirken. Schließe die Augen
und erspüre den Flieger und Mich.
Da fällt mir so ein verrückter Satz eines Fliegerkollegen ein.
„Ein Pilot erkennt die Lage oder Position seines Fliegers am Hintern
(ich möchte nicht „Arsch" sagen)". Nun bekommt diese Aussage auch
endlich eine praktische Bedeutung. Es ist tatsächlich so.
Wenn ich im Flugzeug sitze sagt mir mein Po ob ich – gerade oder
schief – ausgerichtet bin. Ob ich mehr nach rechts oder links belaste.
„Wenn deine Libelle mal ausfällt – nutze dein Hinterteil", fallen mir
Rainers Worte ein, ein alter Hase der Lüfte.

Nutze deinen Verstand. Bewahre Ruhe.
Der Flieger fliegt auch ohne diese Anzeigen.

Ich öffne meine Augen und sammle meine Gedanken.
Peile in der Ferne einen Punkt an. Steuere darauf zu.
Schaue mich in alle Richtungen um. Höhe ist gut. Kein Verlust.
Motorgeräusche normal.
Luftraum um mich herum ist frei. Keine Wolken in der Nähe.
Ich atme noch ein paarmal tief ein und aus. Sammele mich und dann –
dann grinse ich Bernhard an.

Korrigiere meine Sitzhaltung.
Gleiche mit den Füßen die Seitenruder aus.
Mein Po sitzt gemütlich und gerade – er sitzt gerade.
Sehe auf den Kabelsalat, die Rückseite der Gerätschaften. Ich sehe mir
alles konzentriert an. Nehme es in mir auf.
Mein Herzschlag normalisiert sich wieder.
Die Anspannung fällt ab. Ruhe und Sicherheit kehren zurück.

Die Antwort auf deine Frage kann nur lauten: „Landen und dann Abhil-
fe schaffen". Dann tue dies bitte - bring die Süße C 42 sicher auf die
Erde zurück. Aber bitte den anderen Flugschülern noch nichts davon
berichten. Da müssen alle durch.
Dieses Spektakel muss man Erleben und Fühlen – stimmt´s?
Ich nicke ruhig und konzentriere mich auf meine Aufgabe.
Gleich besprechen wir dies nochmals genau im Unterricht und heute
Nachmittag darf einer von Euch den ersten Streckenflug planen und
absolvieren. Das Los wird entscheiden.

*

Ich sah sie alle auf mich zukommen.

Es wimmelte nur so von Rückenflossen an der Wasseroberfläche.
Delfine. Delfine soweit man sehen konnte. Was für ein Anblick.
Was für ein Moment.
Wie ein Zauber stiegen sie aus der Unterwasserwelt empor.
Ich staunte und konnte es kaum glauben. Unser Kapitän ließ die kleine
Leiter ins Wasser. Ab ins Wasser und immer daran denken – den
Delfinen in die Augen sehen. Sie tummelten sich um unser Boot
herum. Ich stand bewegungsunfähig auf dem Schiff. Traute mich nicht
ins Wasser. Wie ein Blitz schoss einer der Delfine senkrecht nach oben.
Drehte sich flink um sich selbst, machte fröhliche Geräusche und
klatsche mächtig ins Wasser zurück, so dass wir alle nass wurden.
Da gab es kein Halten mehr. Hinein ins erfrischende Wasser – hinein in
ein einmaliges Abenteuer. Schwimmen mit Delfinen.
Die Tiere plantschen neben uns oder tauchten unter uns ab. Sprangen
und musizierten auf ihre Art und genossen es, sich von ihrer wunderbarsten und atemberaubendsten Seite zu zeigen.
Einer der Delfine neigte seinen Kopf und sah mich richtig frech an.
Ich tat wie mir zuvor gesagt wurde, ich starrte zurück. Dann drehte er
spiralen, tauchte ab um mit einem gewaltigen Sprung über mir zu sein.
Ich bewegte mich so schnell es mir möglich war - um ihn nicht aus den
Augen zu verlieren – aber vor lauter Aufregung übersah ich ein
anderes quirliges Tierchen, das mir eine ganze Ladung Salzwasser in
den Mund spritze. Dadurch musste ich kräftig Husten und mich zum
Boot begeben um Luft zu holen. Dies war auch das Zeichen, dass Bad
mit den Delfinen zu beenden. Ein paar Minuten sollten reichen um
diese Tiere nicht zu sehr zu belästigen.
Wir kletterten ins Boot zurück, rubbelten uns trocken und bestaunten
überwältigt das Treiben an der Wasseroberfläche.
Sie bewegten sich so anmutig. Einige schienen zu verschmelzen und
schwammen ganz dicht aneinander. Sie waren so nah, jede Musterung
ihrer Haut war erkennbar. Wir strahlten wie Honigkuchenpferde um
die Wette und als unser Kapitän vorsichtig den Motor anließ und Fahrt
aufnahm, sausten die Delfine neben uns her, drehten Saltos und
klatschten immer und immer wieder lautstark mit dem Rücken auf
dem Wasser auf. Was für Akrobaten. So geheimnisvoll wie sich das

Wasser geöffnet hatte – so verschloss es sich nun wieder.
Die Unterwasserwelt hatte ihre Geschöpfe zurück.

Kapitel 14 Bali – Insel der Götter und mein erster Streckenflug

Nur noch eine Stunde bis zur Landung auf Bali – eine der bekanntesten indonesischen Inseln. Zielflughafen Denpasar – Inselhauptstadt.
Bali, ich bin gespannt auf Dich. Die Insel der Götter, wie sie genannt wird.

Den ganzen Flug über genoss ich meine Gedanken – meine fantastischen Erlebnisse. Konnte meiner Fantasie freien Lauf lassen.
Vertiefte meine gesammelten Eindrücke.
Hatte mich dankbar und respektvoll bei meinen Gastgebern verabschiedet. Tränen flossen.
Nun lernte ich Jacki – eine Kanadierin - kennen. Sie stieg mit mir in Auckland in den Flieger, hatte dort für ein Jahr gelebt, gearbeitet und sich das Land angesehen, erzählte sie mir. Nun wollte sie ihre Schwester in England besuchen, zuvor aber ein paar Tage auf Bali bleiben. Da wir die vielen Stunden nebeneinander saßen, lernten wir uns kennen und erzählten einander unsere Geschichten.

Jacki war drei Jahre älter als Ich und hatte auch schon einige Touren erlebt. Ihre Schwester sei schon auf Bali gewesen und habe ihr nützliche Tipps gegeben, diese sollten das Zurechtkommen absolut vereinfachen. Unterkünfte für kleines Geld. Gute und günstige Restaurants. Sehenswürdigkeiten und alles was man so erleben konnte.
Ich war total begeistert.
Besser konnte es mich gar nicht treffen. Wir waren uns einig – die Zeit auf Bali wollten wir gemeinsam verbringen. Schauten erwartungsvoll aus dem Fenster. Nur noch eine Stunde.

*

Nur noch eine Stunde Theorie - dann gehen wir zum Flieger – ich möchte das Thema heute abschließen.
Also bitte nochmal volle Konzentration.

Das Versagen der Instrumente muss sicher beherrscht werden.
Woran kann es liegen, dass der Fahrtmesser versagt oder etwas Fehlerhaftes anzeigt und welche Maßnahme ist nötig um das Problem zu beheben? Entweder weil das Pitotrohr (also das Staurohr) verschlossen ist z.B. durch Insekten und/oder weil an der statischen Druckleitung etwas nicht in Ordnung ist oder beides, antworten wir alle gemeinsam.
Wir fliegen dann nach der gewohnten Drehzahl und dem Horizontbild. Beachten die Fahrtgeräusche und überprüfen den Steuerdruck. Landen schnellstmöglich und lassen den Fehler beheben.
Woran kann es liegen, dass der Höhenmesser nicht reagiert oder auf die Höhenänderung nur sehr träge oder gar nicht reagiert und was macht ihr? Dies liegt in der Regel an verstopften statischen Druckleitungen. Wir schätzen die Höhe, so wie wir es in den Platzrunden gelernt haben. Nehmen, falls vorhanden, den Transponder oder eine GPS-Anzeige als Grobhöhenmesser. Bringen den Flieger sicher zur

Erde. *Euer Drehzahlmesser stellt seine Funktion ein – wie reagiert ihr hier?* Mit unveränderter Triebwerksleistung weiterfliegen – die Drehzahl nach Motorgeräuschen abschätzen, Fahrtmesser und Variometer überwachen und nach der Landung umgehend reparieren lassen.

Unsere Pilotin erklärt bitte den Variometer – leg los.

Ich stöhne mal wieder auf. Protestiere.
Immer muss ich ran – lass den Kerlen auch mal was übrig.
Lenk nicht vom Thema ab – was siehst du auf dem Variometer?
Toni ist so lieb und flüstert mir Steigmesser zu.
Ich überlege kurz, ach ja – ein Variometer ist ein Steigmesser.
Mit diesem Messer kann man hervorragend Fleischwurst und Käse in Häppchen schneiden und eine tolle Mahlzeit zaubern.

Die Meute lacht - super Timing – wir haben alle Hunger.
Los Essen auf den Tisch, versuchen sie den Unterricht zu boykottieren, doch Bernhard lässt heute nicht mit sich verhandeln.
Leute, wir schließen zuerst das Thema ab, dann gibt´s was zu Beißen.

Also meine Gute – netter Versuch, aber was zeigt dir der Steigmesser?
Es zeigt mir mit welcher Geschwindigkeit mein Flugzeug Steigt oder Sinkt. Dies kann entweder in Fuß pro Minute oder in Metern pro Sekunde angezeigt werden. Er wird auch VSI genannt, dies bedeutet Vertical Speed Indicator – zeigt also die Vertikalgeschwindigkeit des Luftfahrzeuges an. Es ist ein Messgerät, das die Änderungsgeschwindigkeit des von der Höhe abhängigen Luftdrucks auswertet.

Können wir nun Fleischwurst und Käse haben, ende ich meine Ausführungen. Große Augen sehen mich an.
Ich grinse in die Gesichter meiner Zuhörer.
Erst noch Funkausfall – dann machen wir eine Pause, unterbricht unser Fluglehrer die plötzliche Stille.

Was tut ihr wenn der Funk nicht mehr funkt?
Transponder auf 7-6-0-0 schalten, rief Marco.
Auf unkontrollierten Plätzen verstärkte Luftraumbeobachtung und auf Sicht- und Lichtzeichen achten, kam es von Daniel.
Nicht in den Luftraum C oder D einfliegen und wenn bereits Sprechfunkverbindung bestand, nach der Landung auf einem nicht kontrollierten Flugplatz die Flugsicherungsdienststelle informieren, ergänzte Toni. Wenn der Funk ausfällt - nach dem genehmigten Einflug in eine Kontrollzone soll gemäß der letzten Freigabe weiter geflogen werden, auf Lichtzeichen geachtet und nicht ohne Landefreigabe gelandet werden.

Dies wird mit einem grünen Dauerlicht angezeigt, sagte Andreas.
Und wenn die Vermutung besteht, dass nur der eigene Empfänger ausgefallen ist, geben wir eine wichtige Meldung als sogenannte Blindmeldung weiter. Diese Nachricht beginnt ihr mit den Worten Blindmeldung - Transmitting blind - und diese werden jeweils zweimal gesprochen, fügte unser Fluglehrer noch hinzu. Also „Blindmeldung" Kaffee kochen – Tisch decken – Wurst und Käse servieren.
Ich wiederhole „Blindmeldung" Kaffee kochen – Tisch decken – Wurst und Käse servieren. Dies ließen wir uns nicht nochmal sagen, packten die Lehrbücher zusammen, und in Windeseile hatten wir es uns so richtig gemütlich gemacht.

Das Glück war an diesem Tag auf meiner Seite. Ich zog das Los.
Der heutige Streckenflug, zu einem fremden Platz, gehörte mir.
Plane und Navigiere zum Zielflugplatz „Dahlemer-Binz" -
ICAO-Kennung EDKV – erstelle einen Flugplan, hieß die Aufgabe.
Ich strahlte mal wieder wie ein Honigkuchenpferd.
Mein erster Streckenflug. Ich konnte es kaum glauben.
Nun ging es los mit der Flugvorbereitung.
Während die anderen noch genüsslich schlemmten, begann ich die nötigen und wichtigen Unterlagen und Informationen zusammenzutragen. Flugwettermeldungen und –vorhersagen, da es sich um einen Überlandflug handelt – also einen Flug, der über die Umgebung des

Flugplatzes hinausführt - ein Flug, bei dem der Luftfahrzeugführer den Verkehr in der Platzrunde nicht mehr beobachten kann, wie es so schön in der Fachsprache heißt. Sind die Bordpapiere und Bordbuchaufzeichnungen vorhanden und vollständig. Ist das Luftfahrzeug in einem verkehrssicheren Zustand.

Wird das zulässige Fluggewicht nicht überschritten – das lese ich im Betriebshandbuch nach – ich errechne eine ausreichende Kraftstoffmenge, da unter Berücksichtigung der Wetterbedingungen und einer zu erwartenden Verzögerung die sichere Durchführung des Fluges gewährleistet sein muss.

Wenn ich an Bord gehe müssen folgende Unterlagen dabei sein: Bordbuch, Flug- und Betriebshandbuch, ein Versicherungsnachweis und die Checklisten für Verfahren vor dem Flug, beim Flug und für Notfälle. Mein Fluglehrer muss seine Lizenz und gültige Zeugnisse bzw. Bescheinigungen dabei haben. Ein Personalausweis zur Identifikation, der Luftfahrerschein – ich hoffe diesen bekomme ich dann irgendwann noch in diesem Leben – das persönliche Flugbuch muss mit und natürlich die gültigen Luftfahrtkarten und ggf. weitere navigatorische Unterlagen oder Messinstrumente, wie mein geliebter Navimat.

Ich kopiere mir den Anflugplan des Flugplatzes, notiere mir Höhe der Platzrunde und andere Besonderheiten – zum Beispiel ist dort Segelflugbetrieb – mache mir Notizen zu den Funkfrequenzen und das wichtigste – die genaue Flugroute.

Ziehe Linien, zeichne und markiere mir die genaue Strecke auf meiner neusten ICAO-Karte 1 : 500000 und schreibe alle nützlichen und notwendigen Informationen dazu.

Autobahnen, Eisenbahnlinien, Sendemasten oder Windkraftanlagen (wegen der Höhen und dem erforderlichen Abstand dazu).

Orte, Städte und Bauwerke oder sonst etwas gut sichtbares, damit ich eine sogenannte „Auffanglinie" habe, falls mich der Wind Abtriften will. Da habe ich ja schon so einiges in den Platzrunden erlebt.

Der Wind versucht einen oft vom Kurs abzubringen. Pustet frech von der Seite und verschiebt einen einfach in eine andere Richtung.

Macht einen schneller wenn man ihn im Rücken hat oder lässt einen

wie eine Schnecke vorwärts kriechen, wenn er einem satt von vorne
entgegen bläßt.
Eine nicht außer Acht zu lassende Gefahr, wenn man an seinem Ziel
ankommen möchte.

*

Ziel erreicht – gelandet - weich setzt der Pilot mit dem großen Flieger
am Airport von Bali auf.
Bitte bleiben Sie so lange angeschnallt sitzen, bis die Anschnallzeichen
erloschen - und das Flugzeug in seiner endgültigen Parkposition zum
stehen gekommen ist. Mittlerweile konnte ich den Spruch schon so
gut, ich hätte Flugbegleiterin werden können.
Und das alles auf Englisch. Jacki und Ich lachten uns fröhlich an.
Als wir am Gepäckband auf unsere Rucksäcke warteten laß sie auf der
Notiz ihrer Schwester, dass man am Taxistand sehr aufpassen müsse.
Die Taxifahrer würden einem gerne eine sehr überteuerte Fahrt
andrehen. Die Masche sei gut getarnt, da der Flughafen Denpasar
hieße. Es erwecke den Eindruck, dass man von Denpasar nach Kuta -
an der die meisten Touristen verweilten – fahren müsse.
Allerdings sei die Stadt Kuta gerade mal einen Kilometer vom Flug-
hafen entfernt und Denpasar knapp zwanzig Kilometer.
Falls die Taxifahrer unnachgiebig seien, solle man den kurzen weg
einfach an der Beach entlang gehen. Der Marsch würde keine viertel
Stunde dauern und man könne sofort den kilometerlangen und
feinsandigen Strand genießen.
Wir schulterten unser Gepäck und begaben uns zum Ausgang.
Nach den Passkontrollen empfingen uns schon die Taxifahrer winkend
und mit den Händen fuchtelnd.
Jeder zog an einem – Kuta – Kuta – billig, billig.
Wir folgten einem der Fahrer und vor der Türe nannte er seinen Preis
in Rupiah. Unverschämt teuer. Das sagten wir ihm auch und er ver-
suchte sich rauszureden wie weit doch die Fahrt von Denpasar nach
Kuta sei und wollte gar nicht mehr aufhören. Dankend lehnten wir ab.
Die Taxifahrer waren sich aber allesamt einig. Keiner wollte für kleines

Geld nach Kuta fahren und alle stürzten sich auf Gäste die keine Ahnung von der Wegstrecke hatten. Uns ließ man einfach stehen und so spazierten wir bei herrlichen - mindestens 30 ° Celsius - unserem Ziel entgegen, nachdem wir in der Wechselstube unser Geld in indonesische Rupiah (IDR) umgetauscht hatten.

Dank der Wegbeschreibung erreichten wir unser Ziel tatsächlich in gerade mal fünfzehn Minuten. Die kleine Ferienanlage mitten in der Stadt war richtig schnuggelig. Zehn hübsch eingerichtete Holzhäuschen mit zwei Betten und kleinem WC.

Einfach und gemütlich und unschlagbar günstig im Preis.

Die Woche – inklusive Frühstück - kostete uns beide weniger als die Taxifahrt vom Flughafen nach Kuta. Diesmal strahlten wir beide wie Honigkuchenpferde. Zogen unsere Badesachen an, schnappten die Handtücher und stürmten in die Fluten des herrlichen Meeres.

Nach dem langen Flug und dem Weg zur Unterkunft ein erfrischendes und spaßiges unterfangen.

Im Supermarkt kauften wir uns Essen und Getränke und am Abend gönnten wir uns ein leckeres Mahl an einem der vielen Garküchen.

Unsere erste Tour führte uns in den bergigen Westen.

Kaum Menschen, dafür gab es viele Tiere zu sehen, auch solche, die vom Aussterben bedroht waren. Ein besonderer Reiz und wunderschön. Unterwegs im Nationalpark und vorbei an den kleinen Tempeln. Es ließ unsere Herzen höher schlagen.

Was für eine grandiose Landschaft.

Vom Westen führte unser Weg in den Vulkanischen Norden.

Genauso faszinierend wie der Westen, aber um aktive Vulkane ergänzt. Es gab unzählige Bergseen, Vulkankegel und malerische Dörfer und dann – ja dann sahen wir die einzigartigen Reisterrassen. Angebaut auf den Vulkankegeln. Terrassenförmig angelegt.

Der Reisanbau hat auf Bali eine lange Tradition. Ein Viertel der Insel wird zum Anbau genutzt. Es ist Grundnahrungsmittel und wird sogar als Zahlungsmittel eingesetzt. Die grünen Reisterrassen – so sagen die Balinesen – sind die Himmelstreppen der balinesischen Götter. Daher werden diese auch sorgfältig und kunstvoll angelegt.

Wir standen mit offenen Mündern an diesem traumhaften Ausblick.
Mit Wasserbüffeln und einfachem Gerät brachten die Bauern die
Pflanzen in die wässrigen Felder. Schritt für Schritt quälten sich
Mensch und Tier hindurch. Die fruchtbaren Böden, so erklärte man
uns, ließen es zu sogar dreimal pro Jahr Reis zu ernten.
Ferner liege es an der einzigartigen Bewässerungs- und Anbautechnik.
Sie gelte als unübertroffen - so würde man das Wasser aus den
vulkanischen Bergen über künstlich angelegte Wassergräben von einer
Terrasse zur nächsten leiten – das Monsumklima und die besonderen
Vulkanböden würden es erlauben die verschiedensten Reisarten anzu-
bauen. Es sah nach harter Arbeit aus.
Die Frauen und Männer standen Knietief im Wasser – womöglich über
viele Stunden – in gebückter Haltung.
Lohn gab es nur sehr wenig und dennoch, berichte man uns weiter,
lebten viele Familien von diesem Reisanbau. Die Bauern gehörten auch
einer Vereinigung an, die ihnen sicherstellte, dass das Wasser gerecht
aufgeteilt wurde und die Bewässerung der Reisfelder sicherte.
Stundenlang sahen wir uns dieses unübertreffliche Naturwunder an.
Ein weiteres spektakuläres Highlite waren die Tempelanlagen.
Es gab mehr als zweitausend Tempel. Nun wussten wir auch, warum
Bali die Insel der Götter genannt wird.
Solch einen Mix aus Religionen scheint es sonst nirgends auf unserer
Erde zu geben. Bali gehört zum muslemischen Indonesien, ist aber
hauptsächlich hinduistisch geprägt. Wobei es dort viele Eigenarten und
Besonderheiten zu geben schien. Die Balinesen verehren in erster Linie

ihre Ahnen. Viele der Einheimischen glauben, dass die sichtbare materielle Welt von einer unsichtbaren und spirituellen Welt durchzogen ist. Bei ihnen würde die Natur als Wohnort für die Gottheiten dienen. An jeder Ecke, vor jedem Haus – einfach überall – gibt es kleine Schreine und Tempel zu bewundern.

Die Räucherstäbchen brennen den ganzen Tag. Kerzen und Esswaren werden platziert. Ständig erneuert, damit die Geistwesen keinen Hunger leiden müssen. Sehr gewöhnungsbedürftig für uns.

Welch eine Verschwendung, dachten wir oft. So viele Menschen die hungern, schwer arbeiten für wenig Lohn und doch wird von dem bisschen das der Familie zur Verfügung steht das meiste an den Tempeln vor dem Haus abgelegt. Wie hieß es so schön, wir sollen unsere westliche Denkweise ablegen. Dieses „entweder – oder" gäbe es dort nicht. Hier zähle das Denkkonzept „sowohl – als auch".

Spannend, wirklich spannend.

Mit diesen Gedanken machten wir uns auf den Weg zu den acht schönsten und wichtigsten Tempeln der Insel.

Einer schöner als der andere.

Unglaublich faszinierend der Tempel des schwimmenden Gartens. Pura Taman Ayun, wird dieser genannt. Dieser Tempel ist von einem Wassergraben umgeben der das kosmische Meer symbolisiert.

Gebaut etwa um 1740 vom Gründer eines Königreiches, hatte ich die Erklärung verstanden – gebaut oder eingeweiht, das war mir nicht ganz klar. Rund fünfzig Schreine und Pavillons enthielt die Anlage, wobei die mehrstöckigen Bauten – auch Meru genannt - angeblich die Berge des Landes darstellten sollten. Der Höhepunkt dann der größte aller Tempel. Die Balinesen verehren diesen als Muttertempel.

Er lag am Fuße des heiligen Berges Gunung Agnung und hieß Pura Besakih. Er war riesig. Weit über zweihundert einzelne Bauwerke, ineinander verbaut und verschlungen bildeten diese riesige Tempelanlage. Es wurde gesagt, dass jedes ehemalige Königshaus, jeder Familienclan und jede Berufsgruppe einen eigenen Tempel erbaut habe. Im Laufe der Jahrhunderte habe sich dieses Werk gebildet.

Gigantisch.

Für den Abend planten wir den Besuch eines berühmten Tanzspekta-
kels. Balinesische Tänze sind traditionelle Rituale und Zeremonien mit
hinduistischem Hintergrund. Es gab verschiedene Tänze.
Zum einen die Trancetänze, die der Stärkung der Krieger dienen sollten
und wieder andere, die den Göttern vorbehalten waren.
Es gibt natürlich keinen Tanz ohne Musik. Bei den balinesischen Tanz-
festen wird auf sogenannten Gamelanen gespielt.
Dies sind Instrumente aus Metalldeckeln, in verschiedenen Formen
und Größen und mit unterschiedlichen Klängen.
Mit Stöcken und kleinen Hämmern wird diesen Metallteilen die
charakteristische Musik entlockt.
Jacki und Ich sahen uns an – es war eindeutig nichts für unsere Ohren
– wir konnten das Klischee bedienen, das sich westliche Menschen mit
dieser Art Musik schwer tun. Wir konnten nicht wirklich Musik darin
erkennen. Tapfer blieben wir aber im fürstlich geschmückten Tanz-
tempel sitzen und sahen uns den Legong Tanz an.
Geschminkte und prächtig geschmückte Mädchen – die Prinzessinen
glichen – sollten mit ihrer Anmut die Götter erfreuen und ehren.
Ein männlicher Tänzer – dieser war ein Prinz – entführte die Prinzessin.
Diese konnte aber flüchten und verirrte sich.
Ein König nahm sie gefangen und verliebte sich in die jugendhafte
Prinzessin. Er habe gegen ihre Reinheit keine Chance gehabt, lautete
die Sage.

Was für eine Geschichte. Ob mich auch mal ein Prinz entführen und ein König retten würde? Bin ich – wenn es soweit ist - in der Lage dies zu erkennen. Den falschen abzuwehren?
Ich schmunzelte über meine Gedanken. Jacki sah mich fragend an, aber mein Englisch war nicht so perfekt um ihr dies zu erklären, schon gar nicht während der Aufführung. So genoss ich den Blick auf die Tänzer und ertrug weiterhin die musikalische Untermauerung.
Gegen Ende der Darbietung kam der tanzende Prinz auf mich zu – nahm meine Hand und steckte etwas hinein, drückte sie zu und schwebte davon. Mir wurde ganz mulmig.
Große Augen – offener Mund.

*

Mach den Mund wieder zu, meine Liebe. Fertig mit der Flugvorbereitung? Alle Daten notiert?
Können wir zum Flieger gehen und die Maschine durchchecken, hörte ich die vertraute Stimme meines Fluglehrers sprechen.
Ich bin so weit.
Dann erkläre mir auf dem Weg was du alles erarbeitet und in den Flugplan aufgenommen hast. Lass nichts aus!
Vergiss keine Unterlagen. Stecke alles in deine Reisetasche.
Navimat nicht liegen lassen, den benötigst du noch während des Fluges. Ich traue mich nicht zu fragen wozu während des Fluges?
Den Kurs hatte ich doch errechnet und alles eingetragen, aber es wird sich sicher auflösen, denke ich so bei mir.

Bernhard stubst mich an – wo bleibt deine Begeisterung – nicht so grimmig schauen, sei fröhlich und glücklich, dein großer Tag.
Du und dein Lieblingssatz - sieh nur - ich mache schon Luftsprünge.
Mit welcher Gemeinheit sollte ich gleich rechnen?
Baust du wieder irgendetwas aus oder ab?

Wieso Gemeinheiten – das würde ich niemals tun!
Bei mir erlebst und erlernst du nur sinnvolle und nützliche Reaktionen
auf unvorhergesehenes und für alle Eventualitäten!
Denk daran, es gibt in der Luft keinen Parkplatz oder Standstreifen
oder warte mal gerade – ich nutze die Zeit im Stau um mir darüber
klar zu werden wie ich als nächstes reagiere oder welchen Plan B ich
aus der Tasche greifen kann – du lernst bei mir alles was schon vorge-
kommen ist. Alles was Piloten schon erlebt haben, was ich erlebt habe
– ohne Wenn und Aber. Verstanden!
Zwei stechende Augen mustern mich.
Ich habe verstanden. Du hast ja recht – gebe ich kleinlaut bei.
Ich möchte dir nichts böses, aber die menschliche Komponente Stress
und Angst und das Gefühl nicht Handeln zu können ist in der Fliegerei
vollkommen fehl am Platz.
Du musst sicher sein in deinem „Tun" – sofort reagieren können –
Sekunden sind entscheidend über Leben und Tod.
Wenn du zu lange überlegst und dein Handeln nicht intuitiv funktio-
niert dann kann dies fatale Folgen haben. Also niemals leichtsinnig
werden. Jeden Check der Maschine und allem was dazu gehört – so –
als hättest Du es noch niemals getan!
Keine Routine in der Sicherheit aufkommen lassen.
Jede Schraube kontrollieren. Es könnte einer daran gedreht haben.
Kontrolle des Kraftstoffes – er könnte verunreinigt oder geleert
worden sein. Motorenüberprüfung sowie die Festigkeit der Schläuche
– denke an die Vergaservereisung. Ist der Schlauch ab kannst du am
Hebel ziehen bis du am Mond bist. Es muss alles passen. Ist das klar?

Ich schaue ihn betrübt an. Ist das klar, wiederholt er eindringlich?
Ja, es ist klar. Nehme mir deine Worte zu Herzen, antworte ich.
Ich bringe dir alles bei – gerne auch noch mehr als du können musst –
aber dazu muss ich mir sicher sein, dass du Konzentriert und Willig
bist. Lernst. Aufarbeitest und Wiederholst. Das du Verantwortungsvoll
und Zuverlässig handelst. Unachtsamkeit oder Fehler werden in der
Fliegerei nicht verziehen!

Welche Navigationsarten hast du dir gemerkt?

Ich überlege kurz, es sind die Terrestrische Navigation – also die Navigation nach Erdsicht; dann die Meteorologische Navigation, die Koppelnavigation und die Radionavigation.

Erkläre mir die einzelnen Arten!

Bei der terrestrischen Navigation fliege ich von einem markanten Punkt zum anderen. Ich überfliege diesen, lasse ihn links oder rechts liegen und versuche so, den vom Kompass abgelesenen Kurs mit der in meiner Karte eingezeichneten Kurslinie in Übereinstimmung zu bringen. Wichtig ist es dabei die Entfernungen richtig einzuschätzen. Ferner ist es sehr hilfreich - bei dieser Sichtnavigation - das meine Auffanglinie in der Karte - parallel zum Kurs liegt. So kann ich mich an diesen markanten Punkten orientieren und meinen Flug fortsetzten oder den Steuerkurs korrigieren. Als markante Punkte dienen mir Autobahnen, BAB-Auffahrten, Über- und Unterführungen sowie Autobahnkreuze. Eisenbahnstrecken. Gebirgs- oder Flusstäler. Seeufer oder gar langestreckte Hügelketten. Kirchtürme, Kraftwerke, Windkraftanlagen und Flugplätze. Allerdings ist auch Vorsicht geboten – wenn es hohe Hindernisse oder Freileitungen gibt. Diese bergen durchaus tödliche Gefahren. Die meteorologische Navigation ist in erster Linie für die Segelflieger wichtig. Diese müssen Thermik, Wolkenstraßen, Wetterentwicklung und noch einiges mehr beachten.

Nichts desto trotz kommt dies aber auch uns – den Motorfliegern - zugute, denn wir können damit unseren Überlandflug optimieren. Zum Beispiel Unwettern ausweichen, Turbulenzzonen vermeiden oder geschlossene Wolkendecken sicher überqueren.

Bei der Koppelnavigation zerlegen wir die Kursstrecke in Teilstücke und fliegen von einem Standort – dem sogenannten Koppelort – zum nächsten. Alles wird genau Dokumentiert. Fluggeschwindigkeit, angenommener Wind, Abweichungen. Wir notieren tatsächliche Überflugzeiten und vergleichen diese mit unseren berechneten Zeiten. Weichen sie voneinander ab, korrigieren wir es im Flugdurchführungsplan. Auf diese Weise kommen wir zu unserem Zielort.

Als vierte Navigationsart – diese mag ich am liebsten – gibt es die Radionavigation, auch Funknavigation genannt. Hier haben wir an Bord unseres Fliegers und auch am Boden, eine funkgesteuerte Sende- und Empfangsstation. Die Bord- und Bodengeräte verwenden Signale und Peilungen und zeigen einem wo genau man sich befindet, also einfacher gesagt, das moderne GPS. *Was bedeutet denn GPS?*
Es steht für Global Positioning System oder auf Deutsch „Globales Positionsbestimmungssystem", das auf einem satellitengestützten Verfahren beruht.
Es hat eine Ortungsgenauigkeit in der Größenordnung von oft besser als 10 Metern. Die Gefahr besteht aber darin, dass wir beim Versagen dieser Technik – also Akku leer – in Schwierigkeiten geraten können. Daher immer auch die Flugvorbereitung mit den konventionellen Möglichkeiten. Jetzt zufrieden „Herr Fluglehrer"?

Kann ich dann nun am Flieger weiter machen und die Cowling entfernen? Ich würde mir gerne den Viertakter ansehen - und schmunzelte. Endlich erntete ich mal ein freudiges Lächeln.
Ganz gut – weiter so, sagte er zufrieden.
Ich nahm die Checkliste des Fliegers zur Hand und arbeitete diese Sorgfältig und Gewissenhaft ab. Überprüfte den Motor – checkte den Ölstand und die Festigkeit der Schläuche, drehte den Propeller, sah mir die Schrauben und Sicherungsbolzen an. Einfach alles, doppelt und dreifach - bis ich sicher war und ein gutes Gefühl hatte.
Nun konnte es bald los gehen. Nur noch Tanken – die Menge hatte ich errechnet – dann war ich bereit für das Abenteuer.

*

Ich schloss meinen Mund und öffnete dafür meine Hand. Ein kleiner violetter Stein strahlte mir entgegen. Ich konnte es kaum fassen.

Wieder solch ein Stein. Vor ein paar Jahren wurde mir bereits einer geschenkt. Ein ähnliches Violett.

Dieser hier war kleiner und schlichter aber wunderschön. Ich wollte mich bei dem Tänzer bedanken, aber er war schon weg.
Jacki sah mich verwundert an, griff nach mir, um zu sehen was denn da – wie ein Schatz verborgen – in meiner Hand lag.
Bloß ein Stein, wirf ihn weg, forderte sie mich auf. Doch das konnte ich nicht. Für mich war es mehr als nur ein Stein. Ich konnte es ihr nicht erklären, konnte es mir selber nicht erklären.
Für mich war es ein Zeichen – wofür – das wusste ich nicht – es war aber ein Zeichen – da war ich mir sicher.
Ich packte das Geheimnis gut ein.

Unser letzter gemeinsamer Trip stand bevor - die rauschenden Wasserfälle. Wir machten uns auf den Weg zum Munduk-Wasserfall. Vorbei an den atemberaubenden Vulkanseen zu einem kleinen Bergdorf. Dort gab es einen Parkplatz von dem man aus zu Fuß zum Wasserfall spazieren konnte. Aus guten fünfundzwanzig Metern Höhe stürzten sich die Wassermassen in einer tropengrünen Schlucht in die Tiefe. Einfach nur herrlich und ein wunderbarer Ort für ein erfrischendes Bad. So plantschten wir im seichten Wasser und konnten uns gar nicht satt sehen an den Farben – sogen die Gerüche in uns auf und genossen die Sonnenstrahlen auf unserer Haut.
Ob das von dem zweiten Wasserfall noch zu toppen war?
Wir bezweifelten dies, machten uns aber auf den Weg zum wohl bekanntesten Wasserfall von Bali, dem Git-Git.
Es gab dort tatsächlich ein Kassenhäuschen – an dem eine kleine Besuchergebühr verlangt wurde – und kleine Andenkenlädchen. Geschäftstüchtig, da waren wir uns einig.
Endlich ging es auf schmalen und verwunschen aussehenden Dschungelpfaden Richtung Wasserfall. Vorbei an eindrucksvollen, mystisch wirkenden Orten. Als wären wir in einer anderen Welt angekommen. Unfassbar. Dann sahen wir Ihn. Sahen auf Git-Git.

Aus fast vierzig Metern Höhe stürzte sich dieser Gigant in eine Schlucht, die einem den Atem zum Stocken bringen konnte.

Ein grünes Paradies. Viele kleine Seen am Fuße des Wasserfalles, die glitzerten wie Gold in der Sonne. Hohe Bäume, die in ein grünes Licht getaucht waren. Durch die Luftfeuchtigkeit des Dschungels, schwebte leichter Nebel zwischen den Bäumen. Der Wind brachte Blätter zum Rascheln. Vögel sangen in den Baumwipfeln. Exotische Blumen und Pflanzen, deren Farben so strahlend waren – unglaublich.

Ruinen eines kleinen Dorfes waren zu sehen. Ein alter Tempel, an dem Efeu und Lianen wuchsen. Stein, der durch die Kraft der Natur gebrochen war. Die Blumen und Gräser hatten über den harten Stein gesiegt. Blühten in ihrer wunderbarsten Pracht. So vielfältig in den Farben. So reich an unbekanntem Duft. Wie hypnotisierend.

Wir konnten nicht anders. Machten es uns auf den Gräsern gemütlich. Saßen weich und warm. Als könnte man seinen Geist mit einem Lichtstrahl auf die Reise schicken. Ein solch faszinierender Ort. Mir fielen wieder die Worte ein - hier zähle das Denkkonzept „sowohl – als auch und nicht entweder – oder".

Hier stimmte es. Hier stimmte es tatsächlich.

Ob es wirklich übernatürliches gibt? Zwei Welten parallel – eine für uns sichtbare neben der unsichtbaren. Hier konnte man dies glauben. Bei all der Pracht hatte man den Eindruck des Übernatürlichen.

Selbst die Luft die wir atmeten, süßlich und betörend – schimmernd und glitzernd wie die millionen Glühwürmchen in den Höhlen von Waitomo. Doch hier waren keine Glühwürmchen. Nicht eines.

Es war Tag. Ein sonniger und heißer Nachmittag. Schweren Herzens verließen wir nach Stunden diesen mystischen Ort.

Machten uns auf den Rückweg. Unser letzter Abend.

Jacki flog weiter nach England und ich zu meinem nächsten Abenteuer nach Thailand.

*

Was für ein Abenteuer. Die „Rote Baroness" hob gewohnt souverän vom Boden ab. Wie fast immer im Steigflug, konnte man es Bernhard nicht nehmen, eine Startabbruchübung einzubauen.

Es klappte von Mal zu Mal besser. Diese Simulation eines Triebwerksausfalles während des Steigfluges ist immens wichtig, versicherte er immer und immer wieder. Nase runter, Nase runter, Nase runter. Höhe richtig einschätzen. Abfangbogen.

Sanft aufsetzten und durchstarten.

Das ganze natürlich bevor die Landebahn zu Ende ist!

Ich nahm die vorgegebene Route und Höhe ein. Meldete mich beim Tower ab und verließ die Platzrunde in nordwestlicher Richtung. Trimmte den Flieger aus - der Steuerdruck ließ dadurch nach – bediente die nötigen Schalter und Hebel und konnte dann, mit zwei freien Händen, mein Kartenmaterial aufnehmen - einen Stift zücken - und Notizen machen.   Startzeit. Uhrzeit des Überfluges an einer markanten Stelle eintragen und alles was weiterhin wichtig war.

Mein Fluglehrer grinste.

Na, wie fühlst du dich – beendete er die Stille im Cockpit. (o.k. – Stille ist jetzt übertrieben, der Flieger ist schon recht laut und ohne die Kopfhörer auf den Ohren würde man sein eigenes Wort nicht verstehen).

Wie ich mich fühle? Ich überlegte.

Wie kann man so etwas in Worte fassen?

Glücklich und Zufrieden ist zweifelsfrei untertrieben.

Mir fällt bestimmt noch etwas Passenderes ein.

Während ich den Luftraum beobachtete und die Flug- und Triebwerküberwachungsinstrumente ansah suchte ich nach Worten die diesen Zustand beschreiben konnten. Erhaben klingt auch gut.

Hochgefühl. Frei. Freiheit.

Kannst du dich erinnern, noch vor ein paar Wochen – ganz zu Anfang deiner Ausbildung – da hast du hier gesessen und mich gefragt ob du ein „Alien" sein müsstest, ob du drei Hände hättest und noch so einiges mehr, damit „Du" ein Flugzeug fliegen könntest.

Es war dir alles Neu und du fühltest dich gänzlich überfordert. Und nun

– nun ist dir nichts mehr fremd. Deine Handgriffe sitzen, der Flieger tut was du möchtest und du gehst souverän damit um. Gut so?
Ich nickte und ein strahlendes grinsen machte sich in meinem Gesicht breit. Schaute meine Karte an, kontrollierte, ob meine Aufzeichnungen mit der Realität unter mir übereinstimmten. Sah die Autobahn.
Die Windkraftanlagen. Einen markanten Sendemast. Alles da.
Mein Kurs auf dem Kompass entsprach meiner Auffanglinie.
Kaum Abweichungen durch Wind. Perfekt.
Ich musste keine drei Hände mehr haben. War froh kein Alien zu sein.
Alles prima.

Oder auch nicht - ich sah erschrocken in die Ferne. Mein Fluglehrer auch. Fragend blickte er zu mir rüber. Was tust du jetzt?
Vor mir tat sich ein Berg auf. Ein hoher Berg.

Der Berg alleine nicht tragisch, aber dieser Berg war in Wolken gehüllt und noch schlimmer, auch links und rechts des Berges nur noch Wolken. Eine geschlossene Wolkendecke auf meiner Route!
Darüber allerdings – darüber ein hellblauer sonniger Himmel zu sehen.
Was tust du jetzt, kam es erneut von meinem Fluglehrer. Reagiere!
Hoch, sagte ich nur, gab mehr Gas und stieg auf 4500 Fuß.
Kontrolliere ob du den Transponder angeschaltet hast, bereite eine Funkmeldung an den Informationsdienst vor.
Gib Höhe, Position und Ziel durch. Sprich mich zur Übung zuerst an, dann machst du Meldung.
Wir übten die nötige Phraseologie und dann meldete ich mich bei Langen Information an. Diese begleiten den Flug.
Können einem, wenn nötig Gefahren oder was sonst noch wichtig ist melden - Sie müssen es aber nicht - klärt mein Fluglehrer mich auf.
Und dann war es soweit. Ich flog über den Wolken.
Die Sonne strahlte heiß auf den Flieger. Das Cockpit wurde herrlich warm.

Die Wolkendecke wie Zuckerwatte und Ich – Ich saß diesmal selber am Steuerknüppel. Luckte nicht aus einem kleinen Boeingfenster, nein, diesmal war ich selbst die Pilotin.
Ich flog das Flugzeug. Unfassbar! Absolut unfassbar!

Ich kontrollierte den Luftraum und die Instrumente und dann zückte ich mein Handy – ich musste Bilder machen.
Diese grandiose Aussicht.
Als könnten die Füßchen „meiner C 42" auf der Zuckerwatte schweben – ein Wolkenteppich so weit das Auge reichte. Dieses hellblau des Himmels durchdrungen vom leuchtenden Gelb der Sonnenstrahlen – unbeschreiblich schön. Ich versuchte es mit den Bildern einzufangen. Versuchte bei jedem Foto etwas meiner Gefühle und Gedanken mit einfließen zu lassen. Das Pochen meines Herzens. Dieses Glücksgefühl. Diese Magie. Diese Euphorie. So leicht – so schwerelos.
Als bräuchte ich meine Hand nur auszustrecken um in diese süße Nascherei zu greifen. Dieses flockige und strahlende Weiß der Wolken. Aus der Nähe noch wunderbarer als ich es je zuvor wahrgenommen hatte. Ich war so überwältigt von diesem Schauspiel, dass ich gar nicht gemerkte hatte, von Bernhard angesprochen worden zu sein.
Er rüttelte an meinem Arm und sah mich mit großen Augen an.
Flugzeug an Pilot. Flugzeug an Pilot, sagte er mit ernster Stimme.
Wo sind wir? Wo sind wir?

Ich sah auf den Kompass, auf die Instrumente und dann Richtung Boden. Ein langes ohhhhhh, war das einzige was ich hervor bringen konnte.

Was hast du gerade gesagt - ohhhhh - wiederholte mein Fluglehrer meine Aussage? Was bitte bedeutet dies? Wo sind wir?

Ich sah erneut auf die fast geschlossene Wolkendecke – wenig Erdsicht. Kaum Straßen oder Ortschaften, keine Eisenbahnlinien oder sonstiges zu sehen. Ich hatte nur noch meinen Kompass.

Der Kurs auf dem Kompass stimmte mit meinem Plan überein – aber nur dann wenn wir nicht abgedriftet werden würden. Nur dann wenn es Windstill wäre. Nur dann wenn ich weder nach links noch nach rechts gesteuert hätte.

Hatte ich vielleicht? - fragte ich mich.

Wo sind wir, wurde ich schon wieder gefragt.

Ich sah meinen Fluglehrer an und sagte einfach – auf dem Weg - auf dem richtigen. Woher weißt du das, bohrte er nach.

Ich weiß es einfach.

Dann gab es eine mächtige Standpauke, die ich gar nicht wiederholen möchte. Er hatte ja recht – was wenn mir dies alleine passiere.

Ich müsse zu jeder Zeit wissen wo ich mich befinde.

Mein Gefühl sagt mir, dass wir richtig sind.

Frauen – ich verzweifele noch. Dein Gefühl?

Ich glaube der Gute hätte mir am liebsten den Kopf gewaschen.

Weibliche Intuition – noch nie gehört?

Irgendwie sah er aus als würde er seine Gesichtsfarbe wechseln, sagte aber keinen Ton. Dafür nahm er einige tiefe Atemzüge und begann noch einmal ruhig, mich von der Wichtigkeit zu unterrichten.

Ich behielt alle Instrumente und meinen Kompass im Auge, ließ aber auch meinen Po spaßeshalber die Lage des Fliegers erfühlen.

Sah auf die Libelle. Spürte die Fahrt, den Fahrtwind.

Achtete auf die Geräusche und kontrollierte den Luftraum.

Vor mir tat sich ein großes wolkenfreies Gebiet auf. Keine einzige Wolke. Sicht bis zum Boden. Ich traute meinen Augen nicht.

Schaute meinen Fluglehrer mächtig grinsend an.
Genau vor uns - der Zielflughafen. Genau vor und unter uns. Perfekt.
Mehr als Perfekt. Grandios.
Ich strahlte mal wieder wie ein Honigkuchenpferd – diesmal mit
funkelnden Diamanten verziert. Hi Hi.
Bernhard saß neben mir – offener Mund – große Augen.
Das gibt es doch gar nicht, waren seine Worte.

Ich meldete uns zur Landung an und brachte die „Süße" sicher zur
Erde. Zur Belohnung gab es einen leckeren Kaffee – heiß und schön
schwarz. Natürlich bekam ich nochmal eine Standpauke.
Gefahrenhinweise. Was wäre wenn und all die wichtigen Punkte.
Bernhard hatte ja recht.
Es war schlicht weg Anfängerglück. Wobei ich ehrlich gesagt meine
Schadenfreude über die weibliche Intuition und das Erreichen dieses
Zieles geschickt verbergen musste. Das war nichts fürs Männer-Ego.
So sah ich es zumindest während wir die Tasse Kaffee genossen – in
dem erlebten Moment. Ich wusste meine Gedanken sind unrichtig.
Er hatte recht. Aber der Lerneffekt für uns beide sehr hoch.
Leben und Erleben.
Aus verzeihbaren Fehlern lernen. Das war doch auch seine Devise.
Den Rückflug wollte ich besser machen. Mich nicht so sehr ablenken
lassen. Achtsamer sein. Nachdem ich die Landegebühr am Tower
entrichtet hatte, machten wir uns auf den Weg.
Als hätte man unsere Gespräche und Diskussionen erhört - die
Wolkendecke war auf weiten Teilen des Rückweges aufgerissen und
die Bodensicht hervorragend. Ich achtete auf die Auffanglinie. Flog von
einer markanten Stelle zur nächsten – erfreute mich an der Aussicht
und den fröhlichen Gedanken in mir. Sah einen zufriedenen Fluglehrer
neben mir sitzen und führte stetig Protokoll auf meinem Flugplan.
Was für ein Flug. Was für ein Erlebnis.

Wir schoben den Flieger in den sicheren Hangar zurück, verschlossen
die Tore und gingen zum Briefing – dem Abschlussgespräch, in den
Schulungsraum. Zumindest dort verriet mir mein Fluglehrer, dass er

die Route zusätzlich mit einem kleinen, mobilen GPS-Gerät abgesichert und kontrolliert habe. Dass er den Sendemast gesichtet hatte und andere markante Punkte – die mir in meiner Aufregung verborgen geblieben waren. Also doch nicht nur terrestrische Navigation, dachte ich bei mir - aber sicher ist nun mal sicher und die geht in der Fliegerei einfach vor.

Überglücklich trat ich meine Heimreise an und ließ, während der gewohnten Fahrt, meinen Gedanken freien Lauf.

*

Das erste Mal seit Monaten träumte ich in dieser Nacht einen wunderbaren Traum. Da war ganz viel Liebe. Veränderung. Zukunft. Ein Himmel der Lila war. Träumte von dem charismatischen Fremden der es so langsam schaffte, mein Herz zu erobern.

Dies durfte ich nicht zulassen – aber immer häufiger tauchte er spontan am Flugplatz auf. Woher auch immer – er wusste mittlerweile, dass ich zu festen Zeiten dort war. Er schien einen verbündeten zu haben. Wollte angeblich einfach nur mal „Hallo" sagen und ein winziges Gespräch mit mir führen.

Sah mich dabei mit seinen funkelnden Augen an, unterstrich dies mit einem bezaubernden Lächeln und einem betörenden Duft – dieser fesselnde Duft. Am liebsten hätte ich mich an ihn gedrückt um diesem Duft ganz nah zu sein. Verrückt – ich ermahnte mich stets aufs Neue - sei respektvoll. Abstand bewahren. Sei vernünftig.

Sein Blick bohrte sich immer tief in mich hinein - bevor er verschwand – so geheimnisvoll wie er zuvor erschienen war.

In dieser Nacht träumte ich von seinen Augen.

Wie kleine Katzen- oder Tigeraugen – gesprenkelt waren Sie, kraftvoll und magisch. Als könnte er damit in meine Seele vordringen.

Meinen Geist manipulieren. Womöglich mein Herz erobern, welches ich nicht erobern lassen wollte. Ich hatte mir feste vorgenommen – zumindest bis meine Kinder erwachsen wurden – die Tür meines Herzens verschlossen zu halten.

Doch es war ein Gefühl in mir – ein Gefühl als würden die millionen Glühwürmchen aus den Höhlen von Waitomo dafür sorgen, dass ihr Licht – ihr Strahlen und die Energie, die Tür zu meinem Herzen zum Schmelzen bringen könnten.

Als habe „Er" die Macht, das Licht zu senden - als habe er den Schlüssel. Nur sonderbar, ihr Licht schien immer Lila und immer wenn er mich ansah hatte ich den Eindruck, dass der Amethyst an meiner Halskette zu pochen begann. Zu Pochen wie mein Herz.

Im gleichen Takt. Das alles konnte nicht sein, durfte nicht sein – ich kämpfte dagegen an - und doch spürte ich es. Diese Magie.

Diese Verzauberung. Und immer wieder dieses Gefühl von Liebe - den Gedanken an eine glückliche Zukunft. Bunte Fantasie und ruhebringende Harmonie und ein stahlender Himmel – ein Himmel der Lila war. Warum nur solche Gedanken - Warum? Traum?

Was für ein herrlicher Traum!

Kapitel 15   Thailand und die schriftliche Flugprüfung

Der Himmel über Bangkok glänzte in einem erfrischenden Hellblau.
Thailand, dass Land des Lächelns.
Die Boeing befand sich im Landeanflug auf den Don Mueang Internation Airport Bangkok.
Die Thailänder selbst nennen ihre Stadt kurz „Krung Thep" was übersetzt bedeutet „Stadt der Engel". Seit 1782 ist dies ihre Hauptstadt.
Sie ist das kulturelle, wirtschaftliche und auch politische Zentrum Thailands. Natürlich auch der Verkehrsknotenpunkt von Südostasien.
Bei uns wird es Bangkok genannt, wörtlich übersetzt „Dorf im Pflaumenhain". Mehrere Millionen Menschen leben dort. Daher gibt es dort auch Hochschulen und Universitäten, die Königspaläste und über vierhundert „Wats" – dies sind die buddhistischen Tempelanlagen und Klöster. Eine unglaubliche Menge. Die größten davon wollte ich gerne besichtigen – mal sehen was ich schaffe, dachte ich so bei mir.

Die Vorfreude war groß. Ich hatte mich gut vorbereitet.

Mit dem Bus von Bangkok nach Pattaya. Von dort mit dem Flieger nach Phuket und weiter runter in den Süden bis nach Krabi und von dort zurück nach Bangkok und dann – dann würde sich meine Reise um die Welt dem Ende nähern - die Rückreise nach Frankfurt folgen.

Nun aber stand ich am Gepäckband und wartete auf meinen Rucksack. Ich wartete und wartete. Die Halle leerte sich. Einsam stand im am Band, doch mein Rucksack kam einfach nicht - er kam nicht.
Mal wieder große Augen und offener Mund. Und nun?
Ein Flughafenbediensteter nahm sich meiner an. Zu meinem Erstaunen sprach er gutes Englisch und brachte mich zum Lost & Found Schalter. Dort musste ich dann einige Papiere ausfüllen, eine genaue Beschreibung meines Gepäckstückes abgeben, eine Zeichnung anfertigen, Besonderheiten hinzufügen und eine Adresse hinterlassen, damit man mir das gute Stück – sofern es auftauchen würde, auch zustellen könne. Da hatte ich nun ein kleines Problem. Es gab noch keine Hotel-Adresse. Ich hatte noch keine Unterkunft. Dann wollte man eine Telefonnummer von mir unter der ich erreichbar sei.
Witzig – witzig, dachte ich nur. Mobile Telefone gab es noch nicht für jedermann und ohne Unterkunft auch keine Telefon-Nummer der Unterkunft. Welche Intelligenz. Zumindest aber immer freundlich am Lächeln. So vereinbarten wir, dass ich mir eine Bleibe suche und dann zurück komme um meine Adresse und eine Telefonnummer zu hinterlassen. Erst nach drei Tagen hätte ich das Recht, mir auf Kosten der Airline, neue Anziehsachen zu kaufen.
Wie gut das ich im Handgepäck meine Notfall-Ausrüstung hatte.
Das lernte ich bereits auf meinen Reisen. Unterwäsche, T-Shirt, eine kurze Hose und Waschutensilien waren schon immer meine ständigen Begleiter. Wenn auch oft ärgerlich, weil es Platz für anderes weg nahm – nun war ich heilfroh. Hatte mir einige Notizen bezüglich günstiger Unterkünfte mitgebracht und machte mich auf den Weg eine zu finden. Dies dauerte nicht lange und nachdem ich eingecheckt und mein Zimmer bezogen, ausgiebig geduscht und mich frisch fühlte - führte mich mein fehlendes Gepäck zurück zum Flughafen.

Dort hinterließ ich alle nötigen Daten und spazierte los – einen der vielen hundert Wats (dies sind die Tempel) - zu besichtigen.

Ich hatte ja schon von den verrückten dreirädrigen Fahrzeugen gelesen, die überall in Asien umher rasen sollten, doch nun sah ich sie endlich leibhaftig vor mir. Hunderte, dieser kleinen Vehikel sausten durch die Straßen. Die Thailänder nannten sie schlicht „Tuc-Tuc".
Sie sahen aus wie überdachte Mofas, mit einer Blechkabine für den Taxifahrer und einer zwei- oder dreier Sitzbank für die Mitfahrer.
Die meisten enthielten Wände aus Stoff oder eine durchsichtige Plastikplane, um damit vor der sengenden Sonne oder dem Regen zu schützen. Sie gehörten als eine feste Größe in das dortige Verkehrsgeschehen und knatterten laut und übel riechend durch die Straßen.
Das einzige - noch schlimmere - war das ständige, sehr nervige gehupe aller auf den Straßen befindlichen Fahrzeuge.
Ob Autohupe, Tuc-Tuc, Busse, Motorräder, selbst die Fahrradfahrer klingelten permanent. Dazwischen versuchten Menschen die Straßen zu überqueren, was sich zum Teil als todesmutig erwies.
Selbst wenn die Ampel den Verkehr für die motorisierten Verkehrsteilnehmer stoppte, damit die Fußgänger von A nach B gelangen konnten – sicher war dies keinesfalls. Es galt bei jeder Überquerung äußerste Vorsicht walten zu lassen. Denn oft radelte ein Fahrrad, besetzt mit zwei Erwachsenen, meist ein bis zwei Kindern, dazu einige Einkaufstaschen und geflochtenen Körben - mit lebenden Hühnern - einfach an einem vorbei. Die konnten gar nicht halten.
Die Physik des Anhalteweges, hatte ich mal gelernt.
Noch spannender die Motorräder mit Sitzbank.
Hier bei uns hätte das Gefährt eine Zulassung als „Neun-Sitzer-Kleinbus" erhalten – dort gehörte es zum ganz normalen Fortbewegungsmittel. Selbst Gasflaschen, Wasserkanister, größere Tiere wie Ziegen und Schafe – es gab wirklich so gut wie nichts, das nicht auf diesen Konstruktionen befördert wurde.
Daher wurde einfach nur noch gehupt.
Damit zeige der Fahrer sein Vorfahrtsrecht an, erklärte man mir.
Fertig. Ich stand bestimmt gute zwei Stunden an dieser Straßenkreu-

zung und beobachtete das wirre Treiben. Ich hätte Hier und Heute auch meinen letzten Schlüpfer verwettet, dass dies zu Unfällen führen müsse – doch kein einziger, kein einziger in der Zeit in der ich dort stand und diesem Chaos zusah. Nicht einer.
Ich konnte es nicht glauben.
Als mein Kopf von dem Lärm und Gestank zu schmerzen begann, suchte ich das Weite. Fand die Einkaufstraßen und Shoppingcenter - gut klimatisiert und erfrischend - besorgte mir ein paar Kleinigkeiten und freute mich auf das berühmte Nachtleben von Bangkok.
Es gab Beer-Bars und Discos. Restaurants und Essstände.
Diese durften die ganze Nacht geöffnet haben. Es herrschte reges Treiben. Blinkende Neonreklame über den Geschäften. Musik und fröhliche Menschen. Es wurde gelacht, gesungen. Die Hitze war erträglicher geworden, doch die Getränke flossen weiterhin in großen Mengen. Die Mofas waren vom Personenbeförderungsinstrument zur fahrbaren Essbude geworden. Auf der Sitzbank ein mit Kordeln festgezurrter Holzkohlegrill, der kleine Spießchen garte. Meist Hühnchen oder Fisch, wurde mir berichtet. Ich wollte zuerst nicht probieren, erinnerte mich dann aber an Marianna auf Fidji und ihre Freude, dass ich „Ihr" essen gegessen hatte und so kostete ich auch hier – andere aßen schließlich auch reichlich davon.
Was soll ich sagen - unglaublich lecker. Unglaublich günstig.
Ein paar Thailändische Baht, dies waren wenige Pfennige.
Zu jedem Spieß gab es ein kleines Gläschen mit einer goldenen Flüssigkeit zu trinken. Gegen Durchfall und Erbrechen - es brenne einem die Bakterien nieder, hatte ich verstanden. Mutig nippte ich daran.
Schnaps. Hochprozentiger Schnaps – es brannte höllisch.
Anschluss an eine Gruppe aus Deutschland ging bei dieser Stimmung schneller als gedacht. Die Deutschen sind einfach überall.
Egal wo man hin kommt – man ist nie allein. So genoss ich mit sieben weiteren Jungs und Mädels eine tolle Stimmung bis in die frühen Morgenstunden.

Die thailändische Küche – so hieß es – sei bekannt für ihre Vielfalt und Raffinesse. Sei sogar eine der besten der Welt und den Thailändern sehr wichtig. Davon konnte ich mich schon beim Frühstück in meiner Bleibe überzeugen. Ein Koch stand schon am Wok bereit und bereitete die frischen Zutaten zu einem leckeren Mahl.

Fleisch - neben Huhn auch Rind und Schwein - fangfrischer Fisch, Meeresfrüchte und die verschiedensten Gemüse standen bereit.

In wenigen Minuten hatte ich ein herzhaftes und mehr als frisches Gericht auf meinem Teller. Reis stand in großen Mengen bereit – dies sei Bestandteil fast jeder Mahlzeit, so auch die berühmte Reissuppe – die beim Frühstück nicht fehlen durfte.

Kao Tom, nennen die Einheimischen ihr Süppchen. Sehr lecker.

Meist mit Frühlingszwiebeln und geröstetem Knoblauch garniert - mit Hühnerfleisch ergänzt als Kao Tom Gai oder wer Garnelen mochte als Kao Tom Gung. Das Thailänder fünf bis sechsmal am Tag essen würden, konnte ich nicht glauben, die waren so schmal.

Ob das stimmte – ich bezweifelte es. Auf jeden Fall war es mächtig scharf. Ich wusste sofort „not spicy" (nicht scharf) gehörte immer zu meiner Essensbestellung. Nach dem stärkenden Frühstück traf ich mich mit den anderen Deutschen zur gemeinsamen Stadterkundung. Von meinem Gepäck weiterhin keine Spur.

Es war Markttag in der City und so begannen wir unsere Tour mit dem Besuch dieses riesigen Umschlagplatzes für Kräuter und Gewürze, den kleinen Garküchen und Lebendtierverkäufern.

Große Körbe mit Knoblauch und Chili - mit Zitronengras und Korianderblättern. Pfeffer und Ingwer. Große und kleine Gefäße mit hellen und dunklen Flüssigkeiten. Den Düften nach zu urteilen Zitrusfrüchte, aber auch etwas Fischiges – so wie Fisch- Soja- oder Austernsauce. Und jede Menge Kokosmilch.

Bei den Fruchtständen lagen Papayas, Rambutan - diese kleinen, rötlichen, mit Borsten besetzte Früchte die aus der Familie der Litschis stammen würden – dann auch Litschis selbst sowie Zitronen, Limetten, Ananas, Mangos und viele andere, deren Namen ich nicht kannte. Ein Fest für die Augen. Ein Duft für die Sinne.

In den kleinen Garküchen - die an einer Stange hängend umhergetragen wurden - gab es unter anderem, den mit Früchten gesüßten Klebereis - der in Bananenblättern serviert wurde.

Zwei Mädels aus unserer Truppe hatten davon gekauft und an alle verteilt. Ich war zwar noch vom reichhaltigen Frühstück satt, aber das Geschmackserlebnis wollte ich mir dann doch nicht entgehen lassen – auch bei den in Bananenblättern eingewickelten, gegrillten Fischfilets, erging es uns nicht anders. So frisch, saftig und zart - dazu diese besondere Gewürzmischung - ein Gaumenschmaus.

*

Lecker. Der Tisch im Schulungsraum wieder reichhaltig eingedeckt.
Jeder hatte etwas mitgebracht. Für jeden Geschmack etwas dabei.
Süß und salzig. Fruchtig und herzhaft.
Die Wochen waren im wahrsten Sinne des Wortes verflogen und unser Fluglehrer begann über die theoretische Prüfung zu philosophieren als auch konkreter nachzudenken - genauer, einen Termin dafür zu planen. Jeder durfte Wünsche äußern, wir waren ja alle Berufstätig und standen nicht jederzeit zur Verfügung – das gleiche galt auch für den Prüfer, der eigens für diesen Zweck bestellt werden musste.
Mir wurde mal wieder heiß und kalt und heiß. Ich sah in die fragenden Augen meiner Mitstreiter. Sie sahen mich alle eindringlich an.
Ich hatte zwar ziemlich viel Stoff – den die Jungs schon bearbeitet hatten – nachgeholt, aber eine Prüfung traute ich mir noch nicht wirklich zu. Jungs ich kann das noch nicht alles.
Meine Hände wurden feucht. Ich bin erst seit vier Monaten dabei, ihr zum Teil schon ein ganzes Jahr. Wir redeten und diskutierten, speisten und tranken heißen Kaffee. Wenige Minuten später kam unser Fluglehrer grinsend zurück in den Raum.

Er habe mit dem Prüfer telefoniert, in einer Woche käme er, danach stünde er für längere Zeit nicht zur Verfügung.

Sprach dies und ging erneut aus dem Zimmer.

Totenstille im Schulungsraum. Damit hatte keiner gerechnet. In einer Woche. Danke Jungs – ohne mich.

Das geht gar nicht, protestierte ich.

Mit gehangen – mitgefangen. Einer für Alle - und Alle für Einen, kamen ihre weisen Sprüche. Völlig fertig saß ich auf meinem Stuhl.

Lieb und Fürsorglich redete man auf mich ein. Ermutigte mich – aber es wollte nicht helfen. Wie ein kleines Häufchen kauerte ich in der Ecke. Da ging die Türe auf.

Unser Fluglehrer hatten meinen charismatischen Fremden – der mir natürlich nicht mehr Fremd war - im Schlepptau.

Nachdem sich die beiden schmunzelnd ansahen, brachte Bernhard „Ihn" zu mir. Hier ist dein Glücksbringer, sagte er lächelnd.

Diese Augen, wie er mich ansah – ich schmolz wie Butter in der Sonne. Er griff nach meinen Händen – hielt sie sanft aber kraftvoll fest.

Ich schloss meine Augen, fühlte ihn – erspürte ihn – genoss den verzaubernden Duft – als gäbe „Er" mir all seine Kraft – all seine Energie. Es begann in meinen Fingern zu kribbeln.

Wie winzige Stromstöße durchflossen sie meinen Körper. Arbeiteten sich wie Wellen über die Arme hinauf zu Hals. Lösten den schweren Knoten der sich dort gebildet und versteckt hatte. Kleine Blitze erschienen vor meinem inneren Auge – die Windungen meines Gehirns begannen zu leuchten – alles wurde hell und strahlend schön.

Es prickelte bis zu meinem Herzen. Es hüpfte und pochte und schien Extraschläge vollbringen zu können. Unaufhaltsam ergriff es meinen gesamten Leib. Selbst die Fußspitzen vibrierten. Glühten.

So wie die Wellen im Meer ihr Spiel spielen – so wiederholte sich dieses Spektakel in mir.

Als ich die Augen öffnete lag ich auf dem Sofa.

Ich verstand nicht. Warum liege ich hier.

Sah mich um – nur die bekannten Gesichter meiner Flugkollegen.

Wo ist, stammelte ich. Da war doch gerade, fügte ich hinzu.

Dir ist eben einfach schwindelig geworden, kam es von Marco.

Du sagtest, du möchtest dich auf das Sofa legen – berichtete mir

Herbert. Hier trinke mal etwas von dem Kaffee und lege die Füße noch etwas höher, entgegnete mir unser Fluglehrer.
Unser Gast ist gerade ans Auto gegangen um ein Minzetuch für dich zu holen. Dies würde erfrischen und dem Geist gut tun. Er wird jeden Augenblick zurück sein.

Kaum ausgesprochen ging die Türe auf und mit einem flachen Päckchen in der Hand kam „Er" wieder zu mir zurück. Kein Traum. Keine Halluzination. Er stand leibhaftig vor mir.
Packte das Minzetuch aus der Verpackung und strich mir damit zärtlich über die Schläfen. Ich konnte in diesem Moment wirklich nicht sagen was angenehmer war, seine Berührung oder die Minze - die tatsächlich meinen Geist zu erfrischen schien. Diese Aktion verdonnerte mich allerdings an diesem Tag zu einem Flugverbot. Die Sicherheit.
Ich war so enttäuscht und wollte gar nicht glauben was mein Fluglehrer da gerade ausgesprochen hatte, aber die Sicherheit hat in der Fliegerei immer Vorrang. Immer.
Wie hypnotisiert sah ich zu meinem strahlenden Gegenüber, konnte seinem Blick nicht entfliehen. Er fesselte mich einfach so an sich - griff nach meiner Hand und führte mich hinaus. Öffnete das Verdeck seines Autos und bei strahlendem Sonnenschein fuhren wir in ein Cafe, nicht weit entfernt.
Begannen ein herrliches Gespräch bei einem Kännchen Tee und Gebäck.

Wir müssen zurück, beendete er unsere Unterhaltung.
Zwei Stunden sind vorüber. Die anderen machen gleich Pause und dann geht eure gemeinsame Theorie weiter. Ich sah auf die Uhr – es konnte nicht sein – waren wir doch erst vor einem winzigen Augenblick hier herein gekommen. Jemand musste seine und meine Uhr vorgestellt haben. Ungläubig schaute ich meine Uhr an – verglich diese mit seiner und der Uhr im Geschäft. Unsere gemeinsame Zeit war verflogen – einfach so verflogen.

Ich stieg aus, nahm meine Tasche – bedankte mich und ging zum Unterrichtsraum zurück. Wie lieb er mich ansah als er davon fuhr – mein Herz schlug schnell. Was passiert hier gerade mit mir – ich kann und darf dies nicht zulassen. Die Gefühle überwältigten mich und die Vernunft appellierte an mein Gewissen – doch ich war nicht in der Lage etwas zu unterdrücken.

Fröhlich pfeifend kamen die Kerle aus dem Hangar zurück.

Na, Kleine – geht es dir besser. Einzelunterricht genossen – wurde ich mit verschmitztem Lächeln gefragt.

Ganz o.k. – versuchte ich die Situation so normal wie möglich erscheinen zu lassen. Innerlich tobte es in mir.

Einer der Kollegen hatte den Schlüssel und schloss den Schulungsraum auf. Ich kochte uns allen nochmal einen Kaffee und als alle anwesend waren rückte ich mit meinem Entschluss raus.

Jungs ich mache nächste Woche mit. Ich probiere es.

Das war eine Freude. Die Männer hoben mich samt Stuhl in die Höhe und wir machten uns gegenseitig Mut. Was für ein Spaß.

Mein Fluglehrer klopfte mir zustimmend auf die Schulter.

Dann lass uns nochmal Luftrecht wiederholen und offene Fragen klären.

Von wem werden die Pilotenprüfungen für UL abgenommen? *Vom Beauftragten des BMVBS – dem BundesMinisterium für Verkehr, Bau und Stadtentwicklung.* Wo ist die Ausbildung und Prüfung von UL-Piloten geregelt? *In der LuftPersV und der LuftVZO – wobei LuftPersV Verordnung über Luftfahrtpersonal bedeutet und die Abkürzung LuftVZO für Luftverkehrs-Zulassungs-Ordnung steht.* Muss ein Luftfahrzeugführer ein Flugbuch führen? *Das Flugbuch ist zu führen, alle Flüge müssen eingetragen sein.* Berechtigt die Eintragung „schwerkraftgesteuertes UL" im Luftfahrerschein für Luftsportgeräteführer auch zum Führen von 3-achsgesteuerten UL? *Nein.*

Zwischen dem Zeitpunkt der abgelegten theoretischen Prüfung und dem Zeitpunkt der abzulegenden praktischen Prüfung dürfen nicht mehr liegen als? *Das darf nicht länger als 24 Monate dauern.*

Wie lange ist das Tauglichkeitszeugniss gültig? *Dies wird gestaffelt - bis*

zum Alter von 40 Jahren ist es 60 Monate lang gültig, zwischen 40 und 60 Jahren dann nur noch 24 Monate lang und danach muss man jährlich – also alle 12 Monate zur Nachuntersuchung.
Wann muss denn ein Luftfahrerschein neu ausgestellt werden?
Wenn die Gültigkeitsdauer abgelaufen ist oder dieser verloren wurde.
Was gehört zum Rollfeld eines Flugplatzes? *Die Pisten einschließlich der sie umgebenden Schutzstreifen und die Rollbahnen, jedoch nicht das Vorfeld.* Wo dürfen auf einem Flugplatz Luftfahrzeuge abgestellt werden? *Nur auf Abstellplätzen und dem Vorfeld.* Ist der Betrieb von UL-Flugzeugen auf Segelfluggeländen zulässig? *Ja, aber nur mit der UL-Genehmigung des Flugplatzes.* Flugplatzverkehr ist der Verkehr?
In der Platzrunde und auf dem Rollfeld. Welche der nachfolgenden Bezeichnungen für Teile der Platzrunde ist falsch?
Gegenanflug/Gegenabflug/Queranflug/Endanflug/Rechter Queranflug? *Dies ist Gegenabflug – es gibt keine Gegenabflugmeldung.*
Wie sind normalerweise die Richtungsänderungen in der Platzrunde, beim Landeanflug und nach dem Start auszuführen? *Normalerweise immer in Linkskurven.* Du stehst abflugbereit am Rollhalt eines Flugplatzes mit zeitweiligem Segelflugbetrieb. Dir fallen eingeschaltete gelbe Warnblinkleuchten auf. Was bedeutet dies? *Es bedeutet, dass motorgetriebene Luftfahrzeuge weder starten noch landen dürfen.*

Wir ackerten fleißig. Wiederholten und diskutierten bis wir die knapp zweihundert Fragen des Luftrechtes durchgearbeitet hatten.
Diese Gesetzeskunde ist wirklich mehr als anstrengend.
Soviel Theorie – schlimmer als jede Motorenkunde, die Aerodynamik oder Flugtechnik. Als Funk oder Navigation.
Sogar die saugenden Kumuluswolken in der Meteorologie, die Idealzyklonen oder Isobaren – der Aufbau der Atmosphäre und adiabatische Vorgänge machen mehr Freude.
Nicht zu vergessen die Pyrotechnik – nichts unterm Bett im Schlafzimmer verstecken – wir lachten alle laut auf.
Niemals – da waren wir uns einig. Keine Signalmittel der Klasse T 1 oder T 2 – keine Raketenantriebe. Niemals!

Wisst ihr noch – auf der Verpackung stand „BAM – PT1 – 0789" – in welche Klasse fällt das Material – im Chor riefen wir T 1.

In den nächsten Stunden erörtern wir nochmal alle Fragen der Meteorologie. Bitte setzt euch zuhause daran, so dass wir die Prüfung bei unserem nächsten Treffen simulieren können.

Mein Auto sauste auf der Autobahn Richtung Heimat.
Nur noch eine Woche. Eine Woche. Worauf habe ich mich denn da eingelassen. Wie soll ich das denn schaffen.
Mit Nachtschicht und lernen – beantwortete mir dies meine innere Stimme. Meine Gedanken ließen den Tag noch einmal vorüber ziehen.

Warum begann mein Herz schneller zu schlagen als ich an den „Fremden" denken musste. An die gefühlten Sekunden – die ich mit ihm verbringen konnte. Sein Lächeln, sein Blick, seine sorgsam gewählten Worte. Die Art und Weise wie er mir sein Wissen vermitteln konnte. Wie ein Magnet sog ich jedes seiner gesprochenen Worte in mich auf – ein Augenaufschlag später wurde diese gemeinsame Zeit auch schon wieder getrennt. In mir verlangte etwas nach mehr davon. Ein Verlangen das ich nicht zuordnen konnte - noch akzeptieren wollte – doch es war einfach da, lies sich nicht abschalten oder unterdrücken. Ich konnte es vielleicht verbergen – überspielen, doch in ungenutzten Momenten waren seine Augen erneut bei mir – über mir – vor mir. Einfach überall. Sein Duft.
Männliche Pheromone, hatte ich in einer meiner Fachzeitschriften gelesen. Diese Pheromone seien anziehend. Unsichtbar und einneh-mend. Würde eine Frau die Pheromone eines Mannes wahrnehmen, sei es um diese geschehen. Was für ein Quatsch.
Jeder Mensch mit gesundem Verstand weiß, dass es dies nicht geben kann – genau so wenig wie Liebe auf den ersten Blick - so etwas gibt es nicht. Lückenfüller in den Zeitungen. Fantasie.
Mir wurde plötzlich ganz heiß. Der Stein an meiner Halskette schien zu glühen. Es reicht jetzt, sagte ich zu mir.

Du hast einfach eine blühende Fantasie. Bleib mal auf dem Boden der Tatsachen. Steigere dich da nicht in irgendetwas hinein.
Dieser Mann ist ein Gentleman – Zuvorkommend – Gebildet – Charmant, überaus charmant. Er ist charismatisch – aber um einiges älter als Du – rief meine Vernunft! Bedenke den Altersunterschied. Das geht nicht gut. Kann auf keinen Fall gut gehen.
Denke an deine Kinder. Das Chaos kannst du keinem Mann mehr antun. Die laufen doch eh alle nur weg. Sei realistisch.
Kein Mann möchte mit einer Frau die drei Kindern versorgt und schon zweimal geschieden ist etwas ernstes und tiefgründiges anfangen – das ist doch zum Lachen.
Gestehe es dir einfach ein. Sieh der „Wahrheit" ins Auge – nicht in die Augen deiner Fantasie. Träume nicht. Wach auf!

Die Halskette war kalt. Kein leuchten mehr. Meine Hand lag darauf. Wie auch – Vernunft du hast recht. Nach der Prüfung ziehe ich sie aus – bis dahin mag ich den Glücksbringer nutzen. Glücksbringer?
Engelchen und Teufelchen lieferten sich einen harten Kampf - schienen mich auszulachen.

Meine Kids stürmten auf mich zu. Ablenkung vom feinsten.
Berichte aus der Schule. Klausuren kontrollieren und unterzeichnen. Streitereien schlichten. Verwüstete Kinderzimmer aufräumen. Pubertierende Mädels zur Vernunft bringen – wie, wenn nicht mal Mama vernünftig sein kann, sprach es in mir - Essenswünsche notieren und einkaufen. Mama hier und Mama dort.
Oft war mir zum Weglaufen zumute.
Eine große Traurigkeit machte sich mal wieder in mir breit.
Diese vielen Lebenskämpfe. Jeden Tag aufs Neue. Keine Auszeit. Keine Ruhephase. Immer alles alleine. Keine Unterstützung. Kein Halt.

Selber schuld. Du bist einfach so. Du bist so – gestehe es dir ein.
Du kannst nicht anders - willst es doch gar nicht anders.

„Doch ich will" -meine Kinder sahen mich erschrocken an – alles gut Mama? Habe ich was gesagt, schaute ich sie fragend an. Das hast du. War wohl ein bisschen viel heut, entschuldigte ich mein Verhalten. Nach dem Abendbrot, spülen und aufräumen ließ ich mir ein heißes Bad ein. Gönnte mir einen Badezusatz mit verlockend klingendem Namen - zündete meine Kerzen an und legte meine Lieblingsmusik auf – herrliche Tenorstimmen. Zweimal hatte ich die Männer schon Live erlebt. Ein Genuss. Ich summte mit.

Entließ meinen Geist in die Troposphäre.
Von dort stieg er in die Stratosphäre, die Mesosphäre bis hinauf zur Ionosphäre – dort wo die Nordlichter zu sehen waren – weit oberhalb einer Höhe von Achtzig Kilometern. Ich schmunzelte. Meteorologie. Die Troposphäre, die bodennahe Luftschicht, in der sich das Wetter-geschehen abspielt. An den Polen etwa acht Kilometer hoch – am Äquator sogar bis sechszehn Kilometer Höhe. Hier bei uns – je nach Jahreszeit zwischen zehn und zwölf – im Winter weniger, im Sommer mehr.

Der Dampf meines heißen Badewassers ließ die feinen Härchen auf meiner Haut aufrecht stehen. Ich sah in das Licht der Kerzen, sah den Himmel mit vereinzelten kleinen schneeweißen Wölkchen - wie Tup-fer über das Blau des Himmels verteilt – zogen sie an mir vorüber. Der leichte Wind beförderte diese bis zur Tropopause, der Obergrenze dieser Schicht. Dort sammelten sie sich. Die kleinen Wolken wurden größer und größer. Verwandelten sich in Haufenwolken, in saugende Cumulusse und Nimbostratusse. Die einen so herrlich schillernd und glitzernd – die anderen dunkel, drohend und mächtig. Ich versuchte die Wolkenformen zu interpretieren. Was konnte ich erkennen? Ein Krokodil, den Hut eines Zauberers. Ein paar kleine Schäfchen, die Augen einer Katze. Gesprenkelt. Außen hell – innen dunkel. Ständig veränderten sie sich und nahmen neue Formen an. Als könnte ich diese mit meinem Willen verformen – ein lustiger Spaß. Aus der großen dunklen Wolke entstand ein Zug der in die Ferne fuhr. Aus der kleinen Haufenwolke bildete ich ein glitzerndes Schwert – es kämpfte mir den Weg frei – schob andere mächtige Wolken beiseite oder schnitt sie mittig durch. Dahinter sah ich es dann. So schön. So wunderschön.

*

Ein Meisterwerk der Architektur.
Die bedeutendste Sehenswürdigkeit in Bangkok. „Wat Phra Kaeo", der Tempel des Königs im Großen Palast.
Ein von hohen Mauern umgebener Gebäudekomplex – wie aus einem exotischen Märchen. Die grimmig blickenden Dämonen schienen einen vor dem Betreten genauestens zu Mustern. Ebenso die anderen mythologischen Wesen, die dieses Heiligtum bewachten.
Dahinter Pagoden – diese oft markanten, mehrgeschossigen, turmartigen Bauwerke – in denen angeblich die Überreste erleuchteter buddhistischer Mönche aufbewahrt wurden und weitere kleine und größere kunstvoll gestaltete Türmchen, häufig vergoldet.

Ein muss für jeden Besucher des Tempels – der Smaragd-Buddha – das Nationalheiligtum Thailands. Er sitzt auf einem vergoldeten Thron in etwa elf Metern Höhe, ist aber selber nur sechsundsechzig Zentimeter groß. Entgegen seines Namens, besteht er allerdings nicht aus Smaragden sondern aus Jade - einem Mineralgemenge aus Jadeit und Nephrit, in einer ganz speziellen Mischung – und durch Einschlüsse verschiedener weiterer Bestandteile, wunderschön grün anzusehen. In der asiatischen Welt gilt Jade seit vielen Jahrhunderten als etwas ganz besonderes. Wird als Medizin verwendet und wird sehr häufig zu Schmucksteinen verarbeitet. Um den Smaragd-Buddha von Wat Phra Kaeo ranken sich viele Legenden, erfährt man bei einer Besichtigung. Es habe mit seiner Erschaffung und seinen magischen Kräften zu tun.

Wie viel davon auch immer wahr ist – er hat wohl sehr viele Könige erlebt und überlebt. Seit 1784 befände er sich an seinem Platz im Tempel und wird von weiteren zehn gekrönten Buddha-Figuren umgeben. Weitere unterschiedlich große Buddhas standen und saßen neben dem Heiligtum.

Die Wände waren mit Gemälden geschmückt und die Eingänge wurden von bronzenen Löwen bewacht.

Stundenlang hielt ich mich in dieser Tempelanlage auf.

Konnte mich nicht satt sehen an den Malereien, den Glasmosaiken, den geschnitzten Pfeilern. Dem Mausoleum der königlichen Familie. Galerien, die Geschichten über die Kämpfe der Gotthelden über das Böse erzählten. Eindrucksvoll. Sehr Eindrucksvoll.

Wieder aus dem Komplex heraus, ließ es sich in eine ganz andere Welt abtauchen. Eine Bootstour auf den Khlongs. Dies sind die Kanäle. Bangkok - Das Venedig Asiens, wurde oft gesagt. Sie Stadt entstand aus Dörfern in Sumpfgebieten. Die Bewohner hätten sich durch das Gelände gegraben, teils um das sumpfige Erdreich zu entwässern, aber auch um den Fluss für ihre Schiffe nutzbar zu machen.

Das Automobil verdrängte später die Boote und viele Kanäle wurden einfach zugeschüttet. Nun war es aber eine willkommene Abwechslung. Raus aus den lärmenden, heißen und schmutzigen Straßen.

Die Fahrt führte zum Chinesenviertel.

Weiße Männer in stillen Tempeln, überall kleine grüne Lampions, und Gold – wirklich jeder noch so unbedeutendste Gegenstand war mit Gold überzogen. Enge und sehr stickige Gassen. Brodelnde Hektik. Es hieß, mehrere hunderttausend Chinesen würden dort auf engstem Raum leben. Es gab exotische Basare zu sehen, daneben kleine Gemüsehändler und geheimnisvolle Hinterhofkneipen. Ein spannendes Abenteuer. An jeder Ecke etwas zu entdecken. In jedem noch so kleinen Shop, in jeder Garküche, einfach überall – hingen Porträts des Königpaares. Des Öfteren sprang ich in eine freie Nische oder Lücke zwischen Obst- und Gemüseständen, da die stinkenden und lärmenden Tuc-Tuc's rücksichtslos an einem vorbei sausten.

Auch Motorräder, beladen mit Körben voller Sprossen, Fisch, Hühnern oder anderen undefinierbaren Dingen, bahnten sich ihren Weg durch das Gewimmel. Selbst Autos quetschten sich das ein oder andere Mal durch dieses Nadelöhr.

Aufregen und schimpfen war nutzlos.

Gefahr erkennen und handeln. Nichts wie weg dort – egal wie Interessant.

Mein Gepäck – immer noch nicht da.

So langsam wurde ich unruhig. Wollte meinen Weg Richtung Pattaya beginnen. Sonne und Strand genießen.

Gedankenversunken spazierte ich den Bürgersteig entlang und überlegte, was ich machen könnte, wenn mein Gepäck gar nicht mehr auftaucht. Alles tatsächlich neu kaufen – bekäme ich mein Geld wirklich von der Airline zurück. Wer würde mir die Einkäufe aus den anderen Ländern erstatten. Den Kaffee aus Hawaii, die anderen Kleinigkeiten. Unwiederbringlich weg.

Wie könnte ich den Wert ermitteln, beweisen dass dies in meinem Gepäck verstaut war. Meiner Erinnerungen beraubt – zwar nur der Materiellen aber auch diese waren Wertvoll - für Mich.

Hinter mir vernahm ich plötzlich lautes und wirres Geschrei – erschrocken drehte ich mich herum und traute meinen Augen nicht. Mit einem Hechtsprung zur Seite, rettete ich mich vor einem riesigen Elefanten. Wirklich und leibhaftig ein gigantischer Elefant, direkt – keinen Meter - neben mir. Große Augen - offener Mund.

Sein Reiter, mit dunkler Sonnenbrille und Strohhut bekleidet, schimpfte und gestikulierte wild mit den Händen.
Der Elefant trottete gemütlich weiter, schleppte eine schwere Last auf seinem Rücken.
Ich dachte mein Herz bleibt stehen.
Zitterte trotz glühender Hitze am ganzen Leib. Ich hatte ja nun wirklich schon eine ganze Menge erlebt – auch hier in Bangkok, aber das ich mich auf dem Bürgersteig vor einem mächtigen Elefanten in Sicherheit bringen musste – raubte mir den Atem. Ich ließ mich am Boden nieder - meine Beine waren wie Wackelpudding - lehnte mich an eine Hauswand und sah dem Elefanten und dem immer noch schimpfenden Mann hinterher. Was für ein Tag.

*

Wunderschön. Eine prächtige Säule aus Wolken türmte sich in der Ferne auf. Auf dessen Plateau lag die leuchtende Sonne – so wie Obst in einer goldenen Schale. Sie strahlte so sehr. So einladend sich ihr zu nähern. Über ihr hatten sich feine Ringe aus Wolken gebildet.
Mal bewegten sie sich aufeinander zu und schienen miteinander zu verschmelzen – im nächsten Moment entfernten sie sich voneinander.
Stiegen höher und höher. Erreichten die Stratosphäre.
Hauchzart und zerbrechlich schwebten sie bis zur Stratopause – dort, in einer Höhe von etwa fünfzig Kilometern lösten sie sich einfach auf.
Zerfielen in winzige bunte Juwelen die auf mich herab zu rieseln begannen. Wie Sternenstaub. Ich erzitterte. Öffnete meine Augen.
Mein Badewasser war schon ganz kalt. Schnell füllte ich heißes hinzu, um mich aufzuwärmen - die Gänsehaut zu beseitigen.
Anschließend schlüpfte ich in einen warmen Schlafanzug und kroch unter meine Bettdecke – schlief tief und fest.
Traumlos aber regenerierend.

Frisch gestärkt und voller Tatendrang führte mich mein Weg zum Unterricht. Bernhard begrüßte uns fröhlich mit der Zusammenfassung unserer heutigen Themen:
Aufbau der Atmosphäre, Luftdruck, Wettererscheinungen, adiabatische Zustände, Inversion, Thermik, Wolkenbildung und Klassifikationen. Wind und Windmessungen. Einfluss der Erdrotation. Konvergenz und Divergenz. Isobaren, Luftmassen und Advektion. Wetterkarten und Flugwetterdienste. Das GARFOR-System.

Wer macht den Anfang und erklärt den Aufbau unserer Atmosphäre, begann er die Stunde. Ich hörte mal wieder meinen Namen – wie schön das du beginnst – überrumpelte er mich.
Immer ich – noch eine Woche, nur noch eine Woche – frohlockte ich innerlich. Dann hat diese Quälerei hoffentlich ein Ende - also das meiste davon. Hoffte Ich.

Grundsätzlich sind die Grenzen der Sphären nicht an feste Höhen gebunden, sondern die veränderten Eigenschaften zeigen uns den Beginn einer neuen Schicht an – begann ich meinen Part.
Die Atmosphäre der Erde ist die gasförmige Hülle oberhalb der Erdoberfläche und wird Erdatmosphäre genannt. Sie ist ein Gasgemisch, genauso wie unsere Naturluft, die sich aus 21% Sauerstoff, 78% Stickstoff, etwa 0,7% Edelgase und ca. 0,3% Kohlendioxid zusammensetzt. Dieses Gasgemisch kann aber durch Wasser – in Form von Dampf – angereichert sein, was für die Wetter- Erscheinungen entscheidend ist. In industriellen Regionen weißt sie oft mehr Kohlendioxid, Staub- und Rußpartikel auf. Man nimmt an, das bis zu einer Höhe von achtzig Kilometern (dort liegt die Mesopause, also die Grenze zwischen Mesosphäre und Ionosphäre) die Zusammensetzung der Luftmassen konstant ist. Darüber überwiegen wohl die leichteren Gase, vor allem der Wasserstoff und dort sind die spektakulären Nordlichter zu sehen. Manche nennen diese auch Polarlichter, da sie nur in den Polargebieten der Erde hervorgerufen werden.
Es seien Leuchterscheinungen, die beim Auftreffen geladener Teilchen des Sonnenwindes auf die Erdatmosphäre entstehen.

Die Troposphäre ist die Bodennahe Luftschicht in der sich das Wetter-geschehen abspielt und hier bei uns bis zu 12 Kilometer hoch. Die Temperaturen sinken stetig bis zu ihrer Obergrenze – der Tropopause. Darüber liegt die Stratosphäre, mit seltener Wolkenbildung und einem hohen Ozongehalt (dem dreiatomigen Sauerstoff), bei dessen Bildung UV-Strahlung verbraucht wird und somit die Erdoberfläche vor dieser Strahlung geschützt werden kann.
In einer Höhe von etwa fünfzig km endet diese an der Stratopause.
Es folgt - bis zu einer Höhe von ca. 80 km die Mesosphäre – Merkmal, die Temperatur nimmt wieder ab – es wir kälter.
Ihre Obergrenze nennt sich Mesopause, mit Temperaturen bis „minus" 70 ° C und darüber liegt nur noch die Ionosphäre, auch Thermosphäre genannt. Dort steigt die Temperatur und kann über 100 ° Celsius „plus" betragen.

Die ICAO - nochmal zum Auffrischen „International Civil Aviation Organisation" oder auf Deutsch – Internationale Zivilluftfahrt-Organisation- hat folgende Werte für eine Standard-Atmosphäre festgelegt: Temperatur in Meereshöhe 15 ° Celsiun, Luftfeuchte 0%, Luftdichte in Meereshöhe 1,226kg pro m³ , Luftdruck in Meereshöhe 1.013,25 hPa (Hektopascal) und einer Temperaturabnahme bis zu einer Höhe von 11 km um 0,65° C pro 100m bzw. 2° C pro 1000 Fuß sowie einer konstanten Temperatur von – 56,5° C von 11 bis 20 km Höhe.

So ließ mich unser Fluglehrer noch ein weiteres Stündchen über Luftdruck, Isobaren und all seinen Details berichten.
Mir klebte schon die Zunge am Gaumen fest, als endlich das Zeichen für eine kleine Pause kam – die wir alle sinnvoll nutzten.
Am Ende des Unterrichtes fühlten wir uns fit in der Thematik.
Auch ich – die Sorge über dieses Prüfungsfach schrumpfte.

Ich hatte tatsächlich das meiste verstanden.
Sogar den Föhn. Nicht den für die Haare – nein, den Föhn in den

Bergen, wenn warme, relativ trockene Luft auf der Leeseite von
Gebirgszügen – also der vom Wind abgewandten Seite - in die Ebenen
abfließt und zu gefährlichen Turbulenzen führt und wusste nun, dass
im GAFOR meine Heimat unter der Kennung 39 zu finden sein würde
und meine Übungsflugstrecken in 37 und 38. Was für ein Tag.
Nur noch fünf Tage bis zur Prüfung.
Meine Nächte wurden immer kürzer - ich immer aufgeregter.

Funknavigation – Eigenschaften elektromagnetischer Wellen,
Amplitudenmodulation, QDM und QDR, Missweisend und Recht-
weisend, Homing und Peilungen – ob DF oder ADF, HSI und DME
und mein favorisiertes GPS.
Des Nachts spazierten die saugenden Kumuluswolken mit den
Abkürzungen durch meine Träume. Dickenrücklage und Profilwölbung.
Auftrieb und Widerstandsarten. Einstellwinkel und Klappenstellung.
Druckpunktwanderung und der Bodeneffekt.
Leermassenschwerpunkt und Leermassenmoment.
Baugruppen. Massen und Flugwerksaufbauten.
Trimmung, Lenkung, Federung, Bremsen und Bereifung.
Viertakter, Schmierung und Schmierstoffe.
Vergaservorwärmung und Vereisung. Instrumentierung, vor allem der
Kompass und meine süße Libelle.
In meinen Kopf wollte irgendwie nichts mehr hinein gehen.

Die Tage und Nächte verronnen.
Hatte meinen Job ausgezeichnet zu erledigen, so ganz nebenbei drei
Kinder zu versorgen. Meine Wohnung und Wäscheberge in Ordnung
zu halten und ein kleines bisschen über Flugzeuge und dessen
Funktion zu lernen. Ich musste verrückt sein.
Warum hatte ich mir dies alles auch noch freiwillig aufgebürdet - sah
in den Spiegel - müde und fertig schien ich.

Die letzten Tage waren auch recht kräftezehrend und doch – das Strahlen meiner Augen – die Vorfreude auf die Gesichter meines Sohnes, meiner Töchter, meines in Bayern lebenden Bruders und unserer Eltern, meiner wirklich besten Freunde – darauf freute ich mich schon spitzbübisch, denn keiner von Ihnen – wirklich keiner wusste davon.

*

Der eigens eingeflogene Prüfer verteile die Bögen.
Absolute Stille im Raum.

Er hatte die Vorgehensweise genauestens erklärt, dann war Ruhe angesagt. Ich erhielt den Prüfungsbogen Nummer 13 – ich freute mich – es war meine Glückszahl. Kein Aberglaube.
Legte meine Navigations-Utensilien neben mich, meine Stifte und wartete auf das Startzeichen.
Arbeitete mich dann besonnen durch den Fragenkatalog und die sieben einzelnen Prüfungsfächer.
Irgendwann gab ich ab. Es war vollbracht.

Es gab kein Zurück mehr, nur noch das Warten auf die Kontrolle durch den Prüfer und die Bekanntgabe des Ergebnisses.
Jeder versuchte die Wartezeit auf seine Art und Weise zu überstehen.
Es erschien mindestens genauso schlimm wie die Vorbereitung darauf - und die Prüfung selber.

Bei den praktischen Navigationsaufgaben war ich schier am verzweifeln. Zeichnete und rechnete, korrigierte und begann erneut von vorn, denn meine Ergebnisse passten nicht zu den möglichen vier Navigationsantworten. Drehte und wendete meine ICAO – Karte, inspizierte meinen Navimat – hatte ich etwas übersehen, etwas falsch nach vorne oder zurückberechnet. Hatte ich vielleichte einen Winkel vergessen oder anstatt nach Westen nach Osten verschieben sollen.

War es ein plus-plus oder plus-minus Winkel. Wie war das noch gleich, überlegt ich. Minus wird zu plus oder doch umgekehrt.
War eine Kontrollzone die Fehlerursache – um die ich hätte herum fliegen müssen – dadurch hätte sich die Wegstrecke und der Betriebsstoffverbrauch geändert. Ich ließ nichts außer Acht.
Grübelte und Grübelte und notierte dann all meine Werte.

Trank viel zu viel Kaffee während wir alle auf den Prüfer warteten.

Es war März.
Ein trüber Tag im März.
Mein Herz schlug wie eine Dampfmaschine.
Meine Finger waren eisig kalt. Solch eine innere Kälte.
Ich versuchte mich Abzulenken. Dachte an den sonnigen Tag im letzten Jahr, Spätherbst - fast Winter war es schon als ich das erste Mal hier saß. Der Himmel war strahlend Blau und die Sonne schien so schön.
Kein Lüftchen störte damals meinen ersten „Mit-Flug".
Ich war warm eingepackt, spürte die Kraft der Sonnenstrahlen.
Die Landschaft so Neu aus dieser Perspektive – so unglaublich schön.
Sah alles mit ganz ganz anderen Augen - nahm Dinge wahr die bis dahin meinen Augen verborgen waren.
Flog durch eine für mich märchenhafte – neue - Welt.
Sausten flussabwärts ohne Anstrengung und Widerstand elegant den Sternen entgegen. Auch meinen inneren, so magisch leuchtenden Sternen. So viele Wunder in der Natur. Von hier konnte ich diese sehen und spüren. Wie schwerelos - gedankenlos.
Von einem neuen Lebensziel träumend. Einzigartig.

Ich öffnete meine Augen und sah in das Gesicht des Prüfers.
Er hatte mir anscheinend schon mehrfach auf die Schultern getippt.
Sah mich mit einem traurigen Blick an.
Es tut mir leid, sagte er leise zu mir.

*

Was für ein Tag.

Nachdem der Elefant außer Sichtweite war und ich mich nicht mehr
so wackelig auf den Beinen fühlte, erhob ich mich vom Boden und
schlenderte zur Unterkunft zurück. Wollte duschen.
Hitze, Schmutz und den Schreck vom Leib spülen. Blickte mich nun
allerdings auch auf diesem Bürgersteig immer mal wieder in alle
Richtungen um. Noch ein solches Elefanten-Erlebnis wollte ich mir
ersparen, denn das gehupte der kuriosen Fahrzeuge, der Gestank und
die Hitze waren schon mehr als genug. In meiner Bleibe wurde ich
schon winkend und typisch lächelnd empfangen. Mein Rucksack sei
angeliefert worden. Die Airline bitte mich um Kontrolle auf Unver-
sehrtheit und ob der Inhalt vollständig vorhanden wäre.
Alles da, alles ganz. Pattaya ich komme.

Mit dem Minibus – vollbeladen mit neun Deutschen und unserem
Gepäck - düsten wir Richtung Pattaya, rund 150 Kilometer südöstlich
von Bangkok.
Die Tour begann schon äußerst spannend, musste der Busfahrer doch
nach knapp vierzig Kilometern den ersten platten Reifen wechseln.
Das gesamte Fahrzeug wurde geleert. Alles raus, damit das Ersatzrad
zum Vorschein kommen konnte und dies, während wir in brühtender
Hitze irgendwo im „Nichts" standen und befürchteten, dass dieses
Gefährt niemals am Ziel ankommen würde.
Was aber ankam – ließ uns erschauern.
Die ersten Angstschreie gingen durch Mark und Bein.
Eine Schlange – eine wirklich große - kam aus dem Gebüsch und
schlängelte sich an unserem Gepäck vorbei. Mit vier Mädels standen
wir auf einem Baumstamm und schrien um die Wette. Erst als das Rad
ausgetauscht und die Jungs die Rucksäcke verstaut hatten, trauten wir
uns die wenigen Meter auf dem Boden laufend zum Transporter.
Uns quälten dringende Bedürfnisse, aber für kein Geld der Welt hätten

wir uns nochmals in die Büsche geschlagen. Ein Alptraum.

Dagegen war der riesige Elefant auf Bangkoks Bürgersteig zu einer Ameise geworden – obwohl es umgekehrt richtiger gewesen wäre. Wie gut, dass der Fahrer nach weiteren zwanzig Kilometern halten musste um Kühlerwasser nachzufüllen. So konnten wir an der Tankstelle die stillen Örtchen aufsuchen. Sehr ekelig, dieses Loch in der Erde mit zwei Haltegriffen, aber Schlangenfrei.

Stunden später kamen wir – nach weiteren Pannen - völlig erschöpft und entnervt in der wohl bekanntesten Stadt Südostasiens an.

Die fast fünfzehn Kilometer lange Küste entschädigte für die Torturen auf der Tour. Wir freuten uns schon sehr auf das berühmte spektakuläre Nachtleben. Es hieß, das weit mehr als eine Millionen Touristen jährlich zu Besuch kämen und das mehrere Tausend deutsche Staatsbürger schon dort leben würden. Musikkneipe an Musikkneipe. Massagesalon an Massagesalon. Supermärkte, Mode- und Schmuckgeschäfte. Boutiquen und Kaufhäuser - die Tag und Nacht zum Einkauf einluden. Dann ein deutscher Metzger und tatsächlich eine schöne deutschgeführte Bäckerei mit allerlei bekannten, heimischen Backwaren. Dazu – dicht an dicht die Touristenhochburgen und überall reges Treiben. Die Menschen tummelten sich auf den Straßen und an den Stränden entlang. Wir hatten uns die etwas ruhigere Jomtien Beach ausgesucht. Nördliches Pattaya, bedeutend stiller aber dennoch nah genug an den Uferstraßen und der Promenade.

Fröhlich, bunt und mit besonderem Flair.

Unsere Unterkunft, ziemlich modern und unschlagbar günstig.

Pattaya, nicht nur ein internationaler Rummelplatz – sondern auch eine kulinarische Besonderheit. Überall dampfen die würzigen Suppen in den Garküchen, rösten Fleischspieße auf den Holzkohlengrillbauten der motorisierten Fahrzeuge. In den Auslagen der Geschäfte und direkt fangfrisch vom Fischer, leckerer Fisch und Meeresfrüchte.

In den Straßen und Gassen unzählbar viele Restaurants.

Vom schweizer Käsefondue über die italienische Pizza, der spanischen Paella, koreanisches und japanisches – libanesisches oder russischer Borretsch. Dazu dann deutsche Bratwurst und Schnitzel.

An jeder Ecke deutsche Restaurants. Mit Abstand gäbe es seit Jahrzehnten die meisten Besucher aus Deutschland aber auch Österreicher und Schweizer seien stark vertreten. Es gab deutsche Zahnarztpraxen, Anwaltsbüros und Immobilienfirmen. Handwerksbetriebe, Schneider – die einem vor Ort maßgeschneiderte Kleidungsstücke anfertigten. Sogar Videotheken und deutschsprachige Tauchkurse.

Das war etwas für mich – hatte ich vorsorglich meinen Tauchschein eingepackt und wollte mich mutig mit einer Truppe in die Tiefsee begeben. Gesagt getan. Ich hatte eine Tour gebucht. Es ging raus zu den vorgelagerten Inseln. Da waren Ko Larn und Ko Pai als Ziel genannt, ferner Ko Huchang und Manwichai.

Dort sollte es noch große Rochen zu sehen geben, Schildkröten und auch Leopardenhaie. Es gäbe ein wunderschönes Korallenriff und muschelbewachsene Schiffswracks.

Auf dem Boot wurde alles besprochen.

Route unter Wasser – Tauchtiefe und Auftauchzeiten. Besonderheiten. Strömungen und alles was man wissen musste. Es wurden Teams gebildet und Zuständigkeiten verteilt. Erst als auch die letzte Frage geklärt – jeder in seinem Taucheranzug steckte und die Sauerstoffflaschen auf dem Rücken trug – ging das Abenteuer los.

Kristallklares, smaragdgrünes, wohltemperiertes warmes Wasser. Es erinnerte mich irgendwie an die Südsee. Auch dort waren die Farben, die Schattierungen des Wassers so unsagbar schön.

So klar, so einmalig. Die Sonnenstrahlen schienen bis zum Meeresgrund hinunter. Liesen die Korallenriffe in einem atemberaubenden Licht erstrahlen. Ständig sausten kleine und größere Fische an einem vorbei. Unser Tauchführer hatte plötzlich einen Kugelfisch in den Händen. Wir bestaunten diesen aus ein paar Zentimeter Entfernung. Aufgebläht und alle seine Stacheln zum Kampf ausgefahren – große dunkle Kulleraugen. So – wie man ihn aus den Bilderbüchern kennt. Nun sah ich ihn leibhaftig. Ein paar mutige Taucher wollten die „Kugel" berühren, doch dies wollte der kleine Kerl nicht. Im Bruchteil einer Sekunde hatte dieser listige Fisch seine Luft abgelassen – sich ganz flach gemacht und so aus den Händen des Tauchlehrers befreit -

schwamm in Sicherheit. Weg war er.

Dafür sahen wir dann die Rochen und Schildkröten - aus sicherer Entfernung um die Tiere nicht zu stören.

Es war so grandios. Diese Stille im Wasser, der Schwebezustand als Taucher. Kaum eine Bewegung nötig. Genießen.

Diese einzigartige Unterwasserwelt einfach genießen.

Nur die Atemgeräusche des Lungenautomaten und die aufsteigenden Bläschen, zeigten, dass wir dort waren. Stundenlang hätte man sich dieses Erlebnis ansehen wollen, doch da wir die Auftauchzeiten – Höhen und weitere Sicherheitsmaßnahmen einhalten mussten, begann der Aufstieg zurück zum Boot.

Es galt nun eine Pause von mehreren Stunden einzuhalten.

Wir waren schließlich in dreißig Metern Tiefe.

Unser Schiff steuerte eine kleine Insel an, dort Ankerten wir und machten es uns am Strand gemütlich. Die Sonne wärmte so herrlich. Im Schatten schlemmten wir die mitgebrachten Speisen und Getränke, ließen den Sand durch unsere Finger gleiten oder spazierten darauf herum. Was für ein herrlicher Ort. Nach der nötigen Pausenzeit steuerte unser Kapitän das neue Ziel an. Dort sollte es Haie geben – friedliche Haie – keine blutrünstigen weißen Haie – wie sich einer der Taucher ständig an Bord gewünscht hatte.

Mir war schon recht mulmig zumute. Wie würde ich in dieser Tiefe reagieren. Angst könnte tödlich sein, denn eine Falsche Reaktion – entweder den Tieren gegenüber und man würde als Mittagessen verspeist werden, keine schöne Vorstellung – oder aus Panik viel zu schnell aufsteigen, das würde medizinische Folgen haben, die unverzeihlich ausgehen könnten. Besonnen handeln, sagte ich mir ständig. Nutze dein Wissen, dein Können.

Es ging in die Tiefe - da waren Sie - ohne Worte.

Leopardenhaie - mindestens drei Meter lang, viele noch größer.

Mein Herz begann zu rasen. Ruhe bewahren.

Ich redete mir gut zu. Folgte meiner Tauchclique. Es war mir unvermeidlich die Anzahl der Atemzüge niedrig zu halten. Ich sog den Sauerstoff aus den Flaschen, das war nicht gut. Gar nicht gut.

Unser Anführer zeigte auf einen Hai, der sich im Sand des Meeres-
grundes versteckt hatte und schwamm mit uns allen zu ihm.
Die ersten beiden mutigen hatten ihn berührt. Nun sei ich an der
Reihe. Alle schienen irgendwie auf Mich zu zeigen.
Mein Herz schlug mir bis zum Hals. Adrenalin bis zur inneren
Explosion. Sollte ich wirklich?
Meine Lunge schien schneller Luft zu ziehen als mein Herz pochen
konnte. Der Hai sah mich musternd an – er sah Mich an.

*

Tut mir wirklich leid für Sie.
Doch ab heute müssen „Sie" sich - „nicht" - mehr zum
„theoretischen" Unterricht bemühen, sagte der Flugprüfer zu mir.
Die Vertiefung der praktischen Fähigkeiten steht ab sofort auf ihrem
Unterrichtsprogramm – Herzlichen Glückwunsch – Sie haben mit
Bravour bestanden.
Weiter so junge Frau –weiter so!

Das darf jetzt nicht wirklich wahr sein - ich riss die Arme in die Höhe
und lief jubelnd durch den Schulungsraum.
Drückte den Prüfer und hopste wie ein aufgescheuchtes Huhn durch
die Gegend. Unfassbar. Ich hatte es geschafft.

Ich hatte es tatsächlich geschafft.
Wir „Alle" hatten es geschafft und so brach lautes Jubelgeschrei aus.
Ein jeder hatte sein Ziel am heutigen Tag erreicht.
Wir drückten uns und stießen mit alkoholfreien Getränken auf diesen
gigantischen Erfolg an. Tränen der Freude rannen meine Wangen

hinab. Das schlimmste war vollbracht.
Theorie Abgeschlossen. Ende – Ende!

Faszination fliegen - Himmel ich komme – Sterne packt euch warm ein.
Mein Ziel ist in greifbare Nähe gerückt.
Der Bremsklotz auf dem Weg zum Durchstarten entfernt.
Ich strahlte mal wieder wie ein Honigkuchenpferd.
Meine Halskette begann zu glühen.
Dieses lilafarbene Leuchten des Amethysts ergriff mich und mir wurde
so unendlich warm ums Herz. Die innere Kälte verschwand in
Sekunden. Was für ein Moment.

Was für ein Glücksgefühl. Nicht in Worte zu fassen.

Die ganze Fahrt über kämpfte ich mit Glückstränen und dem Zwiespalt
von meinem Erlebnis zu erzählen. Soll ich oder soll ich nicht.
Bin ja noch nicht fertig – was, wenn ich die praktische Prüfung nicht
schaffe. Wer weiß schon, was bis dahin noch alles geschieht.
Schweren Herzens entschloss ich mich zum Stillschweigen.
Das war die größte Bürde für mich.

Ich könne angeblich ohne Punkt und Komma quasseln, berichteten
Freunde von mir, und nun – nun wollte ich immer noch nicht mit der
Sprache raus rücken - mein Verstand riet mir, dass dies die bessere
Entscheidung sei. Diesmal glaubte ich es.
Ruhig betrat ich meine Wohnung.
Meine Kinder waren schon zuhause – es war etwas später geworden,
daher hatte sie per Handy darüber informiert – aber sie kamen
angerannt und umarmten mich, drückten mich und zogen mich vor
eine verschlossene Zimmertüre.
Da sei eine Überraschung für mich drin. Etwas super Schönes.
Ich schaute sie erschrocken an, woher sollten Sie wissen?
Mein Junior hielt mir die Augen zu und meine Mädels öffneten die Tür,
führten mich an der Hand zum Tisch.

Dann durfte ich die Überraschung ansehen.
Gigantisch.
Ein riesiger Strauß tiefdunkelroter Baccara-Rosen, mit herrlich langem
Stiel, stand in einer großen Kristallvase auf meinem Tisch.

Ich musste mich erst einmal hin setzten. Was für eine Pracht.
Sagenhafte einundzwanzig Rosen standen mir Spalier.
Ein Blumenzustelldienst habe diese vor gar nicht langer Zeit abge-
geben, berichtete mein Sohnemann. Sogar ein verschlossener
Umschlag habe dabei gelegen, kam es von meinen Zwillingen.
Mit zitternden Händen öffnete ich den Brief und laß die Zeilen:

Sokrates:
Das Glück ist schon da. Es ist in uns.
Wir haben es nur vergessen und müssen uns wieder daran erinnern.

Darunter die Initialen des Absenders.

Meine Kinder sahen auf die Karte.
Schauten auf die Worte – verstanden diese aber nicht sofort.
Ich versuchte zu erklären und strahlte vor Glück.
Das Glück war da – bei mir – in mir. Ich erinnerte mich.

So begann ein herrlicher Abend im Kreise meiner Lieben.
Spontan entschieden wir uns für den Besuch in einer Pizzeria.
Die Beste im Ort. Große Portionen zum günstigen Preis. Zur Feier des
Tages – bei so viel Glück – erlebten wir tolle Stunden.
Satt und zufrieden marschierten wir zurück. Nachdem die Kinder zu
Bett gegangen waren, zündete ich mir ebenso viele Kerzen an, wie
Rosen in der Vase standen und platzierte diese um den Strauß herum
und genoss. Genoss das Licht, den Duft – die Gefühle.
Lies meinen Gedanken mal wieder freien Lauf.
Sah auf meine Vergangenheit – malte mir Geschehnisse in meiner
Zukunft aus. Blick in die Zukunft.

Ich stand hinter einem Engel. Dieser sah nach vorne und lud mich ein, seiner Sicht zu folgen. Ein farbenprächtiger Horizont.
Blaues Meerwasser, ein leuchtender Himmel. Ein Himmel der Lila war.

Kapitel 16 Es kommt immer alles ganz anders - Krebs

Doch es kommt immer alles anders. Wirklich ganz anders.

Aus dem strahlenden Lila wurde tiefschwarz –
wirklich tiefstes Schwarz.

Die Diagnose Knochenkrebs riss mir den Boden unter den Füßen weg.
Der Arzt sah mir in die Augen – ihre Tochter sollte schnellstmöglich operiert werden.

Was redet der da, meine Tochter ist doch gerade erst vierzehn geworden. Er verwechselt da was. Krebs. Das kann gar nicht sein.

Er nahm mich bei der Hand und führte mich alleine in ein anderes Zimmer – dort hing das zuvor hergestellte Röntgenbild.
Schauen sie her. Sehen sie das? Natürlich, es war nicht zu übersehen.
Ein tumoröser Knochen wüchse seitlich an der Teilungsstelle von Schien- und Wadenbein. Es hätte mir schon viel früher auffallen müssen, begannen seine sehr ernsten Worte.
Was soll „mir" auffallen - wenn es meiner Tochter noch nicht einmal aufgefallen ist. Wer denkt denn an so etwas?

Sie hatte keine Probleme, keine Schmerzen und wenn sich ihre Zwillingsschwester nicht beim Toben auf das Bein gesetzt hätte - wären wir noch immer nicht beim Arzt gewesen.
So hatte unser Hausarzt ein bildgebendes Verfahren empfohlen - zur Sicherheit - um auszuschließen, dass bei der Rangelei nichts zu Bruch

gegangen war. Das war die einzig gute Nachricht - es war nichts zu Bruch gegangen.

Wir einigten uns darauf, meiner Tochter erst von der Diagnose zu berichten, wenn durch weitere spezielle Untersuchung, unter anderem ein MRT (MagnetResonanzTomographie) - die Diagnose gesichert war. Für mich eine Höllenzeit – ich konnte kaum mehr klare Gedanken fassen. Warum Sie? Warum nicht Ich? Warum? Warum? Warum?

Waren unsere letzten Wochen und Monate nicht schon von genügend Veränderungen gezeichnet, so aufwühlend, so viele unschöne Erlebnisse. Kann man in Worte fassen was durchzustehen ist - was In einem vorgeht? Tränen flossen aber Worte fand ich keine.

Am Tage funktionierte ich irgendwie – in der Nacht weinte ich und fand keinen Schlaf. Mein Leib wurde immer ausgezehrter, im Gesicht wuchsen die Sorgenfalten.
Mama, du kannst dir zu Weihnachten ein Lifting wünschen, versuchten mich meine Kinder abzulenken. Du siehst sehr müde aus.

Ich versuchte – so gut es ging – meinen Kummer vor ihnen zu verbergen. Weihnachten - ich durfte gar nicht daran denken, die Tränen flossen einfach.
Krebs. Weihnachten. Chemotherapie. Fest der Liebe. Traurigkeit. Angst. Resignation – solch eine unendliche Leere.
Allein diese Diagnose fühlt sich an wie ein innerer Weltuntergang – es wurde noch getoppt.
Die Ärztin, die das MRT besprechen sollte, war so „taktvoll" (das ist hier Sarkastisch gemeint!) – das Sie ohne ein Blatt vor den Mund zu nehmen und an den Geist einer vierzehnjährigen zu denken –
die Diagnose laut heraus posaunte.
Meine Tochter sah mich entsetzt an.
Wusste Sie bis zu diesem Moment noch nicht was los war – nun gab es kein Halten mehr – es war furchtbar.

Noch nicht schlimm genug? Kann man dies Leid und Leiden noch übertreffen? Man konnte!

Wie sagte die Ärztin so „nett" (auch dies meine ich absolut sarkastisch) – jede weitere Untersuchung kostet Sie einen „Eigenanteil" von Zweitausend Euro! Die Krankenkassen haben zusätzliche Leistungen dieser Art aus ihrem Zahlungskatalog gestrichen.
Es tut mir leid für Sie – ohne Bezahlung keine Untersuchung.

Das muss ich Träumen? Ein Alptraum! Was für ein Alptraum!
Wach auf – wach auf, hörte ich mich sagen.
Kniff mich in die Wange und in den Arm. Muss mich verhört haben.
Ich wiederholte meine Fragen bezüglich weiterer Untersuchungen – natürlich auch um eine Miteinbeziehung ihrer eineiigen Zwillingsschwester. Die Wahrscheinlichkeit das Sie auch einen versteckten Knochentumor haben könne – war ja Naheliegend.

Ich wurde angesehen, als wäre ich vom Mars.
Pro Kind – pro Untersuchung müssen Sie 2.000,00 Euro Eigenanteil bezahlen – haben Sie mich nicht verstanden?
Es folgten weitere unschöne Worte.
Das werden wir sehen, sagte ich noch– und wenn es vor Gericht ist.

Ich bin sicher auch keine einfache weibliche Persönlichkeit, sicher auch mal schlecht gelaunt und aufbrausend – kann laut und böse werden – aber diese Ärztin war für diese Aufgabe in keinster Weise geeignet.
In keinster!

Frauen sind in emotionalen Angelegenheiten, in den beruflichen aber erst recht in Partnerschaften - oder wenn diese zu Bruch gegangen sind – oft unerträglich. Auch da habe ich in meinem Leben schon so einiges erleben müssen oder es berichtet bekommen.
Viele – sehr viele Frauen nehmen ihr privates Schlachtfeld mit in den

Beruf. Einer anderen die Augen auszukratzen scheint für Ablenkung sorgen zu können.

Eine Bekannte hat ihrem Partner, weil er ihr nicht pro Monat „eintausendfünfhundert Euro" Haushaltsgeld geben wollte – während einer Besprechung mit den Angestellten - die Hosen runter gelassen und eine Szene gemacht, das er zur Lachnummer des Betriebes wurde. Hoffte bei mir auf ein offenes Ohr – das Sie nicht bekam – ich fand es mehr als unverschämt. Was ich ihr auch zu verstehen gab.
Das war unser letztes Telefonat.

Eine andere hatte ihrem Mann ein Haus weggenommen, Auto und Bargeld eingesäckelt und beschwerte sich, warum der Ex bocken würde, wenn er die private Krankenversicherung der zwei Jungs bezahlen solle und die Kosten für Schule, wie Bücher – Fahrkarten. Ihre Arbeitskolleginnen wären alle blöd und verstünden „Sie" nicht. Sie sei doch im Recht, der miese Kerl habe sie schließlich wegen einer anderen verlassen und verdiene Bestrafung.

So etwas bringt mich in Rage.
Ich bin zwar selber eine Frau – aber solch ein Verhalten finde ich absolut unwürdig.
Vier Männer lernte ich kennen die solch eine Situation erlebt hatten und diese aus ihrer Perspektive berichteten.
Spannend - sehr spannend ihre Art und Weise der Verarbeitung anzuhören.

Einer beeindruckte mich am mächtigsten.
Sie leerte ihm alle Konten - skrupellos räumte sie einfach alles ab – wenn sie gekonnt hätte – sie hätte ihm noch die Unterwäsche, die er am Leib trug – genommen.
Das so eine Person überhaupt noch in den Spiegel sehen kann.
Kann solch eine Frau noch Selbstachtung vor sich haben?
Wie tief muss „Frau" sinken um sich so zu verhalten?

Und das alles im Namen der Gerechtigkeit?
Die geschlossenen Verträge würden belegen das die „Frau" das Recht habe alles zu nehmen - rücksichtlos alles.
Ist so etwas wirklich gerecht? Er nahm sie nichts desto trotz in Schutz.

Ich persönlich – „Ich" - finde diese Frauen sind mehr als Skrupellos. Charakterlos. Ohne Anstand und Ehre - verlangen dies aber vom anderen ein.

Auch wenn ich dies alles am eigenen Leib erleben musste! - mir ist es wichtiger - mit Stolz in den Spiegel sehen zu können.
Mit Stolz zu sagen, dass ich es geschafft habe.

Hilfe ist selbstverständlich notwendig, in Maßen, im Rahmen des Möglichen – das muss sein und gehört sich auch so – aber nicht auf Biegen und Brechen und ein Leben lang.
Almosen-Empfängerin sein? Die „Ex" die den Hals nicht voll genug bekommen kann? Nein Danke! Ich Nicht! Ich Nicht.
Auch wenn es für mich schwieriger war – es war jede Mühe wert – ein erhabenes Gefühl. Ein Glücksgefühl. Achtung und Selbstachtung.

Das kann ich an dieser Stelle wirklich jeder Frau wünschen und freue mich für all die – die ebenfalls mit Stolz in den Spiegel sehen können.

Ob es die Frau aus der Zahnarztpraxis noch kann?
Die aus dem Zeichnungsbüro oder die, bei der es montags morgens immer so ruhig bei einer Behandlung war?
Die, die dem Partner vorwarf wegen ihm in psychologische Behandlung gehen zu müssen. Auf seine Kosten – versteht sich!
Sie sah keine Schuld in Ihrem Verhalten, auch wenn Sie über Jahre nur noch als Bruder und Schwester zusammen lebten und Ihm die Liebe und einiges mehr fehlte. Sie fühlt sich noch immer tatsächlich vollkommen Unschuldig - und Er - Er nahm alle Schuld auf sich. Leidet weil Sie noch leidet, keine Einigung in Sicht. Ganz im Gegenteil.

Ganz zu schweigen von der Ärztin – ihre Probleme hätte ich zu gerne erfahren. Hoffe für Sie, dass sie niemals in solch ein Erlebnis hineingezwungen wird. Wünsche ihr mehr Menschlichkeit. Mehr Mitgefühl.

Wünsche vielen Frauen die Weitsicht – für sich selber Verantwortung zu übernehmen.
Dieses Glücksgefühl dabei zu erleben, mächtig – richtig mächtig stolz auf sich selber sein zu können. Auf sich selber!
Träume zu Leben. Ziele zu setzten.
Nicht auf Kosten anderer – versteht sich - und wenn einer der Träume die Sportpilotinnenlizenz ist, es ist möglich.

Alles ist möglich!

Sechs Wochen später wurde die Operation in einer Uniklinik durch-geführt. Kompetente Ärzte. Wirklich kompetente Ärzte und siehe da – auch hervorragende weibliche Medizinerinnen. Verständnisvoll. Stützend. Hilfreich. Der Tumor gutartig.
Keine Chemotherapie – vorerst – nötig.
Kontrollen. Untersuchungen. Geniale Betreuung.
Das Mädchen im Nachbarbett hatte die siebte Operation hinter sich. Wir geben nicht auf. Niemals.

Blick in die Zukunft. Weihnachten.

*

Bis Weihnachten hast du es bestimmt geschafft, entgegnete mir mein Fluglehrer schmunzelnd. Das ist jetzt nicht dein ernst – oder, fragte ich

vollkommen irritiert. So lange soll das noch dauern?
War nur ein Spaß – keine Sorge – du liegst gut in der Zeit, im
Spätsommer wirst du fertig werden – sofern du weiterhin fleißig übst.
So viel wie geht, das weißt du ja – aber die Auszeit durch die
Erkrankung meiner Tochter unaufschiebbar – ich dachte ja schon alles
hinschmeißen zu müssen. Es war so schlimm – so unfassbar.
Nun geht sie wieder zu Schule.
Den Rollstuhl hätte Sie am liebsten nicht mehr hergegeben, aber zum
Glück ist das vorerst durchgestanden.
Sie ist wieder fröhlich.
Ich bin wieder zuversichtlich und gebe nun alles, mein Ziel zu
erreichen. Eigentlich wollte ich nicht mehr - hatte ich dir ja
geschrieben - denn all das erlebte hat mal wieder gezeigt –
Gesundheit ist das höchste Gut!

Gesundheit ist das Höchste!

Was nutzt mir Geld - ein Haus, in dem ich keine Treppen mehr steigen
kann weil ich an einen Rollstuhl gebunden bin.
Der Kampf um Teilbarkeit von Gütern, oder die bösen Worte zu einem
anderen Menschen. Die Uneinsichtigkeit.
Gemeinheiten und Seelenverletzungen, wenn mich Krebs in die Knie
zu zwingen scheint.
Das alles macht krank. Wer braucht das?
Es ist nie zu spät für Einsichtigkeit. Für einen neuen Weg.

Ich möchte es nun schaffen, möchte von dir lernen das Flugzeug
alleine zu fliegen - zeige mir den richtigen Weg - ich sah meinen
Fluglehrer bittend an. Er drückte mich fest und meinte aufmunternd,
du bist bald soweit. Komm, wir gehen fliegen.
Ab in den Himmel mit dir. Umkehrkurven. Gieren, Rollen und Nicken –
mal sehen was du noch drauf hast. Wir lachten beide.
Zwei Flugstunden später kam alles ganz anders.

Es kommt immer alles anders!

„Ich" lag im Krankenhaus. Operation. Es ging alles sehr schnell.
Keine Zeit zum Nachdenken.
Wenn ich das überlebe – dann wird alles anders.
Wieder alles anders?
Nun - nun Zeit zum Nachdenken! Zwangspause für mehrere Wochen!

Gesundheit ist und bleibt das höchste Gut – wirklich!

*

Wirklich – der Hai sah mich an – als könne er meine Gedanken lesen.
Meine Angst spüren. Meinen inneren Kampf.
Seine Augen veränderten sich. Sie begannen zu funkelten, waren
gesprenkelt. So etwas hatte ich noch nie gesehen. Er zog mich an wie
ein Magnet. Ich spürte seine Haut unter meinen Fingern.
Das Leopardenmuster so eindeutig. Die hellen und dunklen Flecken.
Welch eine Gefühlsexplosion in mir. Unvorstellbar.
Niemals in Worte zu fassen.

Ich habe ja schon viel erlebt – sehr viel – aber nun hatte ich tatsächlich
einen lebendigen Hai – in siebenundzwanzig Metern Wassertiefe
gestreichelt. Hautkontakt.
Menschenhand auf pulsierendem Haikörper. Ich habe es gefühlt.
Seine Kraft und Energie gespürt. Seine Macht.
Angsteinflößend. Erhaben.
Er zuckte kurz, dann schwamm er davon.
Mein Herz schien still zu stehen. Vor Schreck - vor Ehrfurcht.
Ich sah auf die Anzeigen meiner Tauchinstrumente – der nächste

Schreck. Meine Luftanzeige näherte sich dem roten Bereich. Nicht gut. Gar nicht gut.

Ich musste hoch – so schnell es ging – Sei besonnen – Auftauchzeit einhalten. Wird mir das gelingen. Habe ich dafür genug Sauerstoff dabei. Ruhiger atmen. Langsame Atemzüge.

Es gelang. Wir feierten an Bord.

Konnten noch gar nicht fassen was wir da eben in der Tiefe erlebt hatten. Mein Innerstes schlug Purzelbäume und fuhr Achterbahn, in dieser Reihenfolge – oder sogar alles gleichzeitig.

Ich hatte tatsächlich einen Leopardenhai berührt und war - gerührt.

Am Abend mischten wir uns unter die tobenden Menschenmassen an der Beach von Pattaya. Zogen von einer Bar in die nächste.

Sahen uns die halbnackten Tänzerinnen an, aßen leckere Spießchen an den kleinen Garküchen, tranken Cocktails und ab und zu genossen wir ein Gläschen Mekong – hochprozentiger Schnaps – natürlich nur wegen der Verdauung.

Ein wunderschönes Fleckchen Erde, wäre nur dieser Sex-Tourismus nicht so abstoßend gewesen. Ungläubig wurden wir immer wieder Augenzeugen dieser Handlungen. Es ging unter die Haut.

Die armen Mädchen und Jungs.

Noch so jung – blutjung und kindlich, so zart und zerbrechlich und schon gezwungen das Geld, für die Familie, auf diese Weise zu verdienen. Ein abscheulicher Gedanke. Gekauft für Sex.

Kleine Seelen zerstört. Wer Hilft. Wie kann man einem ganzen Land helfen? Es machte melancholisch. Traf mitten ins Herz.

In einem der Tanzlokale brüsteten sich zwei Gesprächspartner damit – wie günstig sie doch für einen ganzen Monat die Dienste erkauft hatten. Deutsche. Mir wurde übel – richtig übel.

Konnte es nicht verhindern, dass mein Erbrochenes auf Ihnen landete. Eine Entschuldigung war mir nicht möglich, drehte mich um und rannte weg.

Mit dem Flugzeug ging es von Pattaya nach Phuket – die Perle der Andamanen-See, knapp 900 Kilometer von Bangkok entfernt und eines der beliebtesten Reiseziele Thailands.

Herrliche Berglandschaft mit dichtem tropischem Dschungel und malerischen Buchten.

Kristallklares Wasser und flach abfallende Küsten.

Idyllische Wasserfälle – aber nicht so spektakulär wie auf Bali – und viele kleine Seen. Phuket ist tatsächlich eine landschaftliche Schönheit. Die tropisch bewachsenen Berghänge und die mit Palmen bedeckten Hügel eine Augenweide für die Sinne und das Wohlgefühl.

Einfach wunderschön.

Dazu die vielen kleinen tropischen Inseln, die zu einer Stippvisite einladen. Oft unbewohnt, höchstens von Fledermäusen und Schwalben und dazu eine himmlische Ruhe.

Auf den bewohnten Inselparadiesen wurden wir alle durch die romantischen Fischerdörfer, Höhlen und Kokoshaine eingeladen. Welch eine Vielfalt und Pracht.

Es wurde berichtet, das Phuket im 19. Jahrhundert bekannt geworden ist. Es hatte eine verkehrsgünstige Lage direkt am Handelsweg zwischen Indien und China und lebte hauptsächlich von hohen Zinnvorkommen. Dadurch wurde mit vielen weiteren Ländern wie Frankreich, England und Portugal reger Handel getrieben.

Daher ist auch heute noch der portugiesische Baustil in der Stadt geprägt, natürlich auch der chinesische mit seinen Tempeln und Schreinen, wurde erklärt.

Allerdings werden mehr und mehr Hotels gebaut, die touristische Infrastruktur solle schnellstmöglich ausgebaut und vervielfacht werden. Elefantenreiten eine neue Attraktion - Shoppingzentren seien geplant. Wir alle waren entsetzt und hofften, dass nicht alles dem Tourismus zum Opfer fallen würde. Es wäre schade um dieses traumhaft schöne Plätzchen Erde.

Unser beliebtestes Transportmittel vor Ort waren die „Song-Thaews". Dies sind umgebaute Lastwagen, die auf ihrer Ladefläche je zwei Sitzreihen aufzuweisen haben. Nicht sehr bequem und äußerst wackelig, aber ein richtig günstiges Fortbewegungsmittel.

Die Song-Thaews düsen zu allen Städten und Strandabschnitten und fahren einen auch wohin man möchte.

Und immer genügend Kleingeld dabei haben, die Fahrer halten einfach die Hand auf und los geht's. Ein Spaß den man unbedingt erlebt haben sollte, denn auf den holprigen Straßen sitzt man auch schon mal ungewollt auf dem Schoß seines Sitznachbarn. Kontaktfreudig sollte man schon sein und keine Berührungsängste haben – dann gibt es viel zu erleben – für wenig Geld. Ab und zu nutzten wir auch dort die Tuc-Tuc's – aber die Fahrten damit waren erheblich teurer als unsere witzigen Lastwagen.

Unsere Tour nach Koh Samui bewältigten wir allerdings mit dem Bus. Einfach an die Haltestelle stellen, wenn ihr Glück habt kommt einer, war die Aussage der Einheimischen. Die Uhrzeiten sind nicht genau festgelegt. Spannend. Sehr spannend. So hält man sich eben ein paar Stunden an der Haltestelle auf und hofft, dass ein Bus anhält.
Wir landeten einen Volltreffer, ohne lange Wartezeit. Super.
Auf zur Kokosnussinsel, die schon auf alten Seekarten der chinesischen Ming Dynastie verzeichnet gewesen sein soll.
Seit über 1500 Jahren seien Siedler dort und würden sich – das Volk von Samui - nennen. Es wäre die drittgrößte Insel Thailands und läge im Golf von Siam. Die Insel verzauberte. Was für ein Charme.
Es gab endlose Palmenwälder und herrlich weiße Sandstände mit

vielen schattigen Stellen durch diese riesigen, hochauftragenden Palmen. Die Buchten waren Paradiesich, luden zum Schnorcheln und Tauchen ein – was wir auch ausgiebig taten.

Es gab jederzeit und überall fangfrische Meeresspezialitäten – einfach köstlich – frisch vom kleinen Grill. Der längste und beliebteste Strand „Chaweng" fand sich an der Ostküste, aber auch Lamai war klasse – dort war Wassersport und Feiern angesagt.

An jeder Ecke wurde dort etwas anderes angeboten, wir nahmen Jet-Ski fahren und Paragliding. Ich fuhr das erste Mal in meinem Leben einen Jet-Ski. Was für ein Vergnügen, mit Vollgas über das Wasser zu rauschen. Herrlich.

Beim Kurvendrehen entstanden Wellen, über die es in der nächsten Runde zu springen galt. Ein hoch und runter. Schneller und schneller. Das salzige Wasser spritze einem feucht fröhlich ins Gesicht.

Die heißen Sonnenstrahlen ließen die Haut – trotz des kühleren Wassers – warm und geschmeidig erscheinen. Zurück an Land konnte man sich die weiße Salzkruste vom Leib rubbeln oder sich im einladend feinen Sand nieder lassen. Sich einbuddeln und das Ambiente genießen - ein leckeres Getränk in der Hand. Gute Musik aus den Boxen der Strandbars. Wir gönnten uns weitere leckere Snacks aus den Garküchen und zum Entspannen und Auftanken ging es in den Inselnorden. Wunderschöne Strände, glasklares Wasser.

Vom Norden ging es zur Westküste.

An der Taling Ngam Bucht machen wir es uns so richtig gemütlich.

Lagerfeuer, leckere Getränke, frisches Obst und Fisch.

Warteten schon sehnsüchtig auf das bevorstehende Abenteuer.

Einer der schönsten Sonnenuntergänge die ich bis dahin je erlebt hatte. Zwischen zwei kleinen vorgelagerten Inseln versank die Sonne mit spektakulärem Farbenspiel im Meer.

Ein dunkelroter Feuerball.

Wie eine Mischung aus Rot- und Blautönen. So leuchtend. So Magisch.

„So geht Leben", dachte ich bei mir.

Wie Hypnotisiert saßen wir alle am Strand. Genossen den Anblick, die Ruhe – es waren keine Worte nötig. Ein jeder genoss das Erlebte auf seine Weise.

Bevor es weiter nach Krabi ging, machten wir uns auf Entdeckertour.
Üppiger Regenwald, eine vielfältige Tierwelt und eine so schöne
tropische Pflanzenwelt sorgten für weitere exotische Begegnungen.
Natürlich auch die Tempelanlagen und der große Buddha.
Alles mit so viel Liebe zum Detail hergestellt. Wirklich wunderbare
kulturelle Sehenswürdigkeiten. Aus knapp sechshundert Metern Höhe
genossen wir zum Abschluss das grandiose Panorama.
Sehr beeindruckend. Dem Himmel so nah – ganz nah.

Nach den herrlichen Tagen in Phuket und Koh Samui machten wir uns
alle mit den Song-Thaews (den Lastwagen mit Sitzbank) auf nach Krabi.
Eng und heiß und äußerst wackelig. Der Po schmerzte durch die harte
Holzbank, aber der Preis war unschlagbar günstig – da wurden blaue
Flecke in Kauf genommen. Durchgeschüttelt und vollkommen
verschwitzt kamen wir an unserem Ziel an.

Krabi.
Etwas mehr als achthundert Kilometer von Bangkok entfernt, liegt
dieses idyllische Paradies an der Andamanensee.
Ein schlichter kleiner Ort in der Nähe der Mündung des Krabi Flusses.
Reges Treiben auf den Straßen. Täglich Märkte mit frischen Früchten
und Meerestieren, Gewürzen und allerlei Spezialitäten – so auch
geröstete Kakerlaken. Diese aß ich nicht!
Es ging einfach nicht. Ich hatte mir ja vorgenommen alles Mögliche zu
kosten, aber hier konnte ich mich einfach nicht überwinden.

Die Buchten und ihre Strände vereinten die schönsten Eigenschaften
die solch ein Ort aufzuweisen vermag. Weicher und feiner weißer
Sand traf auf warmes und kristallklares Wasser mit einem üppigen
tropischen Grün - das sogar bis an die Küstenlinie heranreichte.
Dazu die rostfarbenen Klippen und bizarren Kreidefelsen - manche bis
zu dreihundert Meter hoch - bildeten einen atemberaubenden Hintergrund in dieser Traumkulisse. Ein Anblick für Geist und Seele.
Auftanken. Kraft schöpfen.

Kein Wunder also, das dort auch diverse Kinofilme gedreht wurden. Die beiden Zwillingsinseln Phi Phi Island und Ko Lanta sind zwei der bekanntesten Schönheiten. Aber auch im Binnenland gab es viel zu entdecken. Der Nationalpark mit Kalksteinbergen sowie die Mangrovenwälder. Ferner sollte es, wie in Neuseeland auch, durch Geothermie - natürliche Warmwasserteiche und beeindruckende Wasserfälle geben, diese waren unser nächstes Ziel.

Mit dem Motorrad. Alle die fahren durften, mieteten sich ein Gefährt, dann ging das Abenteuer los.

Ich hatte mir eine robuste Geländemaschine ausgesucht.

Die Straßen – wenn man diese überhaupt als solche bezeichnen konnte – ein Alptraum. Schlagloch an Schlagloch. Zum Glück hatte meine Maschine eine gepolsterte Sitzbank. Das war erträglich und wie gut, dass wir einen Kenner dabei hatten – er wusste den Weg.

Behauptete er zumindest.

Die heißen Quellen – das heutige Ziel unserer Tour - lag nämlich mitten im Urwald. Angeblich sei der Weg ausgeschildert, waren seine Worte, nach dem wir das dritte Mal an derselben Kreuzung ankamen. Zwischen Krabi und Ao Nang, ließ er verlauten, aber kein Schild in Sicht. Kein Weg. Keine Abzweigung.

Er führte die Meute - mit zig Motorrädern – auf diesen katastrophalen Wegen kreuz und quer durch den Urwald.

Was für ein Glück – wir trafen auf ein kleines, abgeschiedenes Dorf. Die Bewohner kamen sofort angelaufen – sahen uns ganz erstaunt an. Was die wohl über uns dachten. Wir versuchten uns in englischer Sprache zu verständigen, doch dies schlug fehl. Nicht einer verstand uns.

Ich hatte noch ein ganz anderes Problem.

Von der langen Fahrt und den holprigen Straßen war meine Blase randvoll. Nicht schlimm dachte ich so bei mir, setze dich einfach irgendwo hinter einen Baum und finde Erleichterung.

Gesagt getan.

Ich sagte meinen Begleitern Bescheid und spazierte los.
Da es hinter mir so seltsam raschelte, drehte ich mich erschrocken um.

*

Träume - Ziele. Nicht aus den Augen verlieren. Niemals.

Blick in die Zukunft. Ich bin wieder da. Ich habe mein Leben zurück.
Sonnenstrahlen auf der Haut. Sterne am Firmament.
Glückliche Gedanken. Vergangenheit lass ruhen. Zukunft ich komme.

Der langersehnte Brief vom Fliegerarzt war endlich in der Post.
Alle Fakten und Blutwerte sprachen dafür – das vorübergehende
Flugverbot wurde endlich aufgehoben.
Freudestrahlend rief ich meinen Fluglehrer an.
Wir verabredeten uns zu neuen Unterrichtsstunden und ich lernte
was die Windungen im Gehirn hergaben.

Höhenruder, Seiten- und Querruder und dessen Eigenschaften.
Die flotten Umkehrkurven - das Rollen, Nicken und Gieren.
Neu im Programm und sehr lästig die Ziellandeübungen.
Motor aus (also Leistung raus) in 2700 Fuß Höhe und den Flieger
landen wie ein Segelflugzeug. Das muss sitzen. Das musst du im Schlaf
beherrschen. Eine der wichtigsten und vor allem eine durchaus lebens-
rettende Übung. Nicht lästig – wirklich nicht lästig!
Das ist eine der Hauptprüfungsaufgaben, also strenge Dich an und
keine Augen verrollen meine Gute!
Ich sage doch gar nichts, kontere ich leicht schmollend - sehne mich
nach den theoretischen Unterrichtsstunden zurück.
Das war gemütlich und oft spaßig.

Nun Außenlandeübungen und Notfallübungen.

Nichts dem Zufall überlassen. Geschwindigkeit nie aus den Augen verlieren. Libelle im Käfig.

Ständig und andauernd macht der Kerl mir den Motor aus – sinnbildlich sozusagen, er nahm einfach das Gas raus, die Leistung, die Energie. Suche dir eine Landefläche. Wo gehst du runter.

Schneller reagieren. Die Zeit ist zu kostbar. Reagiere!

Ich stöhne mal wieder. Will flüchten – doch leider klappt das hier oben so gar nicht. Mist. Da muss ich durch. Nicht aufgeben. Ich rede mir gut zu. Trimme „die Süße C 42" aus, Steuerdruck weg. Hände frei.

Landung vorbereiten. Höhen abschätzen.

Landekonfiguration muss sitzen. Wann wird welcher Schalter und Hebel benutzt und warum. Arbeite Dich von oben nach unten durch. Vergiss nichts.

Dann sanft aufsetzten, nicht fallen lassen – Touch an Go.

Startabbruchübung, dreimal bis zum Pistenende aufsetzten, mittig bleiben. Luftsack beobachten, linke Tragfläche in den Wind.

Sieh hin, sieh hin und wieder hoch auf Dreitausend Fuß.

Korrekter Funkverkehr.

Thermikübungen über dem Solarfeld.

Fühle es – spüre es – sieh dir den Höhenmesser an, fünf Meter pro Sekunde. Klasse, lächelt er mich an - Wo bleibt deine Begeisterung? Ich lache laut auf – du und dein Sprüchlein.

Zeige mir Standardkreise mit 20° Schräglage und Steilkreise mit 45° Schräglage. Höhe beibehalten. Koordiniert steuern.

Leistung erhöhen wenn erforderlich. Überziehen bis zum „Stall" und Abfangen. Mein Fluglehrer grinst mich an - gut so Mädchen.

Nach der nächsten Landung zurück zum Hangar.

Wir machen eine Pause. Korrekter Funkverkehr. Abschluss melden.

Mein Kopf qualmt. Bin froh über die Unterbrechung. Blase will entleert werden.

Frisch gestärkt und mit neuer Kraft wird weiter geübt.

So oft es mir irgendwie möglich ist – und das Wetter es zulässt - Cruise im Himmel umher. Überlandflug- oder Platzrundenplanungen durchgeführt. Alle Papiere an Bord. Außen- und Innenkontrolle nach Checkliste durchgeführt. Kontrolle vor dem Start.

Korrekter Flugfunk - diese nette Phraseologie - ich melde die „Delta – Mike" zu weiterer Platzrundenübung an.

Der Flieger ist fast vollgetankt. Auf und davon. Los geht´s.

Führe den Start durch und beachte die Seitenwindkomponenten.

Gehe in den Steigflug auf die vorgegebene Höhe, Geschwindigkeit beachten. Platzrundenvorschriften einhalten. Flugrouten kontrollieren. Libelle im Käfig. Horizontalflug – Höhe halten. Platzrundenkurs mit Kompass- und Sichtkontrolle durchführen. Stromleitungen. Windkraftanlagen. Autobahnkreuz und Fluss sind sichtbar.

Einhaltung des Kurses, so wie ich diesen geplant und notiert hatte. Beobachtung des Luftraumes und natürlich meiner Instrumente. Abweichungen erkennen und korrigieren. Vor dem Kurvenflug die Tragfläche hoch. Luftraum frei. Steilkreis in 45° Schräglage.

Leistung erhöhen aber die Höhe beibehalten. Kleinorientierung. Auffanglinien. Golfplatz – Steinbruch – die drei kleinen Seen. Alles da. Navigatorische Sicherheit – es klappt.

Ich grinse mal wieder. Was für ein Gefühl.

Ziellandeübungen- Motor aus. So gut es mir möglich ist meistere ich die mir aufgetragenen Aufgaben.

Nach der nächsten Landung bitte zum Hangar, ich schaue Bernhard fragend an. Jetzt schon. Muss dringend Telefonieren – seine kurze Begründung. Also bringe ich den Flieger gefühlvoll zu Boden und wir rollen langsam zurück zum Hangar.

Bin etwas sauer auf Bernhard, würde gerne noch eine Stunde nutzen, bevor ich nach Hause muss, aber wenn es nicht geht, dann muss ich mich leider fügen. Kaum am Parkplatz angekommen und den Flieger vorschriftsmäßig abgestellt springt mein Fluglehrer raus.

Ohne weitere Worte geht er einfach davon.

Ich sitze noch leicht irritiert im Cockpit, da kommt er – gefolgt von einem mir fremden Mann - zurück.

Öffnet meine Türe und stellt mir diesen „Stefan" vor.

Er fliegt nun mit dir - sprach dies und ging schmunzelnd davon.
Große Augen – offener Mund.

*

Einige Erwachsene und fast alle Kinder aus dem Dorf schienen mir zu
folgen. Was sollte das denn. Ich wollte doch nur mal für kleine
Mädchen. Egal in welche Richtung ich ging – sie kamen mir hinter her.
Das wurde nun so langsam brenzlich. Also ging ich zurück und fragte
nach einer Toilette. Schulterzucken wurde mir entgegengebracht.
Toilett?, versuchte ich es weiter. Dann WC und alles was mir so einfiel.
Dann endlich die Erlösung – das Wörtchen „Pi Pi" schien einer zu
erkennen. Oh, Rettung naht, dachte ich.
Endlich einer der weiß was Pipi machen bedeutet. Brav folgte ich dem
Mann in eine große Hütte hinein. Keine Elektrizität, kein fließendes
Wasser. Ein paar Kerzen und Eimer mit Wasser gefüllt. Das kannte ich
doch. Erinnerungen an meinen Aufenthalt in der Südsee kamen hoch.
Wo bringt mich dieser Herr nur hin.
Mir wurde langsam etwas mulmig und das Bedürfnis sich so schnell als
möglich der gefüllten Blase entledigen zu müssen wurde quälend.

Plötzlich blieb er stehen - strahlte mich an und zeigte mir „Pi – Pi".
Ich sah ihn Fassungslos an. Das sollte Pi Pi sein?
Da stand – hinter einem Vorhang – ein großer Korb mit einer Art
Getreide – so wie bei uns Weizen oder Roggen – dies hielt er mir nun
freudig vors Gesicht. Ich wurde blass. Ganz blass.
Wenn ich nicht bald eine Toilette finden würde, dann liefe es wahr-
scheinlich einfach so an meinen Beinen herab und ich wäre die
Lachnummer des ganzen Ortes und meiner Begleiter und überhaupt.
Mein Gedanken fuhren Karussell. Wo finde ich eine Stelle an der ich

„Pipi" machen kann. Ich bedankte mich nett und gezwungen lächelnd bei dem Mann und rannte hinaus zum Motorrad.

Ein Wörterbuch. Ich hatte ein Wörterbuch im Rucksack.
Die Rettung.
Ich wurde schnell fündig und hielt den Bewohnern das Buch mit dem Wort „Toilette" entgegen.

„Hong Naam – Hong Naam" – wurde gerufen. Hong Naam.

Was auch immer – ich rannte jemandem hinterher.
Ob ich dieses Loch in der Erde, mit zwei Griffen zum festhalten, wirklich Toilette nennen möchte – ich überlege es mir noch – auf jeden Fall brachte es mir die ersehnte Erleichterung. Mit einer Schöpfkelle sollte ich Wasser aus einem Eimer nachgießen. Was für ein Luxus.

Bin ich froh, dass wir in unserer Welt nicht mehr so primitiv klar kommen müssen. Hong Naam – ich werde dich niemals mehr vergessen. Wir bedankten uns recht freundlich und ein paar Kinder aus dem Dorf begleiteten uns zu den heißen Quellen.
Die Wassertemperatur würde das ganze Jahr über etwa dreißig bis vierzig Grad Celsius betragen. Über große Kaskaden – in denen man wie in einem gemütlichen Whirlpool sitzen oder liegen konnte – lief das Wasser hinab bis zu einem Fluss. Es war kristallklar, so wunderbar und ein bezaubernder Ort.
Die Kinder, die uns begleitet hatten, zeigten uns die Einstiege und so folgten wir den kleinen und größeren Badewannen bis hinunter zum Fluss. Dort hingen Lianen und wir bekamen gezeigt, wie man sich daran fest halten musste um in den glitzernden, türkisfarbenen Fluss zu springen. Was für ein Spaß. Ob Klein oder Groß – ob Jung oder Alt, wir lachten und tobten und genossen einen sportlichen und sehr abwechslungsreichen Tag. Das Wasser im Fluss war bedeutend kälter als das aus den Kaskaden, doch es erfrischte so herrlich.
Nach den Kletter- und Sprungaktivitäten machten wir es uns in einem

der heißen Poole so richtig gemütlich. Die Kinder pflückten uns Früchte von den Bäumen und brachten uns kleine Getränkeflaschen. Obwohl wir einander nicht verstanden, sprachen diese großen runden Kulleraugen mehr als tausend Worte – es konnte einem das Herz erweichen. Wir hofften wirklich sehr, dass Sie ihre kleinen Körper niemals für Geld verkaufen mussten.

Ich nahm ein paar tiefe Atemzüge.
Genoss das heiße Wasser auf meiner Haut. Es machte schläfrig und der schwefelhaltige Geruch lag charakteristisch in der Luft.
Die Sonne brannte durch die Baumwipfel herab, ließ aber auch feine Schatten entstehen. Die Bäume schienen ebenfalls miteinander zu verschmelzen. Die Äste überlagerten sich. Die Blätter verschwammen in meiner Fantasie zu einem mächtigen Drachen.
Groß und mystisch wie einer der Bewacher der bedeutsamen Tempelanlagen. Erst war dieser ein dunkelgrauer Schatten, doch dann entstanden kleine bunte Farbtupfer in ihm.
Seine bedrohend wirkenden Augen begannen zu leuchten wie Smaragde. Um mich herum erstrahlte die Welt in grünlich-gelben Lichterglanz. Ergriffen meinen Leib. Die Füße, die Waden und Beine. Stiegen den Oberkörper empor bis zum Geist. Eine innere Ruhe und Gelassenheit entstand, ein glückliches und zufriedenes Gefühl.
Ich nahm auf dem Rücken des Drachens Platz. Ein kurzes Sträuben und Schnaufen, dann erhob er sich mit mir in die Höhe.
Kraftvoll und gleichmäßig begann er mit seinen Schwingen zu schlagen. Seine Muskeln waren so stark und imposant.
Sein Körperumriss gewaltig. Er gehorchte mir. Ich war seine Herrin.
Mit sanften Berührungen konnte ich ihn steuern. Legte ich ihm meine rechte Hand auf seine rechte Schulter, so flog er nach rechts, machte ich diese Bewegung nach links, so folgte er nach links.
Ruhten meine Hände still auf ihm, so schoss er geradeaus in den Himmel oder wieder herunter in den Urwald zurück.
Geschickt umflogen wir die Bäume und Hindernisse. Intuitiv und ohne große Anleitung manövrierte er uns durch die Traumwelt dieses bunten Paradieses. Mein langes Haar flatterte im Wind.

Ich jubelte und schrie vor lauter Glücksgefühl. Hätte die ganze Welt umarmen können. Mein Körper vibrierte und zitterte. Als würde mein Geist in Schwingungen versetzt werden.

Wie Wellen im Ozean - so breiteten sich diese energetisierenden Wellen in mir aus - ergriffen mich. Befreiten mich.

Der Klang des Fahrtwindes und des Meeres rauschte in meinen Ohren. Spürte den mächtigen Herzschlag des Tieres. Das Adrenalin in mir. Ich gab Anweisung zum Rückflug. Nur kurze und gefühlvolle Zeichen. Er verstand. Schnaubte erneut tief durch.

Fast unmerklich legte er sich wieder auf dem Untergrund ab, ließ mich absteigen. Ich sah ihm tief in seine smaragdgrünen, faszinierend wild gesprenkelten Augen. Bedankte mich für diesen atemberaubenden Flug. Für die Impressionen und Eindrückte.

Was für eine Welt.

Als ich meine Augen öffnete sah ich ein kleines Mädchen.

Sie hielt mir ein Stück Obst hin und strahlte mich an. Ihre großen braunen Äugelein funkelten. Ob Sie Gedanken lesen konnte - Sie schien etwas zu ahnen, zu fühlen. Dankend nahm ich die leckere Frucht an. Dann tauchte ich unter, schüttelte mich.

Frisch und fröhlich stieg ich aus dem heißen Wasser. Verließ den Pool. Schaute mir nochmal diesen wunderbaren Ort an.

Das Lichterspiel der Sonnenstrahlen. Die bunten Farben und das glitzernde Wasser. Der Dampf, der langsam in die Höhe stieg und diesen Ort so einzig erschienen ließ. So geheimnisvoll.

Als könne man hier Gedanken denken und Träume träumen die es gar nicht geben kann.

Kein Drache in Sicht. Ich schmunzelte.

Die Kinder führten uns zum Dorf und unseren Motorrädern zurück. Wir belohnten Sie mit Kleinigkeiten aus unserer Heimat, so gab jeder was er aus dem Rucksack entbehren konnte. Kugelschreiber, Kaugummi und Feuerzeuge - aber auch eine finanziellen Unterstützung. Wir sammelten für die Kinder dieses Dorfes. Wünschten Ihnen eine gesunde und glückliche Zukunft. Hofften das ihr Leben anders verliefe als das von den Kindern in den Städten - in den Touristenhochburgen mit Sexhandel. Sie begleiten uns noch bis zur Hauptstraße und freuten sich riesig, dass wir sie auf unseren Motorrädern mitnahmen. Kichernd und winkend ließen wir sie zurück und machten uns auf den Weg zurück nach Krabi.

Gaben die Motorräder wieder an der Verleihstation ab und marschierten genüsslich am Strand entlang. Suchten uns ein feines Plätzchen an einer der Strandbars und gaben uns Musik, Cocktails und dem Sonnenuntergang hin.

Ein wunderbarer Tag neigte sich dem Ende.

Noch keine sechs Uhr und der Hahn krähte sich schon wieder mit seinem morgendlichen Weckruf die Seele aus dem Leib.

Ich stand kerzengerade in meinem Bett. Urlaub und Sonne satt, aber dieses Viech macht die Nacht zum Tag.

Seit dem wir hier waren. Jeden Morgen - jeden Morgen.

Wer klebt diesem Störenfried endlich das Maul zu.

Das war schon eine gefühlte Belästigung hohen Grades.

Schlimmer als der Trubel in Bangkok - das gehupte dort ja sehr nervig, aber dieser Gockel oder gar mehrere davon, unerträglich. Einfach unerträglich.

Ich wünsche ja keinem Tier etwas böses, aber diesen Urlaubsgenussverderber erhoffte ich am Spieß gegrillt verspeisen zu dürfen und ich war nicht allein mit diesem Gedanken. Nicht allein.

Tagsüber war allerdings kein Hahn zu erblicken, kein Schreihals ausfindig zu machen. Wie vom Erdboden verschluckt. Unsichtbar.

Wir fanden ihn nicht und so weckte er uns jeden lieben Morgen mit seinem typisch und nimmer enden wollenden Geschrei.

Wir philosophierten über den Spruch „Der frühe Vogel fängt den Wurm" und hofften der Hahn würde mächtig viele Würmer finden und endlich seinen Schnabel halten, aber arrangierten und mit „der frühe Vogel kann uns mal".

Wir nannten den Hahn „Stephan" – Stephan mit „ph" – so hieß auch ein verrückter junger Deutscher den wir in Phuket kennengelernt

hatten. Immer zu laut – immer betrunken – fiel immer unangenehm
auf.

*

Stefan stellte sich nochmal persönlich vor, Stefan mit „f", ergänzte
er – er sei auch Fluglehrer und dürfe heute die ehrenvolle Aufgabe
übernehmen mich zu testen - und einen sogenannten „Checkflug"
mit mir durchzuführen.
Wie jetzt - was bedeutet dies, frage ich ihn erwartungsvoll.
Ganz einfach, antwortete er locker vor sich hin, dein Fluglehrer ist der
Meinung, dass du bald „Alleine" fliegen kannst.
Um sicherzustellen das dies auch Objektiv ist, schaue ich mir nun
deine Künste an. Zeig was du drauf hast.
Stelle dir einfach vor ich bin dein Prüfer und wir machen heute den
Prüfungsflug. Nein, keine Sorge – das war nur Spaß.
Mach die Rote Baroness startklar und lass uns abheben.

Tue einfach so als sei ich gar nicht hier. Ich fasse nichts an.
Greife nicht ein. Du bist heute die verantwortliche Pilotin und hast
dementsprechend auch alles „Alleine" zu meistern.
Mir wird mal wieder heiß und kalt und heiß.
Ich spüre wie sich die Taktzahl meines Herzens steigert. Schneller und
schneller pumpt es und die Aufregung in mir steigt und steigt.

Ich kann das bestimmt noch nicht, versuche ich mich raus zu reden.
Mein Kopfkino spielt gerade ein gruseliges Szenario. Ich habe alles
vergessen. Weiß nicht mehr – Wann ich Welchen Hebel oder Schalter
betätigen muss, Wie war das noch gleich mit... - du schaffst das
schon, bestärkt mich der neue Fluglehrer. Keine Sorge, ich bin ja bei

dir, antwortet er beruhigend.
Ruhe bewahren. Checklisten abarbeiten. Ich berichte Warum ich Was mache und erkläre meine Handlungen. Melde mich per Funk beim Tower und hole mir die Rollerlaubnis für die Delta-Mike-Alpha-Bravo-Tango. Gesagt getan – Erlaubnis erteilt. Ich rolle los.

Am Rollhalt - dem letzten Stopp vor dem Start - beginne ich die restlichen Überprüfungen durchzuführen – die Checkliste zu beenden und die Flugfreigabe einzufordern. Es kann los gehen.

Sanft hebt die „Süße C 42" in den Himmel ab.
Meine Hände fühlen sich feucht an – mein Herz pocht noch wild.
Ich bekomme Anweisungen von Stefan ihm alles zu zeigen was ich schon so gelernt habe - zum Abschluss die Ziellandeübung aus 3000 Fuß Höhe. Ich erkläre alles und fliege höchst Konzentriert meine Aufgaben ab. Werde ruhiger und ruhiger. Es läuft besser als gedacht. Keine Funktion vergessen. Die Bedienung der Hebel und Schalter sitzt. Herzschlag normal.
Aufregung im wahrsten Sinne des Wortes verflogen.
Kurve links herum 20° dann rechts herum 45° und Umkehrkurve.
Hoch auf dreitausend Fuß und Motorleistung auf Null.
Wir gleiten zurück zum Flugplatz. Ich melde uns per Funk an. Es sitzt.
Alles läuft so, als würde Bernhard neben mir verweilen. Keine Angst, keine Bedenken mehr. Die Libelle im Käfig.

Ich schmunzele genüsslich vor mich hin. Saubere Landung.
Zurück zum Hangar. Maschine aus und gesichert. Zum Aussteigen bereit. Stefan grinst mich an. Das war echt gut.
Schüttelt mir die Hand und springt aus dem Flieger.
Ich strahle mal wieder wie ein Honigkuchenpferd, sehe wie er meinem Fluglehrer auf die Schulter klopft und zu ihm sagt – „die ist soweit". Beide lächeln mich an und Stefan verschwindet so plötzlich, wie er erschienen war. Wir schoben den Flieger in den Hangar und begannen die Süße C 42 zu säubern. Auch diese Tätigkeit gehört

selbstredend dazu, erklärt mir Bernhard.
Jeder von uns schnappt sich zwei große Tücher und milde Reinigungs-
flüssigkeit und verhilft dem Prachtstück zu neuem Glanz.
Erst als auch der letzte Quadratzentimeter frisch und strahlend
erscheint, legen wir die Lappen zur Seite.

Der andere hat wirklich gesagt ich sei so weit – ich kann das gar nicht
glauben. Ich sitze im Auto und während des Heimweges kreisen
meine Gedanken ständig um die Geschehnisse dieses Tages.
Ich sei soweit – ich habe dies wirklich gehört. Kann das echt sein?

Niemals, ich und ganz alleine in einem Flugzeug – unvorstellbar.
Das wird niemals passieren, ich kann das nicht alleine.
Wobei – eigentlich ist dies ja Sinn und Zweck des Übens – des
Unterrichtes, sprechen meine Gedanken zu mir.
Alleine. Nur das Flugzeug und Ich. Nein – so weit bin in noch nicht.

Die Kerle haben schon alle ihre „Alleinflüge" hinter sich.
Den Glanz in ihren Augen bekam ich mit. Fieberte mit ihnen.
Stand mit auf dem Tower und sah durch das Fernglas wenn unser
Fluglehrer per Funk Anweisungen gab. Wenn Sie zum Landeanflug
heran kamen und dann den Flieger Slippten um langsam aufzusetzen. Das würde ich niemals hin bekommen. Davon war ich noch
Lichtjahre entfernt. Der Gedanke daran ließ mich erschauern.
Als hätte ich es geahnt, offenbarte mir mein Fluglehrer in der
folgenden Unterrichtsstunde, dass es auch für mich an der Zeit sei,
den Slip zu erlernen. Natürlich nicht der zum Anziehen, lacht er
fröhlich - sondern den Seitengleitflug – so würde man den Slip ja
richtigerweise nennen.

Der Seitengleitflug dient dazu, rasch Höhe abzubauen, begann er
seine Erläuterung. Im theoretischen Unterricht haben wir ja schon
darüber gesprochen, nun gilt es, dieses theoretische Wissen in die
Praxis umzusetzen – zu erlernen wie genau der Slip funktioniert und

die Kenntnisse darüber erneut aufzufrischen, die Theorie ist ja schon ein kleines Weilchen vorüber, sagt er schmunzelnd.

Kannst du es mir nochmal erklären - erinnerst du dich noch an unsere Unterrichtsstunden dazu, fragt er mich neugierig.

Also ich weiß noch, dass du berichtet hattest, das früher die Segelflieger keine oder nur schlecht wirkende Landeklappen besaßen und dadurch ein Flugmanöver eingeführt wurde, mit welchem die Landegeschwindigkeit gesenkt werden konnte und dadurch rasches Höheabbauen herbeigeführt wurde. Habe ich das so richtig im Kopf?

Das ist richtig – supi! Was weißt du noch?

Da war etwas mit Schiebzustand und Widerstand, aber ich wäre dir mehr als dankbar wenn du mir das nochmal genau erklären könntest, es ist ja zwischenzeitlich so viel passiert und ich möchte alles frisch im Kopf haben.

Das ist eine gute Einstellung, meine Gute.

Also ich versuche es so einfach wie möglich zu erläutern – der Seitengleitflug dient dazu, rasch Höhe abzubauen, dass hatte ich ja eben schon gesagt. Bei diesem Flugmanöver lässt man das Flugzeug absichtlich schieben – du weißt ja, nur wenn die Libelle im Käfig ist, fliegt das Flugzeug „schiebefrei" – die Nase unseres Fliegers zeigt nun nicht mehr in die Flugrichtung, sondern beim Linksslip nach rechts und beim Rechtsslip nach links.

Es wird dadurch mehr oder weniger seitlich angeströmt und bietet viel Widerstand, das hattest du ja auch noch genannt.

Zum Einleiten des Seitengleitfluges nützt man das negative Wendemoment aus. Du beginnst mit einem Querruderausschlag und wartest, bis die Schnauze in die entgegengesetzte Richtung gedreht hat. Das Zurückdrehen bzw. den Übergang in die Kurve verhinderst du durch Gegenseitenruder. Verstanden?

Lass es uns nun einfach praktisch probieren.

Wenn du das Querruder nun nach links bewegst – wo muss dann das Seitenruder hin? Ich muss das nach rechts bewegen. Spürst du das?

Hilfe, Bernhard, nicht so viel – ich falle ja gleich hier heraus.

Meine Nase klebt gleich an der Tür. Mach was!

Gerne, gerne, grinst er mich an. Querruder nach rechts und Seitenruder nach links. Ich schreie wie wild - habe das Gefühl gleich auf
meinen Fluglehrer zu fallen – wie gut das wir angeschnallt sind.

Bist du verrückt, brülle ich ihn lachend an - na warte wenn wir zurück
auf der Erde sind – dann lass ich mir eine Gemeinheit für Dich ein-
fallen – kontere ich noch schnell, bevor mich der nächste Slip wieder
an meine Flugzeugtür zu drücken scheint.

Quer rechts – Seite links und dann wieder Quer links – Seite rechts.
Es beginnt Spaß zu machen. Wir lachen beide mal wieder herzhaft.
Es tut gut – mehr als gut.

Spürst du, dass Flugzeug nimmt jetzt eine Stellung schräg zur
Flugrichtung ein. Ein Flügel ist vorgeschoben und nach unten geneigt,
die Rumpflängsachse bildet einen Winkel von mehreren zehn Grad
zur Flugrichtung. Der andere Flügel liegt teilweise im Windschatten
des Rumpfes. Die Schnauze hat die Tendenz, sich zu senken, was wir
durch ziehen des Höhenruders ausgleichen.

Unser Seitengleitflug ist an sich ein harmloser, stabiler Flugzustand.
Du musst aber bei der Einleitung darauf achten, dass der Anstell-
winkel durch zu frühes Ziehen nicht so stark vergrößert wird, dass die
Strömung abreißt, denn dadurch könnte die gekreuzte Stellung von
Quer- und Seitenruder das Einleiten zum Trudeln hervorrufen.

Also bitte gut aufpassen!

Nun üben wir das Slippen bis du es im Schlaf beherrschst. Los geht´s.
Erkläre mir was du tust. Ausgangssituation „Geradeausflug".

Wir befinden uns im Endanflug auf die Piste 22.

Habe die Delta-Mika-Alpha-Bravo-Tango zum Touch-and-Go am
Tower angemeldet.

Geschwindigkeit 110 km/h - Landeklappe auf 10°gesetzt.

Landekonfiguration abgeschlossen. Ich leite den Slip mit dem Quer-
runder links ein. Mein linker Flügel senkt sich, die Schnauze wandert
zunächst nach rechts. Ich gebe Seitenruder rechts. Halte das Querruder links. Mein linker Flügel bleibt unten. Meine Schnauze bleibt
rechts vom Blickpunkt. Mein Flieger schiebt.

Der Fahrmesser zeigt nichts mehr an oder nur ein wenig.

Meine Flugbahn wird steiler. Ich ziehe etwas am Höhenruder.
Die Schnauze bleibt am Horizont. Wir bauen rasch Höhe ab.
Zum Beenden des Seitengleitfluges lasse ich im Höhenruder nach.
Gebe das Querruder wieder in die Neutralstellung oder sanft nach
rechts. Nehme das Seitenruder kurz vor meiner gewünschten
Richtung heraus. Landebahn vor mir, Gas raus.
Abfangbogen und sanft aufsetzen. Mittig rollen, Steuerruder leicht
gezogen. Ich grinse mal wieder wie ein Honigkuchenpferd.
Das hat echt gut geklappt – war gar nicht so schlimm wie befürchtet.
Also durchstarten. Gas geben und ab in den Himmel. Juhu – juhu.

Steigflug – Sterne wir kommen.
Wäre da nicht mein netter Fluglehrer neben mir.
Raubt mir das Gas – Startabbruchübung gibt er per Funk durch – Nase
runter – Nase runter. Linke Tragfläche in den Wind – sieh auf den
Windsack. Abfangbogen. Dann über der Piste schweben.
Erneut aufsetzten und am Ende durchstarten.
Er lächelt mich an – wo bleibt deine Begeisterung?
Ich schüttele schmunzelnd mit dem Kopf. Du bist vielleicht einer.

Dann hau rein „Mädchen" – drei große Platzrunden und drei kleine.
Immer abwechselnd linker Slip und dann rechter Slip im Landeanflug.
Anschließend hoch auf 2700 Fuß und Ziellandeübung melden –
durchstarten und auf Platzrundenhöhe einen „Stal" ausführen.
Ich greife nicht ein. Du machst dies nun alles in Eigenregie.
Ich bin nur noch dein Fluggast.
Ich schlucke und habe einen Klos im Hals. Rede mir gut zu.
Mein Ziel gelangt in greifbare Nähe.
Zeig was du gelernt hast, ermutige ich mich innerlich.
Du schaffst das. Nun zeig es auch.
Ich atme tief durch. Ein befreiender Seufzer entweicht mir.
Meine Augen funkeln.
Wie gut das unsere Träume kein Ablaufdatum haben. Ich hatte mein
Ziel nur verlegen müssen. Nun greife ich wieder an – greife nach den
Sternen. Möchte hoch hinaus. Übe fleißig das Slippen.

Ziellandeübungen. Startabbruch. Not- und Außenlandungen.
Landungen. Landungen. Landungen.

Nicht umsonst lautet die Weisheit: „Fliegen können heißt Landen
können". Sie gehört zu den kritischen Phasen eines Fluges und muss
daher in allen Variationen geübt werden, muss sicher sitzen.
Grundregel – die Höhe wird mit dem Gas, die Fahrt mit dem Höhenruder korrigiert. Unfallträchtige Fehler sind zu vermeiden.
Kein zu schneller oder zu langsamer Endanflug.
Das Unterschreiten der sicheren Anflugfahrt in der Landekurve
vermeiden. Kein zu steiler oder zu flacher Landeanflug.
Zu frühes oder zu spätes Einleiten des Abfangbogens und dazu noch
das zu hohe oder zu späte Abfangen vermeiden.
Das zu späte Durchstarten nach einem missglückten Landeanflug mit
der wichtigen Regel: „sofort Durchstarten, wenn man vermutet, dass
die Restlänge der Piste nicht mehr für eine normale Landung aus-
reicht. Alles Fehler die möglich sind - Fehler die zu einem Unfall
führen können. Also denk daran, spreche ich mir Mut zu.
Beim Abfangbogen ende ich mit dem Fahrtabbau, dem Ausschweben
in unmittelbarer Bodennähe und dem Aufsetzen. So erreiche ich den
Moment, dass mein Flieger nicht mehr flugfähig ist und sich wie von
selbst auf die Piste setzt. Keine Zauberei wie bei Harry Potter.
Ich grinse wenn ich an dessen Landemanöver auf seinem Nimbus
Zauberbesen denke. Nicht zu schnell und nicht zu hoch.
Nicht versuchen das Flugzeug zu Boden zu zwingen. Es kann sonst
dazu kommen, dass es nach dem Aufsetzten wieder einige Meter in
die Höhe springt.
Mein Fluglehrer würde mir den Kopf abreißen, wenn ich wie ein
Hoppelhase über die Piste hopse, anstatt die „Süße C 42" sanft zu
landen - mal ganz davon abgesehen, dass dabei oft das Bugrad zu
Bruch geht oder der Propeller Bodenberührung erlebt.
Beides führt zu teuren Schäden. Also vorsichtig sein.

Aufpassen, rede ich mir gut zu.
Wir üben so oft es geht und in mir wächst eine Sicherheit, von der ich

nie geglaubt hätte dass es möglich wird.

Während ich nach Hause fahre wiederhole ich das gelernte.
Abfangen und Aufsetzten. Besondere Vorsicht in der kritischen
Ladephase. Durchstarten vor dem Aufsetzen und nach dem
Aufsetzten üben. Ziellandungen mit Motorhilfe aus dem normalen
Endanflug der Platzrunde und dann die Ziellandung ohne Motorhilfe
aus der Platzrunde.
Triebwerk auf Leerlauf. Gleiten lernen. Einschätzen. Gleitleistung
ermitteln. Aufsetzpunkt bestimmen.
Gegenanflug und Queranflug mit Eindrehen in den Endanflug
abschätzen und perfektionieren. Wann setze ich die Landeklappen.
Schulung und Intensivierung des räumlichen Orientierungs-
vermögens. Windrichtung, Windstärke, Geländebeschaffenheit
berücksichtigen. Was tue ich bei Seiten- Rücken- oder Gegenwind.
Verkürze oder verlängere ich meine Gleitleistung. Wie habe ich zu
reagieren. Gefahr erkennen, Gefahr bannen.
Bei starkem Wind bleibe ich näher am Landefeld, während ich bei
schwachem Wind oder gar leichtem Rückenwind etwas weiter aus-
holen muss. Höhen und Geschwindigkeit beachten.
Reserven einplanen. Aufsetzpunkt und Schwelle nicht aus den Augen
verlieren. Dann durchstarten. Touch and Go.
Der Startvorgang ist die erste kritische Phase eines Fluges.
Der Zeitraum bis zum Erreichen einer sicheren Fahrt und einer
sicheren Höhenreserve ist unfallträchtig, wenn man sich nicht an
die Spielregeln der Flugphysik hält.
Hier sitze ich nun und grübele über Physik und Motorenkunde. Über
Technik und Grundtechniken des Fliegens und der Aerodynamik,
beschäftige mich intensiv mit Navigation und Meteorologie und so
vielen anderen wichtigen Themen.
Dabei hielt mich mein Physiklehrer von früher – glaube ich – für
unfähig. Das Fach Deutsch eine Katastrophe für mich – irgendwie bei
dieser Lehrerin „immer am Thema vorbei" - Aufsätze entweder zu
kurz oder zu lang oder zu viele Rechtschreibfehler oder zu viel
Fantasie. Wir mochten uns nicht.

Biologie und Chemie hatte ich geliebt, weil mein Lehrer – Herr Kern -
klasse war und Erdkunde faszinierte mich.
Ich wollte die Welt entdecken. Das ist bis heute geblieben.
Friedrich Wilhelm W. sei Dank. Mein damaliger Klassenlehrer.
Und nun - nun geht es steil nach oben.
Nach all den erreichten Zielen auf der Erde – greife ich nach Sonne,
Mond und den Sternen. Greife nach dem Höhenruder, ziehe sanft
daran - nach dem ich die Abhebegeschwindigkeit erreicht habe.
Der vergrößerte Anstellwinkel sorgt für so viel Auftrieb, dass ich vom
Boden abhebe. Himmel ich komme.

*

Dank des krähenden „Stephan´s" kommen wir somit immer recht
früh aus den Betten und genießen die einsamen Strände und den
Sonnenaufgang. Der Sand schön hell, weich und fein, das Wasser
herrlich warm. Kaum dass man mit einer Tüte raschelt oder etwas im
Rucksack kramt, kommen die vielen kleinen Äffchen angerannt, in
der Hoffnung etwas Essbares stibitzen zu können.
Alles was irgendwie glitzert, schnappen sie einem sofort aus den
Händen. Am liebsten mochten sie die salzigen Kräcker, die in einer
Art Silberfolie eingepackt waren. Damit konnte dann aber auch der
ein oder andere Tourist seine entwendeten Habseligkeiten zurück
erobern. Auf Kameras waren die kleinen Schelme anscheinend
spezialisiert. Sie griffen einfach alles was nicht fest verpackt oder
versteckt war - doch dank der Kräcker – ließen sie sich meist auf
einen Tausch ein. Jeden Tag ein amüsantes Spiel.
Heute wollten wir mit einem Longtail – einem schmalen langen
Holzboot – hinaus zu den Höhlen der vorgelagerten Inseln und ein
paar Stunden um die gigantischen Kreidefelsen schippern.

An einem unbekannten Strand picknicken, die Seele so richtig baumeln lassen, denn der Abschied nahte – die Heimreise nach Deutschland stand kurz bevor. Das funkelnde – türkisblaue Meer verzauberte. Die Sonne verwöhnte unsere Haut.
Der einsame und kleine Strand war unbeschreiblich schön.
Erinnerungen. Welchen Sinn hat es eigentlich, sich an etwas Vergangenes zu erinnern. Ist es wirklich wichtig? Was nutzt es mir? Die schönen Dinge nutzen sehr viel. Sie bringen mein Herz zum Glühen und meine Augen zum Funkeln.
Ich liege im warmen Sand. Schaue in den wolkenfreien hellblauen Himmel. Die bizarren Höhlen waren so einmalig.
Von der Natur über Jahrtausende erschaffen. Die Stalagmiten und Stalaktiten von ungeahnter Schönheit. Die Felsen so unwirklich und wie auf Papier gezeichnet und doch so echt – so grün und lebens-froh. Bewohnt und mit einer Tier- und Pflanzenvielfalt versehen, man konnte sich einfach nicht satt sehen. Natur pur.
So anders als auf Hawaii oder in der Südsee. Wie die Höhlen in Neuseeland. Jedes anders – jedes für sich ein Unikat.
Selbst die Gerüche überall anders und so charakteristisch, selbst die Strahlen der Sonne. Das Grün der Gräser, Pflanzen und Palmen.
Die Farbe und Festigkeit des Sandes und die Schönheit des Meeres und seiner Bewohner. Jeder Ort hatte seinen Charme und seine Einmaligkeit. Die Menschen mit ihren so unterschiedlichen Haut-farben, Kulturen und Bräuchen.
Jedes Land hat andere Prioritäten, Vorlieben und Ziele.
Wir leben alle zusammen auf einer Welt und doch ist es nur ein paar Kilometer vom jeweiligen zuhause so anders.
Was ist da richtig. Was ist falsch?
Mit dem Kanu geht es durch die Mangrovenwälder.
Es sind Bäume und Sträucher, die sich den Lebensbedingungen an den Meeresküsten oder den Flussmündungen angepasst haben.
Da das Meerwasser sehr salzhaltig ist, haben sich diese Pflanzen so weiterentwickelt, dass sie bereits bei der Wasseraufnahme durch die Wurzeln einen Großteil der schädlichen Salzionen außen vorlassen.
Einige Mangrovenbaumarten können sogar das überschüssige Salz

über sogenannte Salzdrüsen der Blätter ausscheiden.

Bei anderen Pflanzen verbleibt das Salz bis zum Abwerfen der Blätter enthalten.

Um ihre Wurzeln mit Sauerstoff zu versorgen – das ja im Wasser nicht für die Pflanze zur Verfügung steht, besitzen Mangroven überirdische Wurzelorgane. Mit unseren kleinen Booten paddeln wir dicht an diesen Mangroven vorbei. Es sieht tatsächlich so aus, als würden diese Bäume auf Stelzen stehen. Faszinierend.

Wir lernen allerdings, dass diese Pflanze dadurch die unterirdischen Wurzeln mit Sauerstoff versorgt.

Welch ausgeklügeltes System. Wunder der Natur.

Mit Flossen und Schnorchel schwimmen wir durch das seichte, warme und türkisfarbene Wasser. Die Fische kommen auf einen zu – sind nicht ängstlich. Manche ganz frech. Stupsen einen an oder bewegen sich flink am Körper vorbei. Gelb-schwarz gestreifte sind in der Überzahl. Die Korallenfächer schweben mit den Wellenstößen hin und her. Die Farben so prächtig.

Es ist wie in einer anderen Welt. Es ist eine andere Welt.

Ob hoch am Himmel über den Wolken, oder tief im Ozean am Meeresgrund. Dies ist unsere Welt. Es gilt sie zu schützen und ihre Schönheit zu erkennen und vor allem diese zu Bewahren.

Kapitel 17   Zurück nach Frankfurt und mein erster Alleinflug

Still sitze ich im Flugzeug. Bald werde ich in Frankfurt landen.

Nur noch ein paar Stunden trennen mich von meiner Heimat.
Nach so vielen Wochen freue ich mich schon sehr.
Freue mich auf meine Familie und Freunde.

Ein lachendes Auge – ich kehre zurück – ein tränendes Auge – die
Erlebnisse dieser Reise erlebt – Erinnerung.
Schöne Erinnerungen. Im Herzen eingebrannt. Versiegelt.
Konserviert und Archiviert. Vergangenheit, Gegenwart und Zukunft.

Zukunft – da freue ich mich auch schon drauf – in ein paar Monaten
fliege ich mit meiner Mutter zusammen nach Hongkong.
Ihre erste Langstreckenreise.
Spektakulärer Flugplatz, heißt es. Mitten in der Stadt.
Piste auf Meereshöhe aber vorher über die Berge und dann zwischen
den Hochhäusern der Bevölkerung hindurch. Man könne die
Menschen beim Essen beobachten.
Ob dies stimmen kann – ich freue mich schon jetzt. Vorfreude.
Anschließend wird dieser Flughafen geschlossen und ein „Neuer"
eröffnet.

Der große Flieger landet recht sanft. Gut gemacht.
Es klatschen immer noch einige Passagiere. Überflüssig.
Echt überflüssig. Ohne Sinn. Sollte endlich abgeschafft werden.
Deutschland hat mich wieder. Meine Familie hat mich zurück.
Das Leben im Alltag kehrt ein.
Erinnerung. Schöne Erinnerung.

*

Auftrieb beachten, sonst wird das nichts mit dem Flug in den Himmel - denk an die nötige Abhebegeschwindigkeit meine Gute, Höhenruder nur leicht ziehen.

Schau auf den Windsack, prasselt es von meinem Fluglehrer auf mich hernieder. Fahrtanzeige kontrollieren. Triebwerksleistung normal? Du weißt, wenn schon hier Unregelmäßigkeiten auftreten, wird der Start sofort abgebrochen! Flach steigen und Steigfluggeschwindigkeit erhöhen. Volle Motorleistung.

Beim Erreichen der Platzrundenhöhe gehe ich in den Horizontalflug über und nehme das Gas auf Reiseleistung zurück, kontere ich schnell. Wir lachen beide.

Was für ein doofes Wetter heute, wechsele ich das Thema. Es regnet und meine Hose wird Tropfen für Tropfen aus irgendeiner kleinen Ritze befeuchtet. Zum Glück läuft die Heizung auf vollen Touren und mir ist schön warm. In letzter Zeit hatte ich ja nicht wirklich prächtiges Wetter um fliegen zu lernen, maule ich ein wenig herum. Schnee war schon dabei und ich sah die Piste nicht.

Wind mit über dreißig Knoten der uns mächtig durchgepustet hat. Natürlich auch herrliche Sonne, aber oft Regen.

Wie immer baut mich Bernhard auf.

Bei schönem Wetter kann ja jeder Fliegen, doch freue Dich dass Du mittlerweile alles erlebt hast. Stelle dir nur vor du hättest dies nicht alles üben können. Wärst unterwegs und eine schlecht Wetter Front zieht vorüber. Rechts ran fahren und parken bis es vorüber ist geht nun mal in der Fliegerei nicht. Du kannst es umfliegen oder bei dem bisschen Regen – unser Flieger ist ja nicht aus Zuckerwatte – einfach ganz normal weiter fliegen. Die Regentropfen machen uns nichts. Höchstens etwas nasse Hose, er lacht.

Ich spiele leicht am Querruder - Libelle nicht mehr im Käfig - dafür fallen die nächsten Tropfen auf meinen Fluglehrer.

Ich grinse mal wieder.

Du fliegst nicht meine Gute – du schiebst den Flieger.

Schau auf deine Libelle. Ich denke mich in die dreidimensionalen Bewegungen hinein. Spüre meinen Po im Sitz. Start und Steigflug.

Kurven und kreisen. Endanflug und Landung.
Platzrunde für Platzrunde.
Neben mir ein zufriedener Fluglehrer. Noch eine Landung dann
machen wir Pause. Dies kommt mir gelegen, meine Blase scheint
voll – möchte entleert werden.

Noch schöner – die Wolken haben sich verzogen. Blauer Himmel.
Die Sonne lacht. Wir checken die Maschine. Füllen Treibstoff nach.
Pitotrohr ist frei. Ich strahle meinen Hocker an.
Ohne diesen könnte ich ja nicht hineinsehen.
Nach dem alles gesichert und vorschriftsmäßig kontrolliert ist, steigen
wir wieder ein. Auf geht´s – schmunzelt mich Bernhard an.
Der Nachmittag gehört uns – besser gesagt dir.

Schaut mich an und verabschiedet sich.
Ab sofort fliegst du alleine. Viel Vergnügen. Ich bin auf dem Tower.
Gebe dir von dort per Funk Anweisung. Dreht sich um und geht.
Er geht einfach. Ich rufe nach ihm. Mir wird heiß und kalt und wieder
heiß. Das kann doch jetzt nicht sein ernst sein.

Alleinflug. Ich.

Mein Herz beginnt zu rasen. Er dreht sich nicht mehr um – schreitet
zielstrebig Richtung Tower – ich sitze im Flieger – Allein.
Ganz allein. Allein.
Ich bin wirklich allein. Was nun. Einfach los fliegen.
Was soll ich tun wenn – ja wenn - was? Es ist soweit. Wirklich.
Kann das sein? Soll ich es wagen?
Sein Gewicht fehlt. Der Flieger ist also leichter. Das sollte ich beim
Start nicht vergessen und beachten. Ruder entsprechend anpassen.
Dies hatte er oft erwähnt.

Ich zücke meinen „ID Chip" – es steht wirklich mein Name drauf.
Jeder Pilot und nun auch Ich, hat einen solchen Chip für die „Rote

Baroness" bekommen. Muss dabei an Otmar denken. Den Erfinder dieses genialen Identifizierung-Transponder-Chip für Piloten.
Anstatt zu fliegen, kreiert er solch geniales technisches Equipment für die Fliegerei. Saß des Öfteren neben mir im Unterricht und möchte bald endlich mal mit mir fliegen - mit mir!

Ich kann das noch immer nicht glauben. Mein Kopf saust durch ein Gedankenkarussell. In mir prickelt es.
Fühle mich wie eine Champagnerflasche kurz vor ihrer sprudelnden Explosion.

Starte den Motor. Halte meinen Chip an das kleine Erkennungsgerät und schon werden meine Daten übertragen.
Mein Name wird übertragen werden. Meine Start- und Landezeiten.
Nun gibt es kein Zurück mehr.
Die Kopfhörer sitzen. Ich arbeite die Checkliste ab.

Melde die Delta-Mike-Alpha-Bravo-Tango zum ersten Schüler-Alleinflug – erbitte die Rollerlaubnis.
Bekomme von Uwe auf dem Tower die Freigabe.
Er wünscht mir viel Spaß und einen guten Flug und freut sich riesig für mich. Was für ein Gefühl.
Erlebe gute Gedanken und Worte. Auch wenn im Funkverkehr die Phraseologie eingehalten werden muss – ein paar winzige Worte haben wir einfach ganz frech ergänzt. Eigentlich nicht erlaubt.

Ich rolle los. Alleine.
Ich bin wirklich alleine und rolle zum Rollhalt.

Heute ist die „Piste 22" aktiv – nicht zweiundzwanzig – nein, nein – hier heißt es die „Piste zwo-zwo"! Ein kleiner aber doch feiner Unterschied. Ich lache und strahle vor mich hin.
Letzte Kontrolle. Freigängigkeit der Ruder. Klappe auf 10° gesetzt.
Triebwerk. Bremse gesetzt und Magnetschalter geprüft.

Erst Magnet eins und dann Magnet zwei. Ich rede laut mit mir.
Hört mich ja keiner, aber so vergesse ich nichts.
Vergaservorwärmung geprüft. Notfallmaßnahmen wiederholt.
Es ist soweit. Per Funk hole ich mir beim Tower die Abflugfreigabe.

Alleine. Mein erster Alleinflug.

Die Delta-Mike-Alpha-Bravo-Tango hebt mit einer Pilotin an Bord ab.
Schon nach halber Startbahn bin ich auf Höhe der kleinen Platzrunde.
Das ging ja wie bei einer Rakete.
Ich schreie vor Glück – wie gut, dass mich keiner hören kann.
Das fehlende Gewicht meines Fluglehrers macht sich ganz schön
bemerkbar. Ich muss ziemlich viel Querruder auf seine Seite
verlagern. Trimme die Maschine aus. Steuerdruck lässt nach.
Alleine - Ich fliege ganz alleine.

Was für ein überwältigendes Gefühl.
Die Champagnerflasche hat sich in einem prächtigen Feuerwerk
entladen. Ich brülle vor Freude alles was mir in den Sinn kommt.
Worte – Gedanken – Lieder.

Rufe in Gedanken nach meinen Fliegerkollegen – könntet ihr mich
jetzt sehen – ich bin soweit – ich fliege alleine.

Landekonfiguration abgeschlossen. Melde den Queranflug.
Phraseologie passt. Landung einteilen.
Bekomme die Windmeldung von der Piste, schaue nach dem
Windsack. Endanflug.
Mein erster Endanflug ohne Fluglehrer – ohne den Mann, der ständig
mit seinen Händen und Füßen die Korrekturen vorgenommen hat.
Keiner mehr der ins Steuer fasst, der mir die Motorenleistung klaut
oder Hinweise ergänzt - der mich auf Turbulenzen oder Höhe und
Geschwindigkeit aufmerksam macht. Keiner.
Ich schmunzele. Höhe passt.

Geschwindigkeit 110 km/h – Landeklappe gesetzt.

Ich tue so als sei mein Fluglehrer noch neben mir. Bespreche alles mit ihm obwohl er gar nicht mehr neben mir sitzt.

Es gibt mir aber Sicherheit.

Die „PAPI" zeigt mir zwei weiße – zwei rote Lichter, also optimaler Gleitpfad. Wie war das noch gleich – PAPI ist der Precision Approach Path Indicator – der mit Lichtsignalen anzeigt, ob man sich über, unter oder auf einem 3°-Anflugpfad befindet, erkläre ich meinem nicht vorhandenen Mitflieger. Je mehr Lampen rot, desto flacher der Anflugwinkel. Sind alle Lampen rot oder weiß, befindet man sich außerhalb eines sicheren Gleitpfads. Ich nähere mich der Landebahn.

Die Schwelle kommt. Ich sehe die „Zwo-Zwo" in großer weißer Schrift auf der Landebahn geschrieben. Das ist mein Aufsetzpunkt.

Mindestfahrt. Abfangbogen. Fahrtabbau. Ausschweben.

Sanft aufsetzen. Höhenruder leicht gezogen lassen damit das Bugrad in der Höhe bleibt. Schont den Reifen, sagt mein Fluglehrer immer.

Touch and Go. Ich gebe wieder Vollgas. Auf zur zweiten Runde.

Wenn ich nicht angeschnallt wäre würde ich jetzt sicherlich wie ein aufgescheuchtes Hühnchen durch die Gegend rennen.

Die Landung war zwar nicht schlecht, aber ohne das Gegengewicht so ganz anders als mit Fluglehrer. Alleine.

Ich habe meine erste Runde alleine gemeistert. Die erste Landung vollbracht. Keine Hopser. Ziemlich mittig aber noch nicht gut genug.

Endlich ein paar Worte von Bernhard über Funk. Anweisungen für die nächsten Runden. Er beobachtet mich mit dem Fernglas vom Tower aus. Bei einer der nächsten Landungen soll ich Slippen – also den Seitengleitflug zeigen.

Von Runde zu Runde werde ich sicherer.

Die Landungen werden immer besser – bin ich nicht zufrieden und denke es könnte zu Hopsern kommen, starte ich durch. Vollgas.

Schweben über der Piste – dann Nase runter.

Windsack beobachten. Flügel in den Wind.

Erneut Ausschweben und aufsetzten.

Wie gut das es im Flieger keine versteckte Kamera gibt – noch nicht –

denn die Kerle hätten ihren Spaß gehabt.

Ich brülle und schreie und könnte vor Glück tanzen.
Feuerwerk in Mir. Herz in Flammen.
Ein Himmel der Lila erscheint. Mein Amethyst glüht.
Singe „Unser" Lied von Elvis – For The Good Times.
Für die Guten Zeiten. Fühle meinen charismatischen Glücksbringer -
fühle dass seine Gedanken bei mir verweilen.
Er ist da. Mein Herz sagt es mir - we spend some time together - hear
the wisper of the Raindrops, blowing soft against the Window – and
make belife you love me, singt Elvis immer wieder.
Lass mich glauben, dass Du mich liebst. Was für ein wunderschönes
Lied. Unser Kennlernlied. Ich bin bereit für die Guten Zeiten.
Von den schlechten hatte ich wahrhaftig genug.
Bereit für die Liebe. Für das Leben.
Für Höhenflüge - im wahrsten Sinne des Wortes.
Meine Augen strahlen und funkeln. Von der kleinen Zehe bis hinauf
zur letzten Haarwurzel bebe ich innerlich. Fliege meine Platzrunden.

Alleine.
Ich bin ganz alleine. Ein nicht in Worte zu fassendes Gefühl.
Tosend wie ein Wasserfall der sich aus hunderten Meter Höhe in den
Abgrund stürzt. Gigantisch wie ein Vulkanausbruch. Wie Zauberei.
Es verzaubert. Die Fliegerei verzaubert. Dem Himmel so nah – so nah.

Ich konnte gar nicht genug bekommen, doch vor lauter Aufregung
und Glücksgefühlen musste ich dringend „Pipi" machen.
Also Abschlusslandung melden, den Flieger erneut sanft landen und
ab zum Hangar. Bis auf sanft landen gelang mir auch alles.
Diese letzte Landung war irgendwie nicht so sanft wie ich es mir
wünschte. Eine Böe hatte sich unter meine Tragfläche geschummelt
und mich nochmal hoch gepustet. Allerdings konnte ich
Hasengehoppel verhindern, sonst hätte es sicher haue gegeben.
Als der Flieger sicher stand und ich meinen Pilotinnen-Chip zur

Abschlussmeldung an den Empfänger gehalten hatte, sauste ich zur Entleerung.

Überglücklich und erleichtert marschierte ich zurück zum Hangar. Maschine säubern und Abschlussgespräch mit meinem Fluglehrer führen. Doch dort wartete schon die nächste Überraschung auf mich. Bernhard hatte einige Fliegerkollegen kontaktiert und ihnen von meinem ersten Alleinflug berichtet. Und da gibt es so eine Tradition wenn man sich „frei geflogen" hat – wurde mir grinsend berichtet.

Es gab eine spontane Party.

Aber nicht nur das, nein – wer sich „frei fliegt" bekommt von allen anwesenden den Popo verhauen. Ich habe ja erst mal gelacht. Typisch Kerle. Wollen mir an den Hintern fassen. Nicht mit mir, gab ich zu Protokoll. Doch ich hatte keine Chance.

Es wurde mir versichert dass dies alles seine Richtigkeit habe und alle Flieger zum Popoklatsch antreten müssen. Schon seit Jahrzehnten, wenn nicht sogar seit der Mensch fliegen kann. Es gehöre dazu.

So stand ich da, beide Hände am Flieger und ein jeder Anwesende durfte mir den Po versohlen. Es wurden Beweis-Fotos gemacht und als die Kerle mit dem Eimer Wasser kamen, rannte ich davon.

Das war mir echt zu viel. Popoklatsch – o.k. aber noch die obligatorische Dusche – nein, danke! Man hatte nachsehen mit mir. So feierten wir noch schön und als ich meine Heimfahrt antrat, war ich die glücklichste Frau dieser Welt.

Glücklich, unsagbar glücklich - doch noch immer nicht bereit, zuhause etwas davon zu berichten. Ich genoss es in mir. Genoss meinen Triumpf.

*

Kapitel 18 Vergangenheit und Prüfungsvorbereitung

Triumpf. Glück.

Vertrautheit aber auch Werte, Harmonie und Strukturen.

Ist es das wozu ich Erinnerungen benötige?

Aus Fehlern lernen, heißt es immer. Kann man dies wirklich?

Macht man einen Fehler wirklich nur einmal? Ich reflektiere mein Leben. Es zieht an mir vorüber.

Was war mir bisher das wichtigste? Habe ich schon etwas vergessen?

Möchte ich etwas absichtlich vergessen und - was ist mir heilig?

Ich lasse mein Leben vorüber ziehen.

Zuerst die unschönen Erinnerungen. Da erscheinen einige Menschen. Personen zu denen jeglicher Kontakt abgebrochen ist.

Die einem nicht gut taten, gar nicht gut. Die einem sehr viele Bürden auferlegt hatten - sich einfach aus dem Staub machten – ohne Rücksicht auf den Scherbenhaufen an Emotionen und Gefühlen stehen ließen oder gar in finanzielle Notlage brachten.

Selbst die Kinder wurden bestraft, bestraft für Leiden und Seelenkrieg der Erwachsenen. Wenn man vor Gericht um die Versorgung derer kämpfen muss – wo ist da ein Wert erkennbar?

Sich aus der Verantwortung ziehen – so tun als hätte man nichts mit Ihnen zu tun – selbst wenn schwere Erkrankungen und Schicksalsschläge auftreten. Augen zu, Mund zu und Ohren zu.

Dies habe ich oft erleben müssen. Eine grausame Erinnerung.

Welchen Sinn hat diese?

Gesetzte zum Wohle des Kindes – wo ist da ein Wohl erkennbar, wenn es nur aus Kampf und Streit und Uneinsichtigkeit der Erwachsenen beseht. Ich kämpfe seit Jahren alleine - 365 Tage im Jahr habe ich mich bemüht.

So viele Fehler – so viel falsch gemacht.

Ich weiß es, hatte es vermutet und geduldet. Keine Struktur.

Einfach laufen lassen. Hatte nicht genügend Konsequenz. Aus einem „Nein" wurde ein „Vielleicht" und dann ein „Ja".
Falsch – ganz falsch. War selber hilflos und überfordert.
Hätte Unterstützung der Mitverantwortlichen gebraucht. Es kam nur heiße Luft oder gar nichts.
Mach einfach - mach was Du für richtig hältst.

Da kann man noch so positiv denken wie man möchte, es lenkt einen vom rechten und richtigen Weg ab. Was halte „Ich" für richtig?
„Was" ist richtig und „Wer" gibt dies vor? Selbstreflektion.

Dann doch lieber die schönen Erinnerungen.
Menschen die ein Segen sind. Auch wenn es manchmal Fremde waren – diese haben mehr Eindruck hinterlassen können als die – die eigentlich zu einem gehören sollen.

Musik, die besonderen Erlebnissen zugeordnet werden kann.
Außergewöhnliche Geschenke, auch wenn Sie winzig waren –
ein gemaltes Bild, Gedichte oder einfach nur ein Lächeln das aus tiefstem Herzen kam. Die vermeintlich leere Streichholzschachtel mit tausend Küssen meiner Kinder. Sie waren nicht zu sehen und doch enthalten. Tiere und Pflanzen, so wie der riesige Strauß Roter Rosen. Bücher und Filme, Szenen die zu Tränen rührten.
Möbel die eine Geschichte hatten.
Besondere Orte – Orte meiner Reisen und die Urlaubsfotos.
Abenteuer. Zeit der Erholung. Sonne, Strand und Meer.
Berge und Weihnachten in den schneebedeckten Alpen. Fröhlichkeit.
Welch herrliche Erinnerungen.
Heilig. Vom Himmel hoch, da komm ich her.
„Über den Wolken muss die Freiheit wohl grenzenlos sein, alle Ängste alle Sorgen sagt man" – gehen in der Erinnerung verloren - oder werden neu geboren, sag Ich.

Vergangenheit lass ruhen – Erinnerung. Unschöne und Schöne.

Inspirationen. Zukunft ich komme – nun geht es erst richtig los!

*

Nun ging es erst richtig los.

Um zur praktischen Prüfung zugelassen zu werden müssen Alleinflüge
und eine festgelegte Mindestanzahl an Alleinstarts- und Landungen
erfolgen. Streckenflüge geplant, organisiert und „Alleine" durchgeführt werden. Darüber hinaus musste eine vorgegebene Anzahl an
Strecken über 50 km und 200 km Entfernung - sogenannte Überlandflüge – geflogen werden.
All dies um die Sicherheit und das Können der Piloten und Pilotinnen
zu erhöhen, aber auch um das Orientierungsvermögen zu trainieren.
Navigation. Nicht mit technischen Hilfsmitteln, nein – sondern wie
schon immer – mit den gültigen Flugkarten und genauer Flugvorbereitung. Für mich begann ein neuer und mächtig spannender
Abschnitt der Ausbildung.
Mein Fluglehrer rief mich an den Abenden vor einem geplanten Flug
an – gab mir ein Ziel durch und so konnte ich schon zuhause die
Vorbereitungen beginnen. Routen einzeichnen und Besonderheiten
notieren. Kraftstoffverbrauch- und Flugzeiten errechnen.
Zumindest die Vorarbeit, denn erst mit der aktuellen Wettervorhersage – den Windangaben und allen für einen solchen Flug
erforderlichen Informationen – konnte ich die finale Planung
abschließen. Dann war es endlich soweit.

Mein erster Streckenflug ohne Fluglehrer war geplant, alles notiert
und dokumentiert. Fein ausgearbeitet und von meinem Fluglehrer
abgesegnet.

Ich erhielt von Ihm einen Flugauftrag, denn ohne einen solchen darf man ohne gültige Lizenz nicht alleine unterwegs sein und einen Fotoapparat, um zu beweisen, dass ich mein Ziel auch tatsächlich erreicht hatte. Entweder galt es dort einen Überflug zu absolvieren oder auch zu landen. Dies war immer unterschiedlich.
Die „Süße C 42" hatte ich gründlich gecheckt. Getankt. In einer Stunde verbraucht der Flieger etwa fünfzehn Liter Kraftstoff.
Ich hatte fünfundvierzig Liter im Tank. Somit ein sicheres Polster dabei. Alle nötigen Papiere hatte ich an Bord und hielt nur noch meinen Chip an den Mini-Computer - jetzt konnte es los gehen.

Das Lied von Reinhard Mey „über den Wolken" bekam nun auch für mich eine ganz neue Bedeutung und ich trällerte freudestrahlend dieses bekannte Lied. „Über den Wolken, muss die Freiheit wohl grenzenlos sein, alle Ängste alle Sorgen sagt man, blieben darunter verborgen und dann, würde was uns groß und wichtig erscheint, plötzlich nichtig und klein. Wind Nord/Ost, Startbahn null-drei, bis hier hör´ ich die Motoren, wie ein Pfeil zieht sie vorbei, und es dröhnt in meinen Ohren, und der nasse Asphalt bebt wie ein Schleier, staubt der Regen bis sie abhebt und sie schwebt - der Sonne entgegen".
Ich grinse mal wieder wie ein Honigkuchenpferd.
Jedes Wort dieses Liedes so wahr. Nur nachvollziehbar wenn man selber den Steuerknüppel in den Händen halten kann.
Diese Weite – diese Freiheit.
Keine Ängste und auch keine Sorgen mehr – alles tatsächlich verflogen. Nur noch Genuss. Sonne im Herzen.
Die Autos so klein wie Spielzeug. Menschen nur noch winzige Punkte.

„Plötzlich erscheint alles nichtig und klein". Ich bin die Herrin der Lüfte - sage dem Flieger wo es lang geht. Er gehorcht mir.
Versucht ab und zu dem Wind zu folgen - sich treiben zu lassen – ich steuere dagegen. Kontrolliere meine Fluginstrumente und den Luftraum. Melde mich bei der Flugkontrolle. Mein Transponder funkt automatisch die Daten und Position durch.
Die Delta-Mike-Alpha-Bravo-Tango ist mit mir in den Lüften

unterwegs. Noch vor ein paar Monaten war dies alles wirres Zeug für mich. Unverständlich und Ich schier am verzweifeln.
Mein Traum das Fliegen zu erlernen rückte in weite Ferne.
Dachte ich doch zu Beginn ein Alien sein zu müssen. Nun sitzt jeder Handgriff. Ich weiß wann ich wo welchen Schalter oder Hebel bedienen muss. Trimme die Rote Baroness aus und habe dadurch meine Hände frei – ähnlich wie bei einem Autopiloten.
Das Klemmbrett mit meinen Notizen ist am Bein befestigt. Ich kann Fotos machen. Beweise sammeln.
Schreibe die Überflugzeiten der markanten Orte in meine Papiere. Kontrolliere und korrigiere falls nötig. Selbst der komische Kompass ist kein geheimnisvolles Instrument mehr. Die Temperatur des Öles im grünen Bereich – mein Viertakter läuft ruhig.
Was für ein Lernerlebnis – was für ein Spaß. Die „vier" Takte.
Die Libelle ist im Käfig. Das Flugzeug fliegt, schiebt nicht.
Ich grinse vor mich hin. Reisegeschwindigkeit. Der Blick in die Natur – in die ganze Welt unter mir - wie in einem Traum.
Gigantisch – Einzigartig – Phänomenal. Diese gefühlte Stille.

Obwohl der Motor unüberhörbar seine Drehungen macht – es ist eine gefühlte, unbeschreibliche Stille in mir. Zufriedenheit. Stolz. Hochachtung vor mir selber. Mein Ziel greifbar.

Ich sei Wertvoll. Ich sei eine besondere Persönlichkeit.
Konnte dies tatsächlich stimmen? Vielleicht bin ich doch nur die – „die immer im Mittelpunkt stehen will – die eine Bühne braucht" – wie mir vorgeworfen wurde.
Was bin Ich? Wer bin Ich?

Auf jeden Fall anders als andere. Anders als der Durchschnitt.
Ob ich es wollte oder nicht – Ich war einfach anders, nein – Ich bin anders. Ist dies gut? Gut für wen?

Habe ich tatsächlich die „falschen" Männer wie ein Magnet

angesogen? Mich mit den falschen Menschen umgeben?
Was wäre aus meinem Leben geworden wenn ich einen anderen
Erzeuger für meine drei Kinder gehabt hätte.
Partner die mich unterstützt hätten anstatt mir zu sagen was ich alles
falsch mache. Dass ich Änderungen herbeiführen müsse – aber keiner
sagte mir „Wie". Ich wusste es auch nicht besser.
Hätte Hilfe gebraucht – die ich bisher nie bekam.
Fühlte mich so gelähmt.

Doch nun – nun gibt es einen Mann in meinem Leben der anpackt!
Der Werte aufzeigt und diese lebt. Vorlebt und mit „Uns" lebt.
Unglaublich was aus Menschen werden kann – egal wie viel falsch
gelaufen ist, egal wie alt man ist - wenn Strukturen hineingebracht
werden. Wie sagte er so lieb zu mir – ich hätte mir vorstellen können
dass Du die Mutter meiner Kinder geworden wärst.
Sein Vater habe ihn streng aber verantwortungsbewusst erzogen.
Segen und Fluch. Der Herr war Berufssoldat. General.
Sohn, so habe er immer gesagt - denke daran – willst Du, dass die
Frau auf die du dich einlässt, die Mutter deiner Kinder wird.
Umgekehrt passt dies natürlich ebenfalls. Hätte ich diesen Satz nur
schon vor fünfzehn Jahren gekannt. Viele Kämpfe und Tränen wären
mir erspart geblieben. Aber so ist das Leben. Es ist in drei Worte zu
fassen. Es geht weiter.

Es kommt sowieso immer alles anders.

Es gibt nicht mehr nur Kampf und Trümmer – auch Glück und Liebe
können wieder einkehren. Ich habe es nicht mehr für Möglich
gehalten. Wollte es gar nicht mehr. Doch dann nahm ich die
Veränderungen an. Öffnete mich auch für das Unmögliche.
Nicht mehr nur noch Träumen - sondern aus einem Traum ein Ziel
formulieren. Dazu gehört nun, dass ich Fliege. Ganz alleine. Alleine.

Der Himmel und Ich. Bald nicht mehr nur alleine.
Mit der Personenbeförderungsberechtigung darf ich alle – alle die Ich
will - mitnehmen. Meinen Sohnemann natürlich zuerst – wie freue ich
mich schon auf sein Gesicht. Die ganze Mühe und das Lernen für Ihn!
Es ist nie zu spät. Wenn man etwas möchte dann kann man es auch
erreichen, dass soll meine Botschaft an Ihn sein.
Egal wie alt – egal woher man kommt.
Auch wenn er noch einige Schwierigkeiten in der Schule hat und
vielleicht kein Berufspilot werden kann, so sein Traum – aber ein
Flugzeug fliegen – das wird auch er lernen können, wenn Er es
möchte. Dies ist die einzige Voraussetzung. Er muss es wollen.
Natürlich auch meine Mädels. Große Ziele wollen erreicht werden.
Ihr habt das Leben noch vor Euch. Schult den Geist.
Nehmt Ratschläge und Weisheiten an.
Der charismatische Fremde. Ebenfalls Pilot. Mein Fels in der
Brandung. Seine Gradlinigkeit und Stärke sind einzigartig.
Sein Wissen mehr als beeindruckend. Er verschlingt die Bücher. Lebt
das Leben. Immer ehrlich, eine seiner absoluten Charakterstärken –
die Ehrlichkeit – auch wenn die Wahrheit schmerzt, er weicht nicht
ab. Respekteinflößend. Ich sauge seine Worte auf wie ein Schwamm.
Er weiß mich zu Leiten. Eine Symbiose auf ungeahnter Ebene.
Wie geht's nur an, dass man so lieb sich haben kann, was liegt darin?
Erzähle! Es liegt darin ein wenig Klang, ein wenig Wohllaut und
Gesang, und eine ganze Seele (Marie von Ebner-Eschenbach).

Meine nötigen Überlandflüge habe ich super gemeistert, die
Landungen auf mir fremden Flugplätzen waren gar nicht so schlimm
wie befürchtet – der Vorbereitung sei Dank.
Der Termin für die praktische Prüfung steht fest.
Ich befinde mich im Endanflug auf mein Ziel.
Ich kann es noch immer nicht fassen. Habe nach all den Hürden und
Tiefschlägen des Lebens mein Ziel konkret vor Augen.
Bin nur noch einen Steinwurf davon entfernt. Das Leuchten in meinen
Augen – wenn ich einen Flugtag erleben und genießen durfte – durch
nichts auszulöschen. Schelmisch und mehr als gut gelaunt erreiche

ich dann mein neues zuhause und grinse meine Familie an.
Habe mich mittlerweile auch im neuen Heim eingewöhnt.
Es ist nichts mehr Fremd. Ich benötige keine Schilder mehr an den
Schränken und Schubladen – weiß endlich wo ich meine kleinen und
großen Utensilien untergebracht habe. Selbst die Kinder finden sich
zurecht. Jedes Ding hat seinen Platz bekommen.
Viele Umzugskartons stehen zwar noch unausgepackt im Keller, aber
es kann nichts mehr wichtiges sein.
Was ist überhaupt wichtig?
„Was uns wichtig erscheint – ist plötzlich nichtig und klein – über den
Wolken…", summe ich das wahre Lied.
Alles was „Mir" wichtig war – ist nun nichtig und klein.

Wie sagten meine Freundinnen. „Wo sich Türen schließen, gehen
andere wieder auf". Ich wollte es damals nicht glauben, wollte diese
ganzen Weisheiten nicht hören, doch Sie alle hatten recht.
Viele Türen schlossen sich.
Kämpfe und viele Tränen. Immer und immer wieder.
Doch unfassbar, welche Türen sich danach geöffnet haben.
Innere Ruhe und Zufriedenheit. Harmonie. Glückseligkeit. Struktur.
Werte und Weitsicht.

Etwas schüttelt an mir.
Ich öffne die Augen. Mein Fluglehrer Bernhard.
Marco ist im Endanflug - hast du die Funkmeldung mitbekommen
oder warst du mal wieder in Gedanken, fragt er mich lächelnd.
Ich grinse ihn verlegen an. Schaue mich um. Wir sitzen alle im Hangar
zusammen. Prüfungstag.

Kapitel 19   Im Hier und Jetzt – Meine neue Realität

Mein Prüfungsflug ist vorüber. Ziel erreicht. Ich habe bestanden und mich anschließend meinen gedanklichen Höhenflügen hingegeben - nippe an meinem Getränk. Strahle überglücklich.

Proste Herbert zu – er ist gleich der dritte Prüfling des heutigen Tages. Obwohl er schon seit über zwanzig Jahren fliegt und viel erlebt hat, darf er heute die Prüfung erneut absolvieren.
Seine Lizenz war abgelaufen. Manchmal schlägt einem das Schicksal ein Schnippchen, berichtete er.
Er gab aber auch nicht auf und hat sich die Reaktivierung seiner Lizenz als Ziel gesetzt. Nun steht er neben mir, aufgeregt wie bei seiner ersten Prüfung, sagt er. Nicht sicher alle Aufgaben meistern zu können.
Verrückt denke ich – kann das sein?
Er versichert – es kann.
Nervös ist er und raucht viel zu viel.
Die „Süße C 42" kommt zum Hangar gerollt und Marco parkt die Maschine. Wir verfolgen seine letzten Handlungen, beobachten ihn gespannt. Sehen wie der Prüfer ihm die Hand reicht.
Auch er hopst aus dem Flieger und kommt Freudestrahlend auf uns zu.
Bestanden – bestanden, seine jubelnden Ausrufe. Wir drücken uns alle. Heben ein Glas des nun schon warmen alkoholfreien Sektes. Nicht mehr so lecker – aber zum Anstoßen dann doch noch das richtige.
Er hat es geschafft. Geschafft.
Wir grölen alle als Bernhard versucht auch ihn hoch zu heben.
Was für ein Spaß – welch eine Freude.
Die Luft knistert vor Emotion und Spannung. Der Ort erscheint wie elektrisiert. Prüfling „Drei" wird in den Flieger gebeten.
Wir drücken alle ganz feste die Daumen. Nehmen wieder Platz und lauschen seinem Funk.

Personenbeförderungsberechtigung.

Was für ein Wort. Was für ein Weg.

Erst nachdem meine Sportpilotinnen-Lizenz erteilt und ich „Alleine" durch den Himmel fliegen darf, beginnen die weiteren anrechenbaren Flüge – die zur Erlangung dieser Berechtigung - nötig sind.

Weitere Unterrichtsstunden und Überlandflüge.

Üben, üben und nochmals üben.

Sicherheit geht einfach über alles.

Übung macht den Meister. An diesem Sprichwort ist wahrlich etwas dran. Meine Landungen klasse. Kein gehopse.

Mittig. Tragfläche im Wind.

Nach meinem Prüfungsflug und dieser genialen Landung bin ich mir sicher – ich komme überall runter.

Was hatten die Kerle mich anschließend bejubelt. Ich war stolz wie Oskar. Trotz des mächtigen Windes am Prüfungsflugtag hatte ich die „Süße C 42" so souverän – und wie ein „alter Hase", so beschrieben mir die Zuseher am Boden meine Landung - sanft zu Boden gebracht.

Ich konnte es selber nicht fassen. Es war spektakulär, sagte Toni.

Ein absoluter Hingucker, ergänzte Uwe.

Und das von einer Frau - kam es im Kanon.

Ich schaute alle spitzbübisch an. Tja, so bin ich halt - lachte laut los und alle stimmten fröhlich mit ein. Nun warte ich täglich auf die Post.

Alle Papiere sind zur Zulassungsbehörde gesendet.

Wann endlich halte ich meine neue - und um die Personenbeförderung ergänzte - Lizenz in Händen.

Wann kann ich endlich in das hoffentlich sprachlose Gesicht meines Sohnes sehen. Ich hatte immer noch nichts erzählt.

Zu Hause wusste noch keiner – nicht meine Familie, meine Freunde, keiner ahnte - was ich heimlich getan hatte.

Bald aber, bald ist es soweit. Ich hatte mir alles genau ausgedacht.

Ich nehme meinen Sohn mit zum Flugplatz und mein Fluglehrer nimmt ihn zu einem kurzen himmlischen Ausflug an Bord.

Anschließend kommt er mit ihm zum Hangar zurück – müsse angeblich dringend etwas erledigen – dann setze ich mich einfach in den Flieger und sage zu Ihm – was der „Mann" kann, kann ich bestimmt auch.

Starte die Maschine und sause mit ihm der Sonne entgegen.
Natürlich mit all den nötigen Vorbereitungen.
Auf dieses Gesichtlein warte ich nun schon seit Monaten.
Ich bebte vor „Vorfreude".

Dann war es endlich soweit. Stolz hielt ich meine Lizenz in Händen -
hatte es amtlich. Ich darf fliegen gehen und dabei auch „Personen
befördern". Juhu – juhu. Ein nicht in Worte zu fassendes Gefühl.

Mein Herz pochte wild, in mir ein Feuerwerk wie von hundert frisch
geöffneten Champagnerflaschen.
Nicht enden wollende Sternschnuppen rieselten auf mich hernieder.
Funkelnd, glitzernd. Leuchtend. Ich hörte Glocken läuten.
Wie sehr erfreute ich mich an den fast täglichen kleinen und feinen
Zeilen die ich zur Aufmunterung und Wertschätzung bekam.
Liebe Worte – Weisheiten, oft welche von Marie von Ebner-
Eschenbach, einer Frau, die im Jahre 1830 geboren wurde und den
Nobelpreis für Literatur erhielt.
Eine wertvolle Frau – eine Persönlichkeit.
„Nur der Denkende erlebt sein Leben, an Gedankenlosen zieht es
vorbei". Wunderbar auch folgende Weisheit:
„Was nennen die Menschen am liebsten dumm? Das Gescheite, das
sie nicht verstehen" und einer meiner Lieblingssprüche:
„ für das Können gibt es nur einen Beweis: das Tun".

Ich tat.
Packte mir meinen Sohnemann ins Auto und los ging es zum Flugplatz.
Meine Mädels wollten nicht. Pubertäres Alter.
Nicht einfach. Gar nicht einfach.

Die Flugvorbereitung hatte ich erledigt. Alles eingepackt und im
Rucksack verstaut. Überraschungstour mit Mama.
Ich glaube das Wörtchen „Überraschung" war an diesem Tage unter-
trieben. Die Kamera meines Sohnes stand nicht mehr still.
Er filmte die Tour und wir jubelten und kreischten beide ohne Ende vor

Freude. Er hielt mit mir den Steuerknüppel und nun strahlte auch er wie ein Honigkuchenpferd. Mehr noch – wie eine ganze Herde wilder Pferde. Er gab die Richtung vor. Die Herde folgte ihm.
Wir sausten über die Erde unter uns. Ich erklärte die Navigation.
Markante Orte und Bauwerke. Windkraftanlagen und alles was so auf unserem Weg lag. Ziel unser Heimatort.

Mit dem Handy rief er seine Schwestern an, kommt mal aus dem Haus heraus – sagt Oma und Opa Bescheid und schaut in den Himmel.
Wir sahen Sie - klein wie Spielzeugfiguren - frohlockte mein Junior.
Ich zog kreise über Ihnen – winkte mit den Tragflächen.

Was für ein Moment. Seine Augen begannen zu funkeln.
Neugierig war er.
Was funkst du da für wirres Zeug. Delta-Mike-Alpha-Bravo-Tango.
Fragen über Fragen. Ich beantworte ihm alles.
Lachte - wirres Zeug kam mir bekannt vor – so hatte auch ich begonnen. Sei Wachsam. Sei Neugierig auf die Welt. Du möchtest Pilot werden – tue was dafür.

Es gab da mal eine ganz wunderbare Schriftstellerin - Frau Ebner-Eschenbach, die sagte: „Wenn es einen Glauben gibt, der Berge versetzten kann, so ist es der Glaube an die eigene Kraft".
Es ist weit über hundert Jahre her dass Sie diese Weisheit geprägt hat.
Glaube an dich mein Sohn. Glaube an deine Kraft.
Es ist vollbracht.
Mächtig fühlt es sich an. Grenzenlos. Freiheit.
Glaube an die eigene Kraft. Sie kann wahrlich Berge versetzten.
Mehr noch. Ich habe es am eigenen Leibe erleben dürfen.
Von – zu Tode betrübt, bis Himmel hoch jauchzend – es war alles dabei. Hat mein Leben geprägt. Ich bin wie Ich bin.

*

Wer bin ich? Was bin Ich? Nichts? Wenig? Viel? Vielleicht?
Wertvoll? Eine Persönlichkeit?
Es liegt nicht in meiner Macht dies zu beurteilen – ich möchte es auch
nicht. Ich bin Ich.
Ich bin.

Ich habe – ja Ich habe meinen persönlichen Glücksschalter gefunden.
Wie bei einer Kaffeemaschine, einfach nur anschalten und den
Glückshormonen freien Lauf lassen. Einsteigen. Türen schließen.
Anschnallen oder - fasten your seatbelts, wie es in des großen
Flugzeugen heißt.

Wir ziehen die Kopfhörer an. Checken die Maschine und starten.
Sehen tief in unsere funkelnden Augen.
Heute bin ich die verantwortliche Pilotin. Wir strahlen um die Wette.
Genießen. Was für eine kostbare Liebe.

Willst du wertvolle Dinge sehen, so brauchst du nur dorthin zu blicken
- wohin die große Menge nicht sieht (Laotse).
Alle Schalter stehen auf Glück. Es fließt – fließt unaufhörlich.

Auch der dritte Prüfling hat bestanden. Die Freude riesengroß.
Wir tanzen, singen und hüpfen umher – wie Teenager.
Genießen diesen mehr als kostbaren Augenblick.
Planen eine große Party um diesen Erfolg gebührend mit unseren
Fliegerfreunden zu feiern. Strahlender Sonnenschein.
Ein wunderbarer Tag!
Die Laudatio an diesem Ehrentag rührt zu Tränen.
„Liebe Fliegerfreunde – beginnt der Redner – unsere Flieger-Familie ist
größer geworden. Ich spreche sicher im Namen aller, wenn ich Euch an
dieser Stelle zur bestandenen Prüfung sehr herzlich gratuliere.
Besonders freuen wir uns, dass eine weitere Frau der Familie bei-
getreten ist. Das Fliegen ist eben nicht nur eine Sache für coole
Männer, sondern ebenso für coole Frauen".

Ich muss tief seufzen. Was für herrliche Worte nach all den Monaten des Lernens, des Stillschweigens. Der durchaus freudigen Qualen.

„Ihr habt jetzt die Lizenz zum Abheben. Das ist ganz wörtlich zu nehmen. Doch im Gegensatz zu vielen Überfliegern aus Politik und Wirtschaft, die nach dem Abheben Zusehens den Kontakt zur Basis verlieren, behalten wir Piloten auch dann die Bodenhaftung, wenn wir in der Luft sind - denn wir wissen alle: einen guten Piloten erkennt man an der Landung. Allerdings stellt sich natürlich die Frage, weshalb wir überhaupt abheben. Weshalb steigen wir auf, um später wieder zu landen? Eine rationale Erklärung gibt es dafür nicht.
Mitunter bekommen wir zu hören: „Ihr seid doch verrückt". Und das genau ist der Punkt – „Ein bisschen verrückt sind wir alle".
Seid verrückt nach Höhenluft, aber freut Euch auf jede glückliche Landung. Seid begeistert von der Fliegerei, aber werdet niemals leichtsinnig. Seit Piloten aus Leidenschaft, aber keine Hasardeure.
Die Fliegerei bleibt immer etwas ganz besonderes.
Hätte der liebe Gott gewollt, dass die Fliegerei für uns Menschen etwas Normales sei, hätte er uns Flügel gegeben. Da wir aber keine Vögel sind, setzen wir uns gerne in unsere Maschinen um abzuheben – um den Alltag mit all seinem Stress und Sorgen eine Weile hinter uns – oder besser „unter" uns zu lassen.
Alles Gute und stets glückliche Landungen!"

Ich sitze inmitten meiner neuen Fliegerfreunde.
Große Augen – offener Mund – sprachlos. Glücklich – Überglücklich!
Was sagte Marie von Ebner-Eschenbach: „Am Ziel deiner Wünsche wirst du jedenfalls eines vermissen: dein Wandern zum Ziel".

Mein neues Ziel – BZF I
Das „Beschränkt gültige Sprechfunkzeugnis für den Flugfunkdienst" - es berechtigt zur Durchführung des Sprechfunks auf Flügen nach Sicht-flugregeln in deutscher und englischer Sprache. Es kann auf jeden Fall nicht schaden, rede ich mir lachend ein.

Kapitel 20 „The End" – Das Ende naht...

Nochmal!
Träume - Ziele. Nicht aus den Augen verlieren. Niemals.
Blick in die Zukunft. Ich bin wieder da. Ich habe mein Leben zurück.
Sonnenstrahlen auf der Haut. Sterne am Firmament.
Glückliche Gedanken. Vergangenheit lass ruhen. Zukunft ich komme.

Meine rechte Hand zieht am Höhenruder. Links gibt Gas.
Sanft hebt die „Süße C 42" vom Boden ab. Startabbruchübung.
Mein Ex-Fluglehrer klaut mir die Kraft des Triebwerkes.
Nase runter – Nase runter. Bring die Süße gefühlvoll runter.
Höhe abschätzen. Mittig bleiben. Rechte Tragfläche in den Wind.
Sieh auf den Windsack. Los, in den Wind damit.
Wie hat mir das gefehlt, entgegne ich lachend.
Durchstarten und hoch auf 3000 Fuß. Libelle im Käfig. Po sitzt weich
und gerade.

Es ist ein Déjà-vu.
Schon mal Erlebt. Schon mal gefühlt. Schon mal gesehen.
Erinnerungstäuschung. Was für ein Phänomen.

Ich bedanke mich auch bei den phänomenalen Menschen um mich
herum, die an mich geglaubt und nicht eine Minute daran gezweifelt
haben, ich könne es „nicht" schaffen.

Meinem genialen Fluglehrer Bernhard, von der Flugschule Portaflug -
du bist einfach der Beste!
All die mehr als lieb gewonnenen Fliegerkollegen und ohne Zweifel der
wichtigste und unsagbar wertvollste Mensch – der mir in meinem
bisherigen Leben begegnet ist - der mich beflügelt und inspiriert hat,
der mich in eine Welt entführt hat von der ich gar nicht glauben
konnte und wollte - dass es diese gibt oder geben kann.

Der mir gesagt hat schreib, schreib dir alles von der Seele – Du kannst das! Der mein Herz aus tiefster Dunkelheit herausgetragen hat.
Der mich in einen Himmel geführt hat – in einen Himmel der für mich „Lila" erscheint.
Einst ein charismatischer Fremder - nun mein Fels in der Brandung.
Ehrlich. Einmalig. Liebevoll. Kraftgebend und Antreibend.
Strukturgebend und Weise. Ein Lexikon. Charismatisch. Betörend.
Fesselnd. Ein atemberaubender Mann. Mein geliebter Schatz.

Mit Stolz trage ich seine Halskette – noch immer glüht der Amethyst – scheint in funkelndem und leuchtenden Lila.
Beflügelt mich, gibt mir Kraft und einen zauberhaften Blick in die Zukunft.

*

Es Weihnachtet sehr. Fröhliche Gedanken. Krankheiten vorerst gebannt. Prognosen positiv. Keine Chemotherapie. Kein Rollstuhl mehr. Schnupfen und Husten erscheinen lächerlich.
Ich singe mit meinen Kinder in der Kirche laut „Oh du fröhliche" – wir lächeln uns alle an.
Genieße die Postkarten und virtuellen Nachrichten mit guten Wünschen. Bekannte und Freunde die an einen denken.
Wärmend im Herz. Keine Tränen mehr wie im vergangenen Jahr.

Die Zeit macht keinen Urlaub.
Das Leben hat keinen Pause-Schalter. Das musste ich begreifen lernen.
Dafür haben meine Träume aber auch kein Ablaufdatum.
Ich nutze tatsächlich jeden Moment in meinem Leben – werde als Wertvoll und Einmalig angesehen.

Es tut so unsagbar gut - das wünsche ich Ihnen allen auch!
Leben und genießen Sie. Sorgen Sie gut für Ihre Körper.
Pflegen Sie die Freundschaften.

Ich schaue auf den prächtigen Ring an meinem Finger.
Wer strahlt mehr, frage ich mich. Der Diamant oder Ich.
Das Glück ist da. Es ist „In" uns.
Ich hatte es nur vergraben – nun ist es wieder da.

Ich danke Euch/Ihnen allen sehr!

*

Man entdeckt keine neuen Erdteile, ohne den Mut zu haben, alte
Küsten aus den Augen zu verlieren.
(A. Gilde)

Schlusswort

Nun sind Sie am Ende meiner Geschichte angelangt.
Mein Herz schlägt immer noch – es schlägt.

All das Erlebte, kleine und größere Wunder mit Fröhlichkeit –
Zuversicht – Harmonie und Glück.
Es tat so gut es mir von der Seele schreiben zu können.

Wie so oft steht aber am Ende eines Romans – die Ähnlichkeiten mit lebenden Personen sind rein Zufällig! Schauplätze und enthaltene Orte sind natürlich meiner Fantasie entsprungen – oder doch nicht?
Ja? Nein? Vielleicht?
Ich lasse Ihrer Fantasie da freien Lauf!
Ich hoffe aber, dass auch Ihr Himmel ein kleines bisschen „Lila" geworden ist. Das Sie die Geschichten aus meinem Leben - auf eine abwechslungsreiche Reise mitgenommen hat – auf eine Reise die man nur in seinem Inneren erleben kann.

Wünsche mir, dass auch Sie viel Kraft und Mut schöpfen konnten, egal wie aussichtlos sich Ihr Leben gerade darstellt oder dargestellt hat.
Das Sie Erkenntnisse gewinnen konnten, ein Stückchen Lebensenergie und Vorfreude auf das Ungewisse geweckt wurden.
Sie vielleicht bald aufhören nur zu Träumen, sondern ihre Träume in die Realität umsetzten. Das Sie es tun, egal wie unmöglich es Ihnen erscheint. Das Ziel zeigt einem den Weg. Zeigt Ihnen den Weg!
Nicht Aufgeben, auch wenn es unmöglich und steinig scheint. Meistern Sie die Hürden, versuchen Sie es. Nehmen einen Umweg in Kauf – dies gehört zum wahren Leben dazu – glauben Sie mir, es geht, Sie müssen es nur wollen. Ich wollte es.
Es fühlt sich einzigartig an – unmöglich in Worte zu fassen, oder?

*

Die Sportpilotenlizenz ist alleine mit dem Wissen aus diesem Buch nicht erreichbar! Hilft aber – so hoffe ich sehr - den Stoff auf lustige und humorvolle Art und Weise zu erlernen oder aufzufrischen.

Die Informationen in diesem Buch sind somit gerne für Interessierte - zur Weiterbildung - gedacht.

Die Namen der beteiligten Personen sind natürlich „frei" erfunden!

Ich trage noch immer mit Stolz seine Halskette - noch immer glüht er und erinnert mich an meine Träume und Ziele!
Wenn ich ihn in die Hand nehme und halte, lässt er mich strahlen und mein Herz pocht wild. Die Erinnerungen sind so überwältigend - so einmalig wie unglaublich.

Ich wünsche Ihnen ein „Ziel":
Gute Gedanken und einen Himmel – der auch für Sie in prächtigem „Lila" erscheint!

Anmerkung:
Der Farbe Violett hat man weitere wunderbare Eigenschaften zugeordnet: Schlagworte wie:
Die Vereinigung von Extremen (Blau und Rot), die Transformation, die Heilung, der „absolute Draht" nach oben...
Wer sich mit Chakren beschäftigt – Zuordnung zum: Scheitel- oder Kronenchakra
Gedanken zu Violett: Violett, die Farbe der Heilung. Sie bringt Gegensätze zusammen, denn sie besteht aus Rot und Blau.
Ist eine ruhe- und schlafbringende Farbe.

Mit freundlicher Unterstützung von Winfried Kassera und seinem Buch „Motorflug kompakt – das Grundwissen zur Privatpilotenlizenz – aus dem Motorbuch Verlag. ISBN 978-3-613-03443-3

Sowie dem Verlag: Deutscher Ultraleichtflugverband e.V. mit seinem Fragenkatalog zum Erwerb des Luftfahrerscheins für Luftsportgeräteführer (ohne ISBN Nummer aber zu bestellen unter www.dulv.de).

Rock-Store-Studio.
de (Ebernhahn)

Charterware
Flottenmanagement
www.charterware.net

Die Autorin

Rita Harlos
Jahrgang 1970
Mutter von drei Kindern,
2-Fach geschieden,
PTA in der Apotheke Am Markt -
Selters im Westerwald (seit fast
zwei Jahrzehnten);
Massage- und Entspannungs-
therapeutin,
TouchLife Praktikerin seit 10
Jahren (www.touchlife.de);
Akkred. Fortbildungsreferentin und
Coach in der Pharmabranche;
Heilpraktikerin mit den Schwer-
punkten Schmerz- und Bewegungs-
therapie nach Liebscher & Bracht
(www.liebscher-bracht.de);
Sportpilotin

Das Buch ist auch als Hörbuch erhältlich – Bestellungen bei der
Autorin unter rita-harlos@web.de oder dem Produzenten:
J. Lemmerz vom Rock-Store-Studio - Tonstudio Ebernhahn
Internet: rock-store-studio.de